U0438233

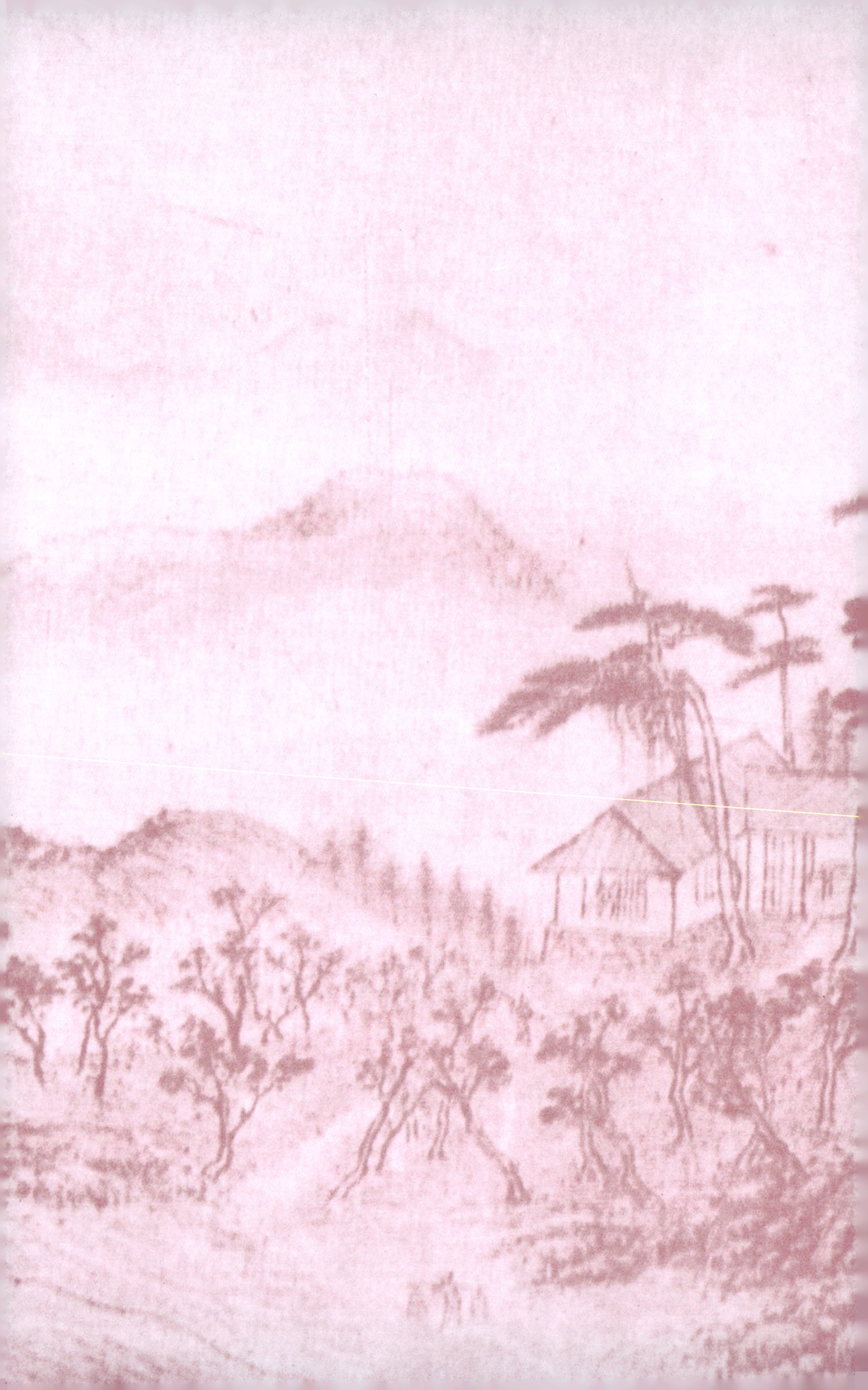

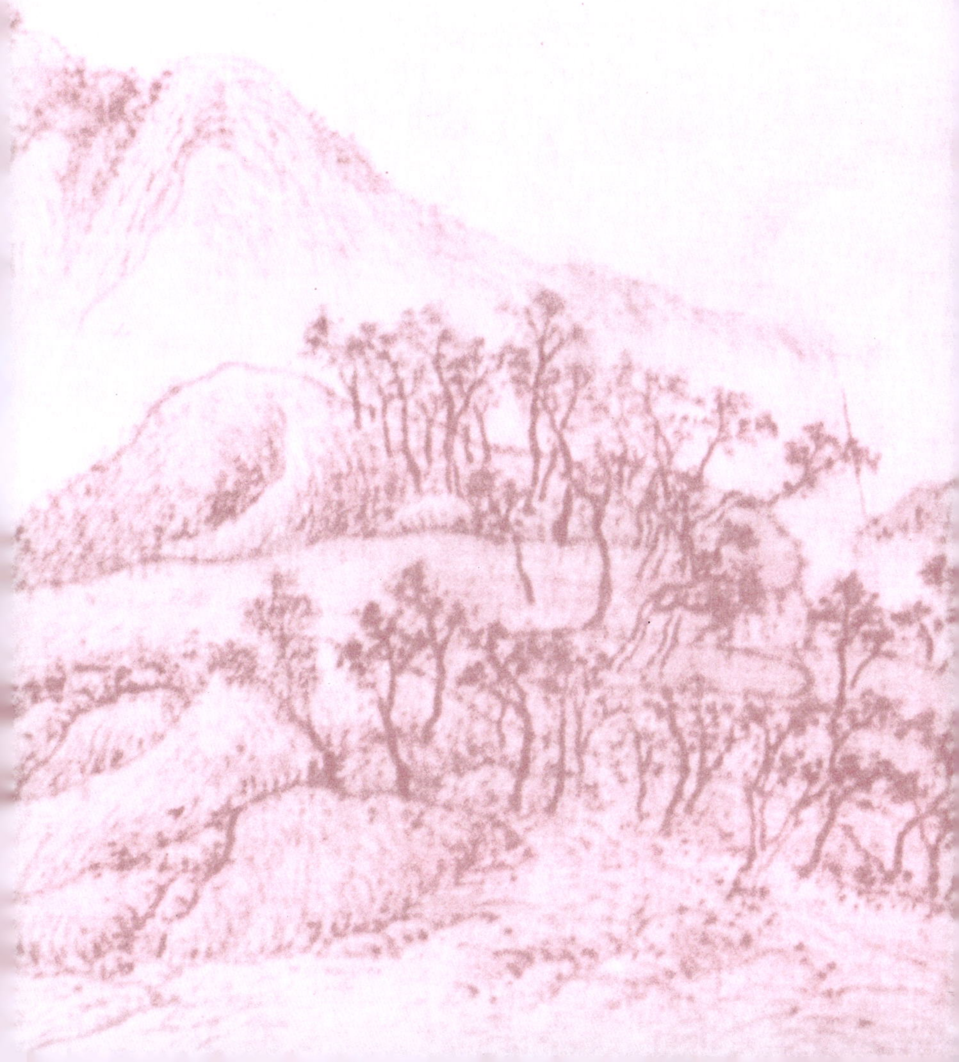

〔宋〕朱淑真 著　　〔宋〕鄭元佐 注
任德魁 校注

朱淑真集校注

下

上海古籍出版社

後集卷一

春　景

新春二絕

雪從庾嶺梅中盡〔一〕，春向隋堤柳上來〔二〕。多少園林正蕭索〔三〕，丁晉公詩①

中盡，春風柳上歸。春向隋堤柳上來。多少園林正蕭索。紛紛

力盡作河開，千里依依兩岸栽。又，上注。

爭逐趁時開〔四〕。唐宋詩：紛紛桃李競花開。又，韓愈詩：且勿一時開。

【校】

① 「丁」，丁刊本作「裴」。

【注】

〔一〕「雪從」三句：唐李白《宮中行樂詞八首》其七：「寒雪梅中盡，春風柳上歸。」庾嶺，即大庾嶺，爲五嶺之一，在今江西省大余縣南，向爲嶺南、嶺北交通咽喉，嶺上多植梅樹，又稱梅嶺。《白氏六帖事類集》卷三十：「大庾嶺上梅，南枝落，北枝開。」

〔二〕隋堤：隋煬帝開通濟渠，沿河築堤，植以楊柳，世稱隋堤。《隋書》卷二十四：「又自板渚引河，達于淮海，謂之御河。河畔築御道，樹以柳。」

〔三〕蕭索：蕭條冷落。宋孫僅《新秋》詩：「幾處園林蕭瑟裏，誰家砧杵寂寥中。」

〔四〕爭逐：爭競，競逐。趁時開：唐韓愈《花原》詩：「原上花初發，公應日日來。丁寧紅與紫，慎勿一時開。」

黄宫陽氣幾潛伸

〔一〕《史‧律書》：黃鐘爲陽氣踵黃泉而出。又，《前‧律曆志》：黃鐘之律，九寸爲宮。

玉管吹灰適報春〔二〕。《後‧律曆志》：候氣之法，以木爲案，加律其上，以葭莩抑其內，氣至則勿去①。又，冬至陽生春又來，吹葭六琯動浮灰。

天子只知農事重〔三〕，《記‧月令》：孟春之月，天子親未耜，躬耕帝藉。天子三推。又，王命農事，命田舍東郊。

躬耕端的爲吾民〔四〕。見上注。

【校】

① 「勿」，鐵琴本作「夷」，丁刊本作「飛」，疑爲「動」之訛。

【注】

〔一〕黃宮：黃鐘之宮，十二樂律之一。古代用十二樂律代表十二個月，黃宮代表仲冬之月，即十一月。《史記》卷二十五《律書》：「十一月也，律中黃鐘。黃鐘者，陽氣踵黃泉而出也。」《漢書》卷二十一《律曆志》：「五聲之本，生於黃鐘之律。九寸爲宮，或損或益，以定商、角、徵、羽。……黃帝使泠綸自大夏之西，昆侖之陰，取竹之解谷生，其竅厚均者，斷兩節間而吹之，以爲黃鐘之宮。……黃者，中之色，君之服也，鐘者，種也。……故陽氣施種於黃泉，孽萌萬物，爲六氣元也。」潛伸：潛藏和伸展，此處指陽氣隨季節變化而隱伏和上昇。

〔二〕玉管吹灰：參見《前集》卷七《除夜》詩注〔七〕。《後漢書志》卷一《律曆志》：「候氣之法，爲室三重，戶閉……室中以木爲案，每律各一……加律其上，以葭莩灰抑其内端，案曆而候之。氣至者灰動。」唐杜甫《小至》詩：「天時人事日相催，冬至陽生春又來。刺繡五紋添弱綫，吹葭六琯動浮灰。」

〔三〕「天子」句：《禮記·月令》：「(孟春之月)天子親載耒耜……帥三公、九卿、諸侯、大夫躬耕帝籍。天子三推，三公五推，卿、諸侯九推。……王命布農事，命田舍東郊，皆修封疆，審端經術。善相丘陵、阪險、原隰、土地所宜，五穀所殖，以教道民，必躬親之。」

〔四〕躬耕：古代帝王親自率領大臣在籍田舉行耕種儀式以勸農。

春日有作①

景近清明節，垂楊翠縷長②〔一〕。塞鴻歸朔漠〔二〕。海燕度瀟湘〔三〕。花麗繁爭錦④〔四〕，鶯嬌巧囀簧〔五〕。西園正明媚〔六〕，競將明媚景。收拾入吟鄉。

【校】

① 又見於《分門纂類唐宋時賢千家詩選》卷一、《宋元詩·斷腸詩集》卷二、《名媛彙詩》卷十三、《名媛詩歸》卷十九、《古今女史·詩集》卷七。詩題，《千家詩選》作「春」。

② 「翠」，《千家詩選》作「綠」。

③ 「浥」，藝芸本作「浥」，鐵琴本缺，丁刊本作「涉」。

〔一〕《選》謝朓《鼓吹曲》：「垂楊映御溝。」《南史》：「齊武帝時，益州獻蜀柳，枝條甚長，狀若絲縷。」

〔二〕《管子》：桓公曰：「鴻雁春北而秋南。」又，杜《歸雁》詩：「高高又北歸。」

〔三〕唐張九齡《歸燕》詩：「海燕何微眇，乘春亦暫來。」又，《零陵總記》：「瀟湘，二水名，在永州西北三十里，清浥合一色。」

〔四〕古《喜遷鶯》詞：「芳春天曉。聽綠樹數聲，如簧鶯巧。」李白《宮中行樂詞》：「宮鶯嬌欲醉。」

〔五〕曹子建《公讌詩》：「清夜遊西園。」杜《泛江》詩：

三〇四

【注】

〔一〕「垂楊」句:《文選》卷二十八引謝朓《鼓吹曲》:「飛甍夾馳道,垂楊蔭御溝。」《南史》卷十一:「劉悛之爲益州,獻蜀柳數株,枝條甚長,狀若絲縷。時舊宮芳林苑始成,武帝以植於太昌靈和殿前,常賞玩咨嗟,曰:『此楊柳風流可愛,似張緒當年時。』」

〔二〕塞鴻:塞外的鴻雁。因其秋季南來,春季北去,遠至塞外,故稱。《管子》卷十:「今夫鴻鵠,春北而秋南,而不失其時。」唐劉商《春日臥病》詩:「晚晴江柳變,春暮塞鴻歸。」唐杜甫《歸雁》詩:「腸斷江城雁,高高正北飛。」

〔三〕海燕:古人認爲燕子來自南方,須渡海而至,故名。唐張九齡《歸燕》詩:「海燕何微眇,乘春亦暫來。」瀟湘:湘江與瀟水的合稱,多借指今湖南地區。唐鄭谷《燕》詩:「年去年來來去忙,春寒煙暝渡瀟湘。」朔漠:北方沙漠地帶。

〔四〕「花麗」句:唐李白《月下獨酌四首》其三:「三月咸陽城,千花晝如錦。」宋梅堯臣《海棠》詩:「江燕入朱閣,海棠繁錦條。」

〔五〕「鶯嬌」句:參見《前集》卷一《中春書事》詩注〔三〕。唐李白《宮中行樂詞八首》其七:「宮鶯嬌欲醉,簷燕語還飛。」《古今合璧事類備要·別集》卷七十三引無名氏《喜遷鶯》詞:「芳春天曉。聽綠樹數聲,黃鸝嬌巧。」

④「錦」,丁刊本作「景」。

朱淑真集校注

〔六〕「西園」句：三國魏曹植《公宴》詩：「清夜遊西園，飛蓋相追隨。」唐杜甫《數陪李梓州泛江有女樂在諸舫戲爲豔曲二首》其一：「競將明媚色，偷眼豔陽天。」

早春喜晴即事①〔一〕

山明雪盡翠嵐深〔二〕，李白詩：山明望松雪。天闊雲開斷靄陰②〔三〕。漠漠暖煙生草木〔四〕，《選》謝元暉《遊東田》詩：生煙紛漠漠。又，劉向《別錄》：暖煙乃至，草木發生。薰薰和氣動園林〔五〕。晉張翰詩：暮春和氣應，白日照園林。詩書遣興消長日〔六〕，杜：遣興莫過詩。景物牽情入苦吟〔七〕。唐南卓《羯鼓録》：明皇嘗遇春始晴，帝曰：對此景物明麗，豈可不與它判斷？又，《唐·賈島傳》③：當其苦吟。古《滿庭芳》詞：花外風傳漏永，鴛鴦暖，金鴨香濃。又，古詞：香閣寂寥⑤。金鴨火殘香閣静④〔八〕，更調商羽弄瑶琴⑥〔九〕。杜《嗅》詩⑦：收書動玉琴。又，《琴操》曰：琴五絃，象五行。《三禮圖》云：琴第一絃爲宫，次絃爲商，次爲角，次爲羽，次爲徵⑧，次爲少宫，次爲少商。

〔校〕

① 又見於《宋元詩·斷腸詩集》卷三、《名媛彙詩》卷十五、《名媛詩歸》卷十九、《古今女史·詩集》卷八。

② 「翳」，《古今女史》作「樹」。
③ 「島」，袁跋本、徐藏本、藝芸本作「也」。
④ 「閣」，丁刊本作「閣」。
⑤ 「閣」，袁跋本、徐藏本、藝芸本作「開」，丁刊本作「閣」，今據鐵琴本改。
⑥ 「瑤」，丁刊本作「搖」。
⑦ 「暝」，袁跋本漫漶不清，徐藏本、藝芸本作「晚」，鐵琴本、丁刊本缺，今據杜甫詩改。
⑧ 「禋」，袁跋本、徐藏本、藝芸本作「祉」，鐵琴本作「礼」，今據丁刊本改。

【注】

〔一〕即事：見《前集》卷一《春日即事》詩注〔一〕。
〔二〕「山明」句：南朝宋顏延之《贈王太常》詩：「庭昏見野陰，山明望松雪。」翠嵐，山林中的霧氣。宋趙抃《登真巖》詩：「殿閣凌空鎖翠嵐，雪晴春色在松杉。」
〔三〕翳陰：昏暗。宋王令《旅次寄寶覺訥師》詩：「山深樹翳陰，蜩螿應已秋。」
〔四〕「漠漠」句：《文選》卷二十二引謝朓《游東田》詩：「遠樹曖仟仟，生煙紛漠漠。」鄭元佐注「謝元暉」係「謝玄暉」之避諱，宋真宗附會趙氏始祖名玄朗，故宋人多以「元」代「玄」。謝朓，字玄暉。
〔五〕「薰薰」句：晉張翰《雜詩》：「暮春和氣應，白日照園林。」

〔六〕遣興：抒發情懷，解悶散心。

〔七〕景物牽情：《太平御覽》卷五百八十三引《羯鼓錄》：「玄宗洞曉音律……尤愛羯鼓、橫笛。云：『八音之領袖也，諸樂不可為比。』嘗值二月詰旦，巾櫛方畢，時宿雨初晴，景色明麗，小殿庭內，柳杏將吐，睹而嘆曰：『對此景物，豈可不與他判斷之？』左右相目，將令備酒。唯高力士遣取羯鼓，上旋命之，臨軒縱擊一曲，名《春光好》，神思自得。及顧柳杏，皆已發拆，指而笑曰：『此事不喚我作天公可乎？』左右皆稱萬歲。」

〔八〕《新唐書》卷一百七十六《賈島傳》：「島字浪仙，范陽人。初為浮屠，名無本，來東都，時洛陽令禁僧午後不得出，島為詩自傷。（韓）愈憐之，因教其為文，遂去浮屠，舉進士。當其苦吟，雖逢值公卿貴人，皆不之覺也。」

〔九〕商羽：五音中的商聲和羽聲。宋王安石《日西》詩：「金鴨火銷沈水冷，悠悠殘夢鳥聲中。」《初學記》卷十六引《琴操》：「琴長三尺六寸六分……五絃象五行，大絃為君，小絃為臣。文王、武王加二絃，以合君臣之恩。」次引《三禮圖》：「琴第一絃為宮，次絃為商，次為角，次為羽，次為徵，次為少宮，次為少商。」弄：撥弄，彈奏。瑤琴：用玉裝飾的琴。唐杜甫《暝》詩：「正枕當星劍，收書動玉琴。」

【集評】

「動園林」，便古渾。（《名媛詩歸》卷十九）

春晴①

日暖風和明媚天[一], 杜《泛江》詩: 競將明媚景, 偷眼覷陽天。最宜吟詠入詩篇[二]。《毛詩序》: 吟詠情性②。庭花吐蕊紅如錦[三], 杜《送路侍御入朝》詩: 不分桃花紅勝錦, 生憎柳絮白於綿。岸柳飛絲白似綿③。上注。深院雕梁巢燕返[四], 古《踏莎行》詞: 千家深院。翩翩又覰于飛燕。曲名《燕歸梁》。高林喬木谷鶯遷[五]。《伐木》詩: 鳥鳴嚶嚶, 出于幽谷, 遷于喬木。韶光正近清明節[六], 古《鷓鴣天》詞: 清明將近春時節。花塢樓臺酒斾懸[七]。唐嚴維詩: 花塢夕陽遲。又, 古《一落索》詩: 倚樓一霎酒旗風。

【校】

① 又見於《分門纂類唐宋時賢千家詩選》卷一、《宋元詩·斷腸詩集》卷三、《名媛彙詩》卷十五、《名媛詩歸》卷十九、《古今女史·詩集》卷八。詩題,《千家詩選》作「春」。

② 「毛詩序吟詠情性」, 袁跋本、徐藏本作「□詩亭今詠情二」, 藝芸本作「古詩亭吟詠情二」, 丁刊本作「□詩篇吟詠情」。藝芸本眉批校語, 改「古」爲「毛」, 今從之, 並據《毛詩》校改。

③「絲」，《千家詩選》作「花」。

【注】

〔一〕「日暖」句：見本卷《春日有作》詩注〔六〕。

〔二〕「最宜」句：《毛詩大序》：「國史明乎得失之迹，傷人倫之廢，哀刑政之苛，吟詠情性，以風其上。」

〔三〕「庭花」句：唐杜甫《送路六侍御入朝》詩：「不分桃花紅勝錦，生憎柳絮白於綿。」

〔四〕「深院」句：宋陳堯佐《踏莎行》詞：「二社良辰，千家庭院。翩翩又見新來燕。」晉陶淵明《雜詩十二首》其十一：「春燕應節起，高飛拂塵梁。」

〔五〕「庭花」句：參見《前集》卷一《春陰古律二首》其二「幽谷想應鶯出晚」句注。唐韋莊《和人春暮書事寄崔秀才》詩：「纔見早春鶯出谷，已驚新夏燕巢梁。」

〔六〕韶光：美好的時光，常指春光。唐溫庭筠《寒食前有懷》詩：「萬物鮮華雨乍晴，春寒寂歷近清明。」

〔七〕花塢：四周築土爲障，用於種植花木的地方。唐嚴維《酬劉員外見寄》詩：「柳塘春水慢，花塢夕陽遲。」酒斾（pèi）：即酒旗。宋周邦彥《一落索》（杜宇思歸聲苦）詞：「倚闌一霎酒旗風，任撲面、桃花雨。」

【集評】

「返」字穩重。(《名媛詩歸》卷十九)

「花塢」句：好景事。(同上)

春日行①

春雲漠漠連春空[一]，杜《喜雨》詩：今朝江出雲，入空纔漠漠。又，韓愈《贈張籍》詩：靄靄春空雲③。映階草色綠茸茸[二]。杜《蜀相》詩：映階碧草自春色。又，《唐宋詩》：兩堤煙草綠茸茸②。不暖雨新霽[三]，古《如夢令》詞：不暖不寒天，春色却倚人意。滿城佳氣浮蔥蔥[四]。《後‧光武紀》：氣佳哉！鬱鬱蔥蔥。岸柳依依微煙籠[五]，《采薇》詩：楊柳依依。園林淡蕩催花風。古《慶青春》詞：平明一陣催花雨。東君造化一何工[六]，《前》賈誼《服賦》：造化爲工。不論妍醜争夭濃⑤。施青繪紫復勻紅。多少閑花與凡卉[七]，孔子《杏壇》詩：野草閑花滿地愁。簾幕無人門宇静[一〇]。燕舞鶯歌晝晷永[九]，杜《湘夫人》詩：鶯歌暖正繁。又，《憶幼子》詩：燕舞翠帷塵。何處飛來雙蛺蝶，翩翩飛入尋香徑⑥[一一]。《前》賈誼《服賦》④。古《踏莎行》詞：悄無人語重簾捲。可憐春色都九旬[一二]，杜《進舡》詩：俱飛蛺蝶元相逐。可憐春色都九旬[一二]，杜《江畔尋花》詩⑦：百花高樓更可憐。朝歡暮燕歸王孫[一三]。

《選》劉安《招隱士》篇：王孫遊兮不歸，春草生兮萋萋。**禿毫寫紙屬詩人**⑧〔一四〕，李白《飲中八仙歌》：揮毫落紙如雲煙。**長歌短什勞精神**〔一五〕。杜《行次鹽亭縣》詩⑨：長歌意無極。又，魏武帝有《短歌行》。**長歌短什聊自適**，上注。**豈有佳句生陽春**〔一六〕。杜《戲爲》詩：清詞麗句必爲鄰。又，《選》宋玉楚王問：客有歌於郢中者，其始曰《下里巴人》，國中屬而和者數千人。其爲《陽春白雪》⑩，屬而和者不過數百人⑪。

【校】

① 又見於《宋元詩·斷腸詩集》卷一、《名媛彙詩》卷五、《名媛詩歸》卷十九、《古今女史·詩集》卷三。

② 「籍」，袁跂本、徐藏本、藝芸本作「藉」，今據鐵琴本、丁刊本改。

③ 「兩」，袁跂本、徐藏本、藝芸本、鐵琴本作「雨」，今據丁刊本改。

④ 「誼」，袁跂本、徐藏本作「誰」，鐵琴本缺，今據藝芸本、丁刊本改。

⑤ 「濃」，丁刊本作「穠」。

⑥ 「翩翩」，《名媛詩歸》《古今女史》作「翩翩」。

⑦ 「畔」，袁跂本作「半」，今據徐藏本、藝芸本、鐵琴本、丁刊本改。

⑧ 「禿毫」句，丁刊本作「禿毫屬紙寫詩人」。

【注】

〔一〕「春雲」句：唐韓愈《醉贈張秘書》詩：「君詩多態度，藹藹春空雲。」漠漠，密布貌，布列貌。

〔二〕「映階草色」：唐杜甫《蜀相》詩：「映階碧草自春色，隔葉黃鸝空好音。」茸茸：參見《前集》卷一《春陰古律二首》其一注〔三〕。

〔三〕「不寒」句：宋張先《八寶裝》（錦屏羅幌初睡起）詞：「正不寒不暖，和風細雨，困人天氣。」

〔四〕葱葱：草木青翠茂盛或氣象旺盛貌。《後漢書》卷一《光武帝紀》：「後望氣者蘇伯阿爲王莽使，至南陽，遙望見舂陵郭，唶曰：氣佳哉！鬱鬱葱葱然。」

〔五〕依依：輕柔披拂貌。《詩經·小雅·采薇》：「昔我往矣，楊柳依依。今我來思，雨雪霏霏。」

〔六〕東君：司春之神。造化：創造化育。漢賈誼《鵩鳥賦》：「且夫天地爲爐兮，造化爲工。陰陽爲炭兮，萬物爲銅。」

〔七〕「多少」句：《古今合璧事類備要·前集》卷五十七引《雜記》：「昔魯哀公二十一年，孔子出魯東門，過故杏壇，歷級而升，顧謂弟子曰：『茲魯將臧文仲誓盟之壇也。』睹物思人，命琴而

【校】

⑨「次」，袁跋本、徐藏本、藝芸本作「吹」，鐵琴本缺，今據丁刊本改。

⑩「雪」，袁跋本、徐藏本、藝芸本作「雲」，今據鐵琴本、丁刊本改。

⑪「者」，袁跋本、徐藏本、藝芸本作「百」，今據藝芸本、鐵琴本、丁刊本改。

歌。歌曰:『暑往寒來春復秋,夕陽西下水東流。將軍戰馬今何在,野草閑花滿地愁。』

〔八〕妍醜:美和醜。夭濃:茂盛豔麗。又作「夭穠」「夭穠」。語出《詩經·周南·桃夭》「桃之夭夭,灼灼其華」以及《詩經·召南·何彼襛矣》「何彼襛矣,華如桃李」。

〔九〕燕舞鶯歌:燕子在飛舞,黃鶯在鳴叫。形容春光明媚。唐杜甫《湘夫人祠》詩:「蟲書玉佩蘚,燕舞翠帷塵。」又《憶幼子》詩:「驥子春猶隔,鶯歌暖正繁。」

〔10〕簾幕句:宋晁端禮《踏莎行》詞:「萱草欄干,榴花庭院。悄無人語重簾捲。」

〔11〕何處二句:唐杜甫《進艇》詩:「俱飛蛺蝶元相逐,並蒂芙蓉本自雙。」翩翩,上下飛動貌。唐儲光羲《舟中別武金壇》詩:「秋荷尚幽鬱,暮鳥復翩翩。」

〔12〕可憐:可愛。九句:一旬爲十日,春季三個月,共計九旬。宋宋祁《三月晦日送春》詩:「倏忽韶光第九旬,無花何處覓殘春。」

〔13〕燕:通「宴」,宴飲。 王孫:王的子孫,泛指貴族子弟。《文選》卷三十三引劉安《招隱士》:「王孫遊兮不歸,春草生兮萋萋。」《楚辭章句》卷十二:「《招隱士》者,淮南小山之所作也。」

〔14〕「禿毫」句:唐杜甫《飲中八仙歌》:「脫帽露頂王公前,揮毫落紙如雲烟。」禿毫,脫毛的筆。

宋李覯《自解》詩:「禿毫強會悠悠事,浮世無過滿滿杯。」

〔五〕長歌短什:篇幅長短各異的詩歌。長歌,篇幅較長的詩歌。短什,短篇作品。唐杜甫《行次鹽亭縣聊題四韻奉簡嚴遂州蓬州兩使君咨議諸昆季》詩:「長歌意無極,好為老夫聽。」三國魏曹操《短歌行》:「對酒當歌,人生幾何。」

〔六〕「豈有」句:唐杜甫《戲為六絕》其五:「不薄今人愛古人,清詞麗句必為鄰。」《文選》卷四十五引宋玉《對楚王問》:「客有歌於郢中者,其始曰《下里巴人》,國中屬而和者數千人。……其為《陽春白雪》,國中屬而和者不過數十人。……是其曲彌高,其和彌寡。」

【集評】

「不寒」句:看他筆端之妙,只在「雨新霽」三字上。(《名媛詩歸》卷十九)

「岸柳」三句:閒緩偶然,得人想際。(同上)

「不論」句:寫得萬物訢暢意出,正是春工妙處。(同上)

「多少」三句:「開遍山花不識名」,與此同意。(《古今女史·詩集》卷三)

春遊西園①

閑步西園裏,《選》曹子建《公讌》詩:清夜遊西園。 **春風明媚天**〔一〕。杜《泛江》詩:競將明媚景,

偷眼䭰陽天。蝶疑莊叟夢〔二〕，《莊·齊物》：莊周夢爲胡蝶，栩栩胡蝶也。自喻適志歟？絮憶謝娘聯②〔三〕。晉謝道韞，奕之女，叔父安嘗內集，俄而雪下，道韞曰：未若柳絮因風起。謝安《春遊》詩：靡草翠而成茵。杜《長吟》詩：草見踏青心。踏草青茵軟〔四〕，晉謝安《春遊》詩：靡草翠而成茵。杜《長吟》詩：草見踏青心。看花紅錦鮮〔五〕。杜《庭草》詩：看花隨節序。又，古《夏雲峯》詞：昨日看花花正好，枝枝香嫩紅殷。徘徊陰影下③〔六〕，東坡《水調歌》詞：我歌月徘徊，我舞影凌亂。欲去又依然。

【校】

① 又見於《宋元詩·斷腸詩集》卷二、《名媛彙詩》卷十三、《名媛詩歸》卷十九、《古今女史·詩集》卷七。

② 「憶」，《名媛彙詩》《名媛詩歸》《古今女史》作「意」。

③ 「陰」，藝芸本校云「『陰』疑『月』」，丁刊本作「月」。

【注】

〔一〕「閑步」二句：見本卷《春日有作》詩注〔六〕。

〔二〕「蝶疑」句：見《前集》卷一《傷春》詩注〔四〕蝶夢。

〔三〕謝娘：指謝道韞，晉王凝之妻，有文才。南朝宋劉義慶《世說新語》卷上：「謝太傅寒雪日內集，與兒女講論文義。俄而雪驟，公欣然曰：『白雪紛紛何所似？』兄子胡兒曰：『撒鹽空中

春園小宴

春園得對賞芳菲[1]，步草粘鞋絮點衣[2]。

萬木初陰鶯百囀[3]，千花乍拆蝶雙飛[4]。

自覺詩毫健[5]，痛飲惟憂酒力微[6]。

【集評】

「蝶疑」句：意大粗率，下句便不妨。（《名媛詩歸》卷十九）

「徘徊」二句：寫春遊，徘徊眷戀如畫。（同上）

「徘徊」句：唐李白《月下獨酌四首》其一：「我歌月徘徊，我舞影零亂。」

「看花」句：唐杜甫《庭草》詩：「看花隨節序，不敢強爲容。」

「踏草」句：唐杜甫《長吟》詩：「江飛競渡日，草見踏青心。」青茵：成片的嫩草。茵，襯墊。晉謝萬《春遊賦》：「冪豐葉而爲幄，靡翠草而成綱。」

差可擬。」兄女曰：『未若柳絮因風起。』公大笑樂。即公大兄無奕女，左將軍王凝之妻也。」

筆致嫣然。（《古今女史·詩集》卷七）

[1] 杜《落日》詩：芳菲緣岸圃。
[2] 杜《雨》詩：萬木雲深。又，《和賈至》詩：百囀流鶯遶建章。
[3] 輕輕柳絮點人衣。
[4] 李白詩：千花晝如錦。古《粉蝶兒》詞：共雙雙，飛入亂紅深處。牽情
[5] 杜《早朝大明宮》詩：詩成珠玉在揮毫。
[6] 《世說》：王孝伯

曰：「臣痛飲，讀《離騷》，便可稱佳士。」窮日追歡歡不足[7]，《毛詩序》：「永歌之不足，恨無爲計鎖

斜暉[8]。」杜《絶句》：斜暉轉樹腰。

【校】

① 又見於《宋元詩·斷腸詩集》卷三。
② 「十」，袁跋本、藝芸本作「詩」，鐵琴本、丁刊本缺，今據徐藏本改。
③ 「徐藏本、藝芸本、鐵琴本、丁刊本作「滿」。
④ 「拆」，丁刊本《宋元詩》作「折」。

【注】

〔一〕芳菲：香花芳草。唐杜甫《落日》詩：「芳菲緣岸圃，樵爨倚灘舟。」宋孔平仲《族人春飲》詩：「柳榭陰陰春半時，相邀閒暇賞芳菲。」
〔二〕步草：句：唐杜甫《十二月一日三首》其三：「短短桃花臨水岸，輕輕柳絮點人衣。」
〔三〕萬木：句：唐杜甫《雨》：「萬木雲深隱，連山雨未開。」鶯百囀，黃鶯宛轉多樣地鳴叫。唐賈至《早朝大明宮呈兩省僚友》詩：「千條弱柳垂青瑣，百囀流鶯遶建章。」賈至此詩杜甫有和作，鄭元佐注誤以賈至原詩爲杜甫所作。
〔四〕千花：唐李白《月下獨酌四首》其三：「三月咸陽城，千花晝如錦。」拆：同「坼」，綻開。

蝴雙飛：宋無名氏《粉蝶兒》(粉翼香鬚)詞：「愛雙雙，飛入亂紅深處。」

〔五〕詩毫：寫詩之筆。唐杜甫《奉和賈至舍人早朝大明宮》：「朝罷香煙攜滿袖，詩成珠玉在揮毫。」

〔六〕痛飲：盡情地喝酒。《世說新語‧任誕》：「王孝伯言：『名士不必須奇才，但使常得無事，痛飲酒，熟讀《離騷》，便可稱名士。』」酒力微：酒的醉人或禦寒的力量不足。唐鄭谷《雪中偶題》詩：「亂飄僧舍茶煙濕，密灑歌樓酒力微。」

〔七〕終日，盡一整天的時間。不足：《毛詩大序》：「情動於中而形於言，言之不足，故嗟歎之。嗟歎之不足，故永歌之。永歌之不足，不知手之舞之，足之蹈之也。」

〔八〕斜暉：傍晚西斜的陽光。唐杜甫《絕句六首》其四：「急雨捎溪足，斜暉轉樹腰。」宋田爲《南柯子》(團玉梅梢重)詞：「簾風不動蝶交飛。一樣綠陰庭院、鎖斜暉。」

春日書懷①

從宦東西不自由〔一〕，杜《嚴中丞見過》詩：川合東西瞻使節。親幃千里淚長流〔二〕。已無鴻雁傳家信〔三〕，《前‧蘇武傳》：天子射上林，得雁，足有係帛書，《選》范彥龍《贈張徐州》詩②：寄書雲間雁。更被杜鵑追客愁③〔四〕。杜《夔府詠懷》詩：傷春怯杜鵑。又，曹晏遊巴江，聞杜鵑，語友人曰：「吾

年來傷春，怯聞此聲，使我心索然。」日暖鳥歌空美景[五]，李白《宮中行樂詞》：綠樹聞歌鳥。《選》謝靈運詞：向高樓、日日東風裏，悔憑闌，芳草人千里。花光柳影謾盈眸[六]。高樓惆悵憑欄久[七]，古詩：惆悵錦機空。又，古《迷仙引》詞：向高樓、日日東風裏，悔憑闌，芳草人千里。心逐白雲南向浮[八]。《唐·狄仁傑傳》④：登太山，反顧，見白雲孤飛，謂左右曰：「吾親舍其下⑤。」瞻悵久之，雲移乃去。

【校】

① 又見於《宋元詩·斷腸詩集》卷三、《名媛彙詩》卷十五、《古今女史·詩集》卷八。
② 「范彥龍」，袁跂本、徐藏本、藝芸本作「危龍彥」，鐵琴本缺，丁刊本作「范龍彥」，今據《文選》改。
③ 「名媛彙詩」《古今女史》作「送」。
④ 「追」，袁跂本、徐藏本作「桀」，今據藝芸本、鐵琴本、丁刊本改。
⑤ 「其」，袁跂本作「吾」，今據徐藏本、藝芸本、鐵琴本、丁刊本改。

【注】

[一] 從宦：家屬跟隨官員在任所。東西：唐杜甫《嚴中丞枉駕見過》詩：「川合東西瞻使節，地分南北任流萍。」
[二] 親幃：父母所居的內室，用以代稱雙親。幃，內室的帷帳。宋彭汝礪《送嚴夫庭佐歸寧》詩：「客路看山色，親幃有夢思。」

〔三〕「已無」句：參見《前集》卷二《春睡》詩注〔六〕。《文選》卷二十六引范雲（字彥龍）《贈張徐州謖》詩：「寄書雲間雁，爲我西北飛。」

〔四〕杜鵑：杜鵑鳥。參見《前集》卷一《春霽》詩注〔七〕。唐杜甫《秋日夔府詠懷奉寄鄭監審李賓客之芳一百韻》詩：「他日辭神女，傷春怯杜鵑。」《補注杜詩》卷二十九：「曹晏遊巴江，聞杜鵑，語友人曰：『吾年來傷春，怯聞此聲，使我心索然。』」

〔五〕「日暖」句：唐李白《宮中行樂詞八首》其五：「綠樹聞歌鳥，青樓見舞人。」唐杜荀鶴《春宮怨》詩：「風暖鳥聲碎，日高花影重。」南朝宋謝靈運《擬魏太子鄴中集八首·序》：「天下良辰、美景、賞心、樂事，四者難并。」

〔六〕滿眼：盈，充滿。宋馬之純《蔣山太平興國禪寺》詩：「謝得東風如有意，旋教晴色漸盈眸。」

〔七〕惆悵：因失意而傷感。唐施肩吾《惜花》詩：「今朝芳徑裏，惆悵錦機空。」南唐馮延巳《應天長》（石城山下桃花綻）詞：「倚樓情緒懶。惆悵春心無限。」憑欄：身倚欄杆。宋關詠《迷仙引》（春陰霽）詞：「向高樓，日日春風裏。悔憑闌，芳草人千里。」

〔八〕「心逐」句：《新唐書》卷一百一十五《狄仁傑傳》：「薦授并州法曹參軍。親在河陽，仁傑登太行山，反顧，見白雲孤飛，謂左右曰：『吾親舍其下。』瞻悵久之，雲移乃得去。」

春日亭上觀魚①

春暖長江水正清[一]，杜《越王樓歌》：樓下長江百丈清。洋洋得意漾波生②[二]。《孟·萬章上》：有饋生魚於子產，子產使校人畜之池。反命曰：始舍之，圉圉焉，少則洋洋焉，悠然而逝，得其所哉。非無欲透龍門志[三]，《淮·脩務訓》『禹鑿龍門』注：本有水門，魚游其中，上行得過者便爲龍，故曰龍門。只待新雷震一聲[四]。古詩：平地一声雷。

【校】

① 又見於《詩淵》二八五二頁、《宋元詩·斷腸詩集》卷四、《名媛彙詩》卷十、《古今女史·詩集》卷五。
② 「漾」，《名媛彙詩》《古今女史》作「浪」。

【注】

[一] 「春暖」句：唐杜甫《越王樓歌》：「樓下長江百丈清，山頭落日半輪明。」
[二] 洋洋得意：此處形容魚舒緩搖尾、自由自在的樣子。《孟子·萬章上》：「昔者，有饋生魚於鄭子產。子產使校人畜之池。校人烹之，反命曰：『始舍之，圉圉焉，少則洋洋焉，攸然而逝。』子產曰：『得其所哉！得其所哉！』」漾：水波動蕩貌。

〔三〕龍門：《藝文類聚》卷九十六引《辛氏三秦記》：「河津，一名龍門。大魚集龍門下數千，不得上。上者爲龍，不上者爲魚。故云『曝顋龍門』。」《淮南子》卷十九《脩務訓》：「禹沐浴霪雨，櫛扶風，決江疏河，鑿龍門，闢伊闕。」漢高誘注：「龍門本有水門，游魚於其中上行，得上過者便爲龍，故曰『龍門』。」

〔四〕新雷：最初的春雷。《禮記・月令》：「仲春之月……日夜分，雷乃發聲，始電，蟄蟲咸動。」唐李端《早春夜望》詩：「舊雪逐泥沙，新雷發草芽。」唐韋莊《喜遷鶯》詞：「街鼓動，禁城開。天上探人回。鳳銜金榜出雲來。平地一聲雷。鶯已遷，龍已化。一夜滿城車馬。家家樓上簇神仙。争看鶴衝天。」

【集評】

「非無」二句：意志凌霄漢。（《古今女史・詩集》卷五）

春晝偶成①

默默深閨掩畫關，簡編盈案小窗寒②〔一〕。韓愈《符讀書城南》：簡編可卷舒。却嗟流水琴中意〔二〕，難向人前取次彈〔三〕。《列・湯問篇》：伯牙善鼓琴，鍾子期善聽，志在流水，子期曰：「洋洋兮若江河。」

朱淑真集校注

【校】

① 又見於《宋元詩·斷腸詩集》卷四、《名媛彙詩》卷十、《名媛詩歸》卷二十、《古今女史·詩集》卷五。

② 「盈」，《宋元詩》作「行」，《名媛彙詩》《名媛詩歸》《古今女史》作「橫」。

【注】

〔一〕「簡編」句：唐韓愈《符讀書城南》詩：「燈火稍可親，簡編可卷舒。」

〔二〕「却嗟」句：《列子》卷五《湯問》：「伯牙善鼓琴，鍾子期善聽。伯牙鼓琴，志在登高山，鍾子期曰：『善哉！峨峨兮若泰山。』志在流水，鍾子期曰：『善哉！洋洋兮若江河。』伯牙所念，鍾子期必得之。」

〔三〕取次：隨便，任意。宋何夢桂《寄王南叟寓江鄉》詩：「高山如故絲絃在，懶向旁人取次彈。」

【集評】

慨歎語，説得宛曲。《名媛詩歸》卷二十）

春日雜興①

窈窕風光豔豔春②〔一〕，杜《寒食》詩：風花高下飛。無言桃李一番新〔二〕。《前·李廣贊》：

三一四

桃李不言,下自成蹊。又,《魚遊春水》詞:又是一番新桃李。青回野燒草初染〔三〕,杜詩:春回野燒痕。官柳欲眠多態度③〔五〕,杜《西郊》詩:市橋官柳細。《漫叟詩話》玉谿生《江之嫣賦》④:不比禁中人柳,終朝剩得三眠。又,韓詩:君詩多態度。海棠貪睡足精神〔六〕。唐《楊妃傳》:明皇嘗召太真妃,妃被酒新起。帝曰:此海棠花睡未足耶?舊遊似夢渾情懶,古《鷓鴣天》詞:往事舊遊渾似夢。對景無聊愁殺人〔七〕。李白《綠水曲》:愁殺蕩舟人。

【注】

〔一〕「窈窕」句:唐杜甫《寒食》:「寒食江村路,風花高下飛。」

光泛幽香蘭可紉〔四〕。《選》宋玉《招魂》:光風轉蕙兮泛崇蘭。又,《離騷》:紉秋蘭以爲佩。

【校】

① 又見於《宋元詩・斷腸詩集》卷三、《名媛彙詩》卷十五、《名媛詩歸》卷十九、《古今女史・詩集》卷八。
② 「齇齇」,《名媛彙詩》《名媛詩歸》《古今女史》作「絕齇」。
③ 「官」,《古今女史》作「宮」。
④ 「玉谿」袁跋本、徐藏本作墨釘,鐵琴本缺,今據藝芸本、丁刊本改。「嫣」,藝芸本作「媽」,鐵琴本缺。

齇齇,鮮明濃烈貌。唐李群玉《感

《春》詩：「春情不可狀，豔豔令人醉。」

〔二〕「無言」句：《漢書》卷五十四《李廣蘇建傳》：「諺曰：『桃李不言，下自成蹊。』」宋無名氏《魚游春水》（秦樓東風裏）詞：「屈曲闌干遍倚。又是一番新桃李。」

〔三〕「野燒」：野火。宋釋惠崇《訪楊雲卿淮上別墅》詩：「河分岡勢斷，春入燒痕青。」戰國屈原《離騷》：「扈江離與辟芷兮，紉秋蘭以爲佩。」紉，綴結，佩帶。

〔四〕「光泛」句：《文選》卷三十三引宋玉《招魂》：「光風轉蕙，泛崇蘭些。」

〔五〕官柳欲眠：參見《前集》卷一《晴和》詩「三眠」注。官柳，官府種植的柳樹，多爲行道樹。唐杜甫《西郊》詩：「市橋官柳細，江路野梅香。」態度：姿態。宋晏幾道《浣溪沙》詞（一樣宮妝簇彩舟）詞：「腰自細來多態度，臉因紅處轉風流。」唐韓愈《醉贈張秘書》詩：「君詩多態度，藹藹春空雲。」

〔六〕「海棠」句：見《前集》卷三《海棠》詩注〔三〕。

〔七〕「對景」句：唐李白《綠水曲》：「荷花嬌欲語，愁殺蕩舟人。」

【集評】

「光泛」句：「蘭紉」說出「光泛」，妙絕。《名媛詩歸》卷十九

立春日妝成宜春花①〔一〕

青幡碧勝縷金文〔二〕,《後·儀禮志》:立之日,立青幡。古《拜星月》詞:賀新春,盡帶、春花春幡春勝②,是處春光明媚③。柳色梅花逐指新。却笑尚爲兒女態④〔三〕,李白《古意》:兒女嬉笑牽人衣。寶刀剪彩強爲春〔四〕。隋煬帝築西苑,堂殿華麗,宮樹秋冬凋落,則剪彩爲華葉,綴於枝條,色脫則易以新者,長如陽春。

【校】

① 又見於《宋元詩·斷腸詩集》卷四、《名媛彙詩》卷十、《名媛詩歸》卷二十、《古今女史·詩集》卷五。

② 「春勝」,徐藏本、藝芸本作「赫」。

③ 「光」,袁跋本、徐藏本、藝芸本作「元」,今據鐵琴本、丁刊本改。

④ 「却」,丁刊本作「恰」。

【注】

〔一〕宜春花:立春日佩戴的剪彩而成、各種花樣的幡勝,貼以「宜春」二字,以示迎春之意。《荆楚歲時記》:「立春之日,悉剪彩爲燕以戴之,貼『宜春』二字。」宋毛滂《早春》詩:「佳人青鬢

【集評】

〔一〕「却笑」句：偏是才色女子，兒女態難忘。（《名媛詩歸》卷二十）

「強爲春」，情事寥落，説來孤咽。（同上）

「却笑」句：自笑嬌澀。（《古今女史·詩集》卷五）

〔二〕青幡碧勝：綠色的幡勝。《後漢書·禮儀志》：「立春之日……立青幡，施土牛耕人於門外，以示兆民。」縷金：以金絲爲飾。

〔三〕「却笑」句：唐李白《南陵別兒童入京》：「呼童烹雞酌白酒，兒女嬉笑牽人衣。」宋王安石《鄞縣西亭》詩：「更作世間兒女態，亂栽花竹養風煙。」

〔四〕剪彩：立春日用彩色的絹帛剪彩爲幡勝。參見《前集》卷一《立春古律》詩「羅幡旋剪稱聯釵」句注。宋王安石《次韻和中甫兄春日有感》詩：「分香欲滿錦樹園，剪彩休開寶刀室。」《資治通鑑》卷一百八十：「（隋煬帝）築西苑。……堂殿樓觀，窮極華麗。宮樹秋冬彫落，則剪彩爲華葉，綴於枝條，色渝則易以新者，常如陽春。」

春曉雜興 ①

挑盡殘燈夢欲迷〔一〕，白樂天《長恨歌》：孤燈挑盡未成眠。子規催月小樓西 ②〔二〕。唐崔塗

《春夕旅懷》詩：子規枝上月三更。紗窗偷眼天將曉〔三〕，無數宿禽花下啼③〔四〕。《唐宋詩》：花底宿禽無數喧。

【校】

① 又見於《宋元詩·斷腸詩集》卷四、《名媛彙詩》卷十、《名媛詩歸》卷二十、《古今女史·詩集》卷五。詩題，《名媛詩歸》作「春曉」。

② 「催月」，《名媛詩歸》作「啼絕」。

③ 「啼」，《名媛詩歸》作「飛」。

【注】

〔一〕挑盡殘燈：形容一夜未眠。挑燈，撥動燈芯使之明亮，亦指在燈下。唐白居易《長恨歌》：「夕殿螢飛思悄然，孤燈挑盡未成眠。」

〔二〕子規：杜鵑鳥。參見《前集》卷一《春霽》詩注〔七〕杜鵑。唐崔塗《春夕旅懷》詩：「蝴蝶夢中家萬里，子規枝上月三更。」南唐李煜《臨江仙》詞：「櫻桃落盡春歸去，蝶翻輕粉雙飛。子規啼月小樓西。」

〔三〕「紗窗」句：宋柳永《梁州令》詞：「夢覺紗窗曉。殘燈掩然空照。」

〔四〕宿禽：棲息的鳥。宋釋道潛《春日雜興十首》其七：「轆轤索轉玉繩曉，花底宿禽無數喧。」

寒食詠懷①〔一〕

淮南寒食更風流，絲管紛紛逐勝遊②〔二〕。春色眼前無限好④，思親懷土自多愁〔三〕。

【校】

① 又見於《宋元詩·斷腸詩集》卷四、《名媛彙詩》卷十、《名媛詩歸》卷二十。詩題，《宋元詩》《名媛彙詩》作「寒日詠懷」。

② 絲管紛紛，袁跋本、徐藏本作「絲紛紛紛」，鐵琴本作「□□紛紛」，今據藝芸本、丁刊本改。

③ 贈，袁跋本、徐藏本作墨釘，鐵琴本缺，今據藝芸本、丁刊本改。

④ 色，丁刊本作「向」。

【集評】

「偷眼」字，餘魂猶殢，夢中聽中，迷離景況。最善於字中着眼。（《古今女史·詩集》卷五）

〔一〕詩：江山多勝遊。歸寧而不得。《語·里仁》：小人德。

〔二〕杜《贈花卿》詩③：錦城絲管日紛紛。又，《祖席》

〔三〕《泉水》詩，衛女思歸也。父母終，思

春燕①

簾前日暖翩翩過〔一〕，簾外風輕對對斜②〔二〕。偏是社來還社去〔三〕，年年不見蠟梅花③〔四〕。

【注】

〔一〕寒食：見《前集》卷三《梨花》詩注〔五〕。

〔二〕絲管：絃樂器與管樂器，借指音樂。唐杜甫《贈花卿》詩：「錦城絲管日紛紛，半入江風半入雲。」勝遊：快意的遊覽。唐韓愈《祖席·得秋字》詩：「莫以宜春遠，江山多勝遊。」

〔三〕思親：《詩經·邶風·泉水》序：「《泉水》，衛女思歸也。嫁於諸侯，父母終，思歸寧而不得，故作是詩以自見也。」懷土：懷戀故土。《論語·里仁》：「君子懷德，小人懷土；君子懷刑，小人懷惠。」

【集評】

「紛紛逐」，似妒似恨，不能盡說。（《名媛詩歸》卷二十）

「春色」三句：深情之人偏從熱鬧場中自牽愁緒，可謂孤情自遠。（同上）

① 春燕：《選》宋玉《九辨》：「燕翩翩其思歸兮。」《選》謝朓《和王主簿怨情》詩：「風簾入雙燕。」又，杜《春歸》詩：「輕燕受風斜。」

② 詞：燕子來時新社。又，杜牧《歸燕》詩：社去社來人不看。

③ 古《漢宮春·梅》

【校】

① 又見於《詩淵》二七六三頁、《宋元詩·斷腸詩集》卷四、《名媛彙詩》卷十、《名媛詩歸》卷二十。

② 「輕」，丁刊本作「清」。

③ 「蠟」，《宋元詩》《名媛彙詩》《名媛詩歸》作「臘」。

④ 「古漢」，各本均缺，今據鄭注體例及晁沖之詞補。

【注】

〔一〕「簾前」句：《文選》卷三十三引宋玉《九辯》：「燕翩翩其辭歸兮，蟬寂寞而無聲。」

〔二〕「簾外」句：《文選》卷三十引謝朓《和王主簿怨情》詩：「花叢亂數蝶，風簾入雙燕。」唐杜甫《春歸》詩：「遠鷗浮水靜，輕燕受風斜。」唐杜甫《水檻遣興二首》其一：「細雨魚兒出，微風燕子斜。」

〔三〕社：即社日，祭祀土神的節日。燕子每年春社時來，秋社時去。唐杜牧《歸燕》詩：「畫堂歌舞喧喧地，社去社來人不看。」宋晏殊《破陣子》詞：「燕子來時新社，梨花落後清明。」

〔四〕「年年」句：宋晁補之《謝王立之送蠟梅五首》其五：「去年不見蠟梅開，准擬新年恰恰來。」

〔一〕宋晁沖之《漢宮春·梅》(瀟灑江梅)詞：「無情燕子，怕春寒、輕失佳期。惟是有、南來歸雁，

年年長見開時。」

【集評】

「偏是」二句：思理偶然如此，氣反樸。（《名媛詩歸》卷二十）

此首頗覺渾雅，不但不率，格調自厚。（同上）

春夜感懷①

清江碧草兩悠悠〔一〕，古《訴衷情》詞：悠悠萬里雲水。各自風流一種愁。古《洞仙歌》詞：今夜誰添一種愁。正是落花寒食夜②〔二〕，杜子美詩：正是江南好風景，落花時節又逢君。夜深無伴倚空樓③〔三〕。古《御街行》詞：夜深無語樓空倚。

【校】

① 此詩見於五代時韋縠所編《才調集》卷八、宋人洪邁輯《萬首唐人絕句》卷五十，收錄爲唐人韓偓《夜深》詩，清代《全唐詩》卷六百八十三收錄爲韓偓《寒食夜》詩，當爲韓偓所作，誤入朱淑真詩集。又見於《宋元詩·斷腸詩集》卷四。

② 「夜」，《才調集》《萬首唐人絕句》作「雨」。

③ 「空」，《全唐詩》作「南」。

後集卷一　春景

三三三

【注】

〔一〕悠悠：連綿不盡貌。唐溫庭筠《夢江南》(梳洗罷)詞：「過盡千帆皆不是，斜暉脈脈水悠悠。」

〔二〕「正是」句：唐杜甫《江南逢李龜年》詩：「正是江南好風景，落花時節又逢君。」宋辛棄疾《霜天曉角》(吳頭楚尾)詞：「明日落花寒食，得且住，爲佳耳。」

〔三〕「夜深」句：唐子蘭《登樓》：「故人千里同明月，盡夕無言空倚樓。」

獨坐感春

翠密藏鴉綠柳堤〔一〕，傷春懶矣步桃溪〔二〕。夢回窗下日當午，鷓鴣一聲林外啼〔三〕。

【校】

① 「傲」，袁跋本、徐藏本、藝芸本作「僥」，今據鐵琴本、丁刊本改。

【注】

〔一〕翠密：形容枝葉翠綠深密。《文選》卷二十二引陸機《招隱詩》：「輕條象雲構，密葉成翠幄」，《選》陸士衡《招隱》詩：密葉成翠幄。

〔二〕杜：傷春怯杜鵑。又，晉陶潛《桃源記》：太康中，武陵人捕魚，沿溪而行，忽逢桃花林夾兩岸，並無雜木。

〔三〕《苻川集·漁家傲》詞①：鷓鴣一声初報曉。

暮春有感①

倦對飄零滿徑花②〔一〕，靜聞春水鬧鳴蛙〔二〕。故人何處草空碧③〔三〕，江淹《別賦》：「春草碧色。撩亂寸心天一涯〔四〕。御製《魚游春水》詞：寸心千里。又，杜《送高適》詩：各在天一涯。

【校】

① 又見於《宋元詩·斷腸詩集》卷四、《名媛彙詩》卷十、《名媛詩歸》卷二十、《古今女史·詩集》卷五。　詩題，《名媛彙詩》、《名媛詩歸》、《古今女史》題作「有感」。

〔一〕倦對：面對春景憂悶感傷。唐杜甫《秋日夔府詠懷奉寄鄭監審李賓客之芳一百韻》詩：「他日辭神女，傷春怯杜鵑。」桃溪：參見《前集》卷三《小桃葉去偶生數花》詩注〔三〕。宋王之望《減字木蘭花》(珠簾乍見)詞：「桃溪得路。直到仙家留客處。」

〔二〕鵙鵙(tí jué)：即杜鵑鳥，又作「鶗鴂」。參見《前集》卷一《春霽》詩注〔七〕杜鵑。戰國屈原《離騷》：「恐鶗鴂之先鳴兮，使夫百草爲之不芳。」

〔三〕藏鴉：參見《前集》卷二《春日雜書十首》其九詩注。宋周邦彥《渡江雲》(晴嵐低楚甸)詞：「千萬絲、陌頭楊柳，漸漸可藏鴉。」

鼪：

【注】

① "倦對"句:唐杜甫《遣意二首》其一:"一徑野花落,孤村春水生。"

② "倦",《宋元詩》作"愁"。

③ "草空碧",《名媛彙詩》《名媛詩歸》《古今女史》作"草堂碧"。

〔二〕"靜聞"句:唐韓愈《盆池五首》其一:"一夜青蛙鳴到曉,恰如方口釣魚時。"

〔三〕"故人"句:梁江淹《別賦》:"春草碧色,春水綠波。送君南浦,傷如之何。"

〔四〕寸心:古人認爲心的大小在方寸之間,故名。天一涯:形容天各一方,遠隔兩地。漢無名氏《古詩十九首》《行行重行行》詩:"相去萬餘里,各在天一涯。"唐杜甫《送高三十五書記》:"常恨結歡淺,各在天一涯。"

【集評】

"靜聞"二字,着"春水"上妙,不必説出"鳴蛙"矣。(《名媛詩歸》卷二十)

"草堂碧",深於領會。(同上)

"天一涯",有恨歎難忘意。(同上)

"靜聞"句:到家。(《古今女史·詩集》卷五)

後集卷二

夏　景

夏日作

東風迤邐轉南風〔一〕，李白《春日獨酌》詩：東風扇淑氣。又，下注。萬物全歸長養功〔二〕。《烝民》詩：穆如清風。注：清微之風養萬物。又，《凱風》詩注：樂夏之長養。舜豈無心阜民俗〔三〕，《家語·樂篇》：舜彈五絃之琴，追《南風》之詩曰：「南風之薰兮①，可以解吾民之慍兮，南風之時，可以阜吾民之財兮。」薰薰歌入五絃中〔四〕。見上注。

【校】

① 「兮」，藝芸本作「苟」。

【注】

〔一〕東風：唐李白《春日獨酌二首》其一：「東風扇淑氣，水木榮春暉。」迤邐：漸次，逐漸。

〔二〕長養：撫育培養。《詩經·大雅·烝民》：「吉甫作誦，穆如清風。仲山甫永懷，以慰其心。」注云：「清微之風，化養萬物者也。」《詩經·邶風·凱風》：「凱風自南，吹彼棘心。」注云：「南風謂之凱風。樂夏之長養。」

〔三〕阜民俗：使民衆生活豐裕、富足。《孔子家語》卷八：「昔者，舜彈五絃之琴，造《南風》之詩。其詩曰：『南風之薰兮，可以解吾民之慍兮，南風之時兮，可以阜吾民之財兮。』」五絃：古琴的一種，有五根絃。《通典》卷一四四引揚雄《琴清英》：「舜彈五絃之琴而天下化，堯加二絃以合君臣之恩。」參見《後集》卷一「早春喜晴即事》詩「商羽」注。

〔四〕薰薰：初夏時東南風和暖的樣子。

暑月獨眠①

紗厨困卧日初長〔一〕，古《鶴中天》詞：白角簟，碧紗厨。微雨乍晴初。又，《隔浦蓮》詞：困卧北窗清曉。解却紅裙小簟涼〔二〕。上注。杜《八溝納涼》詩：越女紅裙濕。一篆爐煙籠午枕〔三〕，冰肌生汗白蓮香〔四〕。東坡《洞仙歌》詞：玉骨冰肌，自清涼無汗。

【校】

① 又見於《宋元詩‧斷腸詩集》卷四、《名媛彙詩》卷十、《名媛詩歸》卷二十。

【注】

〔一〕紗廚：紗帳，夏季張施以避蚊蠅。宋周邦彥《鶴沖天》詞：「白角簟，碧紗廚。梅雨乍晴初。」

〔二〕「解却」句：宋李清照《一剪梅》詞：「紅藕香殘玉簟秋。輕解羅裳，獨上蘭舟。」唐杜甫《陪諸貴公子丈八溝攜妓納涼晚際遇雨二首》其二：「越女紅裙濕，燕姬翠黛愁。」

〔三〕一篆爐煙：形容香爐中的煙縷繚繞上昇，宛如圓曲的篆字。

〔四〕「冰肌」句：宋蘇軾《洞仙歌》詞：「冰肌玉骨，自清涼無汗。」

【集評】

「解却」句：情甚酣。（《名媛詩歸》卷二十）

暑夜

水亭相對已黃昏〔一〕，王荊公詩：茅簷相對坐終日。靜數飛螢過小園。窗下孤燈自明滅〔二〕，白樂天《長恨歌》：孤燈挑盡未成眠。王荊公詩：一燈明滅照黃昏。無聊獨自懶扃門〔三〕。

夏夜有作

暑夕炎蒸著摸人[一]，韓《答張徹》詩：暑夕眠風檐。移牀借月臥中庭。更深露下衣襟冷①[二]，杜《江月》詩：夜深露氣清。夢到陽臺不奈醒[三]。《選》宋玉《高唐賦·序》：昔先王嘗夢到婦人曰②：妾巫山之女，朝朝暮暮③，陽臺之下。

【校】

① 「衣」，袁跋本、徐藏本、藝芸本、鐵琴本作「不」（袁跋本以墨筆改「不」爲「衣」），今據丁刊本改。

② 「昔」，袁跋本、徐藏本、藝芸本作「者」，鐵琴本缺，今據丁刊本改。

③ 「朝朝暮暮」，袁跋本、徐藏本作「潮潮幕幕」，今據藝芸本、鐵琴本、丁刊本改。

【注】

〔一〕「水亭」句：宋王安石《鍾山即事》詩：「茅簷相對坐終日，一鳥不鳴山更幽。」

〔二〕「窗下」句：唐白居易《長恨歌》：「夕殿螢飛思悄然，孤燈挑盡未成眠。」宋王安石《試院五絕其五》：「閑却荒庭歸未得，一燈明滅照黃昏。」

〔三〕扃門：閉門。

夏夜乘涼

滿意好風生水面[一],邵堯夫詩:月到天心處,風來水面時。趁人明月到天心[二]。東坡詩:步屧中庭月趁人。又,上注。此時情緒誰能會,獨坐中庭夜已深。上注。

【校】

① 又見於《宋元詩‧斷腸詩集》卷四、《名媛彙詩》卷十、《名媛詩歸》卷二十。

【注】

〔一〕暑夕:唐韓愈《答張徹》詩:「暄晨蹋露烏,暑夕眠風櫺。」著摸:引惹,牽纏。又作「著莫」。唐鄭谷《梓潼歲暮》詩:「江城無宿雪,風物易爲春。酒美消磨日,梅香著莫人。」

〔二〕「更深」句:唐杜甫《甑月呈漢中王》詩:「夜深露氣清,江月滿江城。」宋倪偁《南歌子》詞:「露下衣微濕,杯深意甚歡。」

〔三〕陽臺:指男女歡會之所。《文選》卷十九引宋玉《高唐賦‧序》:「昔者,先王嘗遊高唐,怠而晝寢,夢見一婦人曰:『妾巫山之女也,爲高唐之客。聞君遊高唐,願薦枕席。』王因幸之。去而辭曰:『妾在巫山之陽,高丘之阻。旦爲朝雲,暮爲行雨。朝朝暮暮,陽臺之下。』」唐李白《寄遠十二首》其四:「相思不惜夢,日夜向陽臺。」

夏枕自詠①

夏日初長候〔一〕，風櫺暑夕眠〔二〕。
衣輕香汗透，睡重鬢鬟偏②〔三〕。
鬢綠攢眉小③〔四〕，啼紅上臉鮮〔五〕。
起來無個事，纖手弄清泉〔六〕。

【注】

〔一〕「滿意」三句：宋邵雍《清夜吟》詩：「月到天心處，風來水面時。一般清意味，料得少人知。」

〔二〕趁：追隨，伴隨。宋蘇軾《臺頭寺步月得人字》詩：「風吹河漢掃微雲，步屧中庭月趁人。」

【集評】

「誰能會」，已明說情緒矣，又着「夜已深」一句，低徊自問，情更難明。（《名媛詩歸》卷二十）

夏日初長候〔一〕，唐文宗聯句：我愛夏日長。風櫺暑夕眠〔二〕。韓《答張徹》詩：暑夕眠風櫺。白樂天《長恨歌》：雲鬢半偏新睡覺。鬢綠攢眉小〔四〕，杜《江月》詩：燭滅翠眉顰。啼紅上臉鮮〔五〕。趙師民詩：啼紅濕淚痕。起來無個事，纖手弄清泉〔六〕。東坡《阮郎歸》詞：玉盆纖手弄清泉④。

【校】

① 又見於《詩淵》一三八五頁、《宋元詩·斷腸詩集》卷二、《名媛彙詩》卷十三、《名媛詩歸》卷十

九、《古今女史·詩集》卷七。

② 「重」，鐵琴本作「熟」。 「髻」，丁刊本作「翠」。 「鬟」，《古今女史》作「還」。

③ 「攢」，丁刊本作「愁」。

④ 「盆」，徐藏本、藝芸本、鐵琴本、丁刊本作「人」。

【注】

〔一〕「夏日」句：《舊唐書》卷一百六十五《柳公權傳》：「文宗夏日與學士聯句。帝曰：『人皆苦炎熱，我愛夏日長。』公權續曰：『薰風自南來，殿閣生微涼。』時丁、袁五學士皆屬繼，帝獨諷公權兩句，曰：『辭清意足，不可多得。』」宋劉涇《夏初臨》詞：「泛水新荷，舞風輕燕，園林夏日初長。」

〔二〕風櫺（líng）：透風的窗格。櫺，窗子、欄杆或門上雕有花紋的格子。唐韓愈《答張徹》詩：「喧晨躁露鳥，暑夕眠風櫺。」

〔三〕「睡重」句：唐白居易《長恨歌》：「雲鬢半偏新睡覺，花冠不整下堂來。」髻鬟：古時婦女髮式，將頭髮環曲束於頂。

〔四〕顰：皺眉。唐杜甫《江月》詩：「誰家挑錦字，燭滅翠眉顰。」綠：女子黛眉之色。黛，古代女子用以畫眉的青黑色顏料。

〔五〕啼紅：形容女子流淚打濕臉上的胭脂。唐岑參《長門怨》詩：「綠錢侵履迹，紅粉濕啼痕。」

後集卷二 夏景

三四三

【集評】

〔六〕「纖手」句：宋蘇軾《阮郎歸》綠槐高柳咽新蟬）詞：「玉盆纖手弄清泉。瓊珠碎却圓。」

宋柳永《集賢賓》（小樓深巷狂遊遍）詞：「縱然偷期暗會，長是怱怱。爭似和鳴偕老，免教斂翠啼紅。」

「顰綠」句：媚甚。（《古今女史‧詩集》卷七）

「顰綠攢眉」故「小」，看得細。（《名媛詩歸》卷十九）

遊湖歸晚①

戀戀西湖景〔一〕，《范睢傳》：以裶袍戀戀②，有故人之意。山頭帶夕陽〔二〕。《宋子京筆記》云③：山西日夕陽，《詩》曰「度其夕陽」。歸禽翻竹露④〔三〕，落果響芹塘⑤。葉倚風中靜，魚遊水底涼。半亭明月色，荷氣惱人香〔四〕。坡詩：一池明月芰荷香。

【校】

① 又見於《宋元詩‧斷腸詩集》卷二、《名媛彙詩》卷十三、《名媛詩歸》卷十九、《古今女史‧詩集》卷七。

【注】

〔一〕戀戀：依依不捨。《史記》卷七十九《范雎蔡澤列傳》：「然公之所以得無死者，以綈袍戀戀，有故人之意，故釋公。」

〔二〕「山頭」句：唐皇甫曾《寄劉員外長卿》詩：「南憶新安郡，千山帶夕陽。」《宋景文公筆記》卷上：「山東曰朝陽，山西曰夕陽，故《詩》曰『度其夕陽』。」宋祁，字子京。

〔三〕「歸禽」句：宋趙師秀《呈蔣薛二友》詩：「禽翻竹葉霜初下，人立梅花月正高。」

〔四〕「荷氣」句：唐孟浩然《夏日南亭懷辛大》詩：「荷風送香氣，竹露滴清響。」宋謝逸《夜興》詩：「夢覺疏鐘鳴遠寺，一池明月芰荷香。」惱，引惹，撩撥。唐杜甫《江畔獨步尋花七絕句》其一：「江上被花惱不徹，無處告訴只顛狂。」

② 「褅」，鐵琴本作「絺」。

③ 「筆」，袁跋本、徐藏本、藝芸本、鐵琴本、丁刊本均作「華」，今據宋祁書名改。

④ 「歸禽」，《名媛詩歸》《古今女史》作「禽歸」。

⑤ 「落果」，袁跋本、徐藏本、藝芸本、鐵琴本、《宋元詩》、《名媛彙詩》、《名媛詩歸》、《古今女史》作「果落」，今據丁刊本改。

西樓納涼

小閣對芙蕖〔一〕，囂塵一點無〔二〕。水風涼枕簟〔三〕，韓《新亭》詩：水紋浮枕簟。雪葛爽肌膚〔四〕。杜：香羅疊雪輕。

【校】

① 「暉」，袁跋本、藝芸本、丁刊本作「運」，鐵琴本缺，今據徐藏本改。

【注】

〔一〕芙蕖：荷花的別名。

〔二〕囂塵：喧鬧揚塵。《文選》卷二十七引謝朓〈字玄暉〉《之宣城出新林浦向版橋》詩：「囂塵自茲隔，賞心於此遇。」

【集評】

「落果」句：秀而轉，自然有聲響。（《名媛詩歸》卷十九）

「倚」字神妙。（同上）

氣清，貴在能潤；景細，貴在能幽。兼之則骨高而力厚矣。（同上）

夏日遊水閣①〔一〕

淡紅衫子透肌膚〔二〕，古詞：淡紅衫，縷金裙。又，《莊·逍遙篇》：肌膚若冰雪。夏日初長水閣虛〔三〕。唐文宗聯句：我愛夏日長。又，《浣溪沙》詞：水閣池亭自有涼。獨自憑欄無個事，水風涼處讀文書〔四〕。古《小重山》詞：水風生處小亭臨。

【校】

① 又見於《詩淵》三五七六頁。此詩又見於五代前蜀花蕊夫人徐氏《宫詞》，「淡紅」作「薄羅」，「水閣」作「板閣」，「無個事」作「無一事」，僅四字之別，當非朱淑真所作。因屬人已久，仍錄存備考。

【注】

〔一〕水閣：臨水的樓閣。一般爲兩層建築，四面開窗，可憑高遠望。唐劉禹錫《劉駙馬水亭避暑》詩：「千竿竹翠數蓮紅，水閣虛涼玉簟空。」

〔二〕枕簟：枕席，泛指卧具。簟，竹席，涼席。唐韓愈《新亭》詩：「水紋浮枕簟，瓦影蔭龜魚。」

〔三〕

〔四〕雪葛：雪白的葛布。葛布，用葛纖維織成的布，又稱夏布，適宜做夏裝。唐杜甫《端午日賜衣》詩：「細葛含風軟，香羅疊雪輕。」

〔二〕透肌膚《莊子·逍遙遊》：「藐姑射之山，有神人居焉。肌膚若冰雪，淖約若處子。不食五穀，吸風飲露。乘雲氣，御飛龍，而遊乎四海之外。」

〔三〕「夏日」句：見本卷《夏枕自詠》詩注〔一〕。

〔四〕「水風」句：宋寇準《喜吉上人至》詩：「疏林秋色暮，虛閣水風涼。」

後集卷三

秋　景

秋日晚望①

極目寒郊外〔一〕，宋莒公《江湖》詩：展盡江湖極目天。晚來微雨收。隴頭霞散綺〔二〕，《選》謝元暉詩：餘霞散成綺。天際月懸鈎〔三〕。杜《秋霽》詩：天際秋雲薄。又，柳子厚詩：新月玉鈎吐。一字新鴻度〔四〕，黄山谷詩：雁字一行書絳霄。千聲落葉秋〔五〕。《淮南子》：一葉落而天下知秋。倚欄堪聽處②，玉笛在漁舟③〔六〕。李白詩：誰家玉笛暗飛聲④。

【校】

① 又見於《宋元詩·斷腸詩集》卷二、《名媛彙詩》卷十三、《名媛詩歸》卷十九、《古今女史·詩集》卷七。詩題，《名媛詩歸》作「秋日晚望」。

【注】

〔一〕極目：縱目，用盡目力遠望。宋宋庠《重展西湖二首》其一：「鑿開魚鳥忘情地，展盡江湖極目天。」宋庠，封莒國公。

〔二〕「隴頭」三句：宋夏竦《喜遷鶯》詞：「霞散綺，月沈鈎。簾捲未央樓。」隴頭，高丘之巔。隴，同「壟」。霞散綺，《文選》卷二十七引謝朓《晚登三山還望京邑》詩：「餘霞散成綺，澄江静如練。」謝朓，字玄暉，南朝齊詩人。

〔三〕「天際」句：唐杜甫《雨晴》詩：「天際秋雲薄，從西萬里風。」唐柳宗元《再至界圍巖水簾遂宿巖下》詩：「幽巖畫屏倚，新月玉鈎吐。」

〔四〕「一字」句：宋黄庭堅《虛飄飄》詩：「蜃樓百尺橫滄海，雁字一行書絳霄。」

〔五〕「千聲」句：《淮南子》卷十六《説山訓》：「見一葉落，而知歲之將暮，睹瓶中之冰，而知天下之寒。」《歲時廣記》卷三：「《淮南子》：『一葉落而天下知秋。』韓文公詩云：『淮南悲葉落，今我亦傷秋。』唐人詩云：『山僧不解數甲子，一葉落知天下秋。』」

② 「欄」，丁刊本作「樓」。

③ 「笛」，袁跋本、徐藏本作「苗」，今據藝芸本、鐵琴本、丁刊本改。

④ 「飛」，袁跋本、徐藏本作「非」，今據藝芸本、鐵琴本、丁刊本改。

【集評】

「一字」上，影出「新鴻」耳，妙句！（《名媛詩歸》卷十九）

〔六〕「玉笛」句：唐李白《春夜洛城聞笛》詩：「誰家玉笛暗飛聲，散入春風滿洛城。」

秋日行①

蕭瑟西風起何處〔一〕，宋玉《九愁辨》：悲哉！秋之爲氣也。蕭瑟草木搖落而變衰。杜甫《懷李白》詩：涼風起天末。庭前葉葉驚梧樹〔二〕。張耒詩：翠樹含風葉葉涼。又，《記·月令》：孟秋之月，天地始肅。萬物收成天地肅〔三〕，《前·律歷志》：秋爲陰中，萬物以成。又，白樂天詩：秋雨梧桐葉落時。田家芋栗初登圃②〔四〕。杜：園收芋栗不全貧。杳杳高穹片水清〔五〕，《前·禮樂志》：歌曰：「杳杳冥冥。」杜《宴石門》詩：秋水清無底。一點秋雕翥雲路③〔六〕。杜：雕鶚在秋天。又，韓詩：青雲路難近。淒淒空曠雨初晴〔七〕，杜牧《晚晴賦》④：雨晴秋容新沐兮。涼飆動地收殘暑〔八〕。《選·怨歌行》：涼飆奪炎熱⑤。又，王仲宣《公宴詩》⑥：涼飆徹蒸暑。高樓玉笛應清商〔九〕，李白詩：黃鶴樓中吹玉笛。又，《選》潘安仁詩：清商應秋至。天外數聲新雁度⑦〔一〇〕。杜《得家書》詩：涼風新過雁。園林草木半含黃〔一一〕，《記·月令》：季秋之月，草木黃落。又，古詞：西風漸冷，園林萬木凋黃。籬菊黃金

花正吐⑧〔一三〕。陶潛《飲酒》詩:采菊東籬下。唐德宗《宴曲江亭》詩:芳菊舒金英⑨。池上枯楊噪晚蟬〔一三〕,《易‧大過卦》:枯楊生華⑩。古詞:寒蟬噪晚⑪,聒得人心欲碎。愁蓮籔籔啼殘露⑫〔一四〕。《選》謝靈運《登池上樓》詩⑭:新陽改舊陰。可憐秋色與春風,幾度榮枯新復古⑬〔一五〕。

【校】

① 又見於《宋元詩‧斷腸詩集》卷一、《名媛彙詩》卷五、《名媛詩歸》卷十九、《古今女史‧詩集》卷三。

②「粟」,《宋元詩》《名媛彙詩》《古今女史》作「粟」。

③「雲」,丁刊本作「去」。

④「賦」,袁跋本、徐藏本作墨釘,鐵琴本、丁刊本缺,今據藝芸本改。

⑤「奪」,袁跋本、徐藏本作「集」,丁刊本作「收」,今據藝芸本、鐵琴本改。

⑥「宴」,袁跋本、徐藏本作墨釘,鐵琴本缺,今據藝芸本改。

⑦《名媛彙詩》《古今女史》作「鴻」。

⑧「新」,袁跋本、徐藏本作墨釘,鐵琴本、丁刊本改。

⑨「籬」,袁跋本、徐藏本作「离」,今據藝芸本、鐵琴本、丁刊本改。

⑩「英」,袁跋本、徐藏本作墨釘,今據藝芸本、鐵琴本、丁刊本改。

⑪「楊」,袁跋本、徐藏本、藝芸本作「陽」,今據鐵琴本、丁刊本改。

【注】

〔一〕「蕭瑟」句：戰國宋玉《九辯》：「悲哉！秋之爲氣也，蕭瑟兮草木搖落而變衰。」唐杜甫《天末懷李白》詩：「涼風起天末，君子意如何。」宋孔平仲《子夜四時歌·秋》：「慘淡秋雲高，蕭瑟西風起。」

〔二〕「庭前」句：宋張耒《夏日三首》其三：「幽花避日房房斂，翠樹含風葉葉香。」唐白居易《長恨歌》：「春風桃李花開日，秋雨梧桐葉落時。」

〔三〕「萬物」句：《漢書》卷二十一《律歷志》：「故春爲陽中，萬物以生。秋爲陰中，萬物以成。」《禮記·月令》：「孟秋之月……天地始肅。」

〔四〕芋栗：橡栗。因其形似芋芿，故名。唐杜甫《南鄰》詩：「錦里先生烏角巾，園收芋栗不全貧。」

〔五〕「杳杳」句：唐杜甫《劉九法曹鄭瑕丘石門宴集》詩：「秋水清無底，蕭然淨客心。」杳杳，幽遠

後集卷三　秋景

三五三

貌。《漢書》卷二十二《禮樂志》引《安世房中歌》:「慈惠所愛,美若休德。杳杳冥冥,克綽永福。」高穹,蒼天。

〔六〕雕:一種大型猛禽,也叫鷲。唐杜甫《奉贈嚴八閣老》詩:「蛟龍得雲雨,雕鶚在秋天。」

〔七〕「淒淒」句:唐杜牧《晚晴賦》:「雨晴秋容新沐兮,忻遠園而細履。」

〔八〕涼飆:秋風。《文選》卷二十七引班婕妤《怨歌行》:「常恐秋節至,涼飆奪炎熱。」《文選》卷二十引王粲《公宴詩》:「涼風撤蒸暑,清雲却炎暉。」

〔九〕玉笛:對笛子的美稱。唐李白《與史郎中欽聽黃鶴樓上吹笛》詩:「黃鶴樓中吹玉笛,江城五月落梅花。」清商:此處指秋風。清商即商聲,爲五音之一,古謂其調淒清悲涼。古人五行觀念中,商聲屬秋,主於肅殺。《文選》卷二十三引潘岳《悼亡詩三首》其二:「清商應秋至,溽暑隨節闌。」唐杜甫《秋笛》詩:「清商欲盡奏,奏苦血霑衣。」

〔一〇〕「天外」句:唐杜甫《得家書》詩:「涼風新過雁,秋雨欲生魚。」宋無名氏《秋霽》(虹影侵階)詞:「又聽得,雲外數聲,新雁正嘹嚦。」

〔一一〕半含黃:《禮記·月令》:「季秋之月……草木黃落,乃伐薪爲炭。」

〔一二〕「籬菊」句:晉陶淵明《飲酒二十首》其五:「採菊東籬下,悠然見南山。」唐白居易《履道新居二十韻》:「曲池潔寒流,芳菊舒金英。」唐德宗李适《重陽日賜宴曲江亭賦六韻詩用清字》:

詩:「籬菊黃金合,窗筠綠玉稠。」

〔三〕噪晚蟬:宋柳永《爪茉莉》(每到秋來)詞:「殘蟬噪晚,甚聒得、人心欲碎。」唐釋齊己《亂後江西過孫魴舊居因寄》詩:「何處暮蟬喧逆旅,此中山鳥噪垂楊。」

〔四〕簌簌:墜落貌。唐元稹《連昌宮詞》:「又有牆頭千葉桃,風動落花紅簌簌。」

〔五〕幾度:《文選》卷二十二引謝靈運《登池上樓》詩:「初景革緒風,新陽改故陰。」唐姚倫《感秋》詩:「霜風與春日,幾度遣榮枯。」

【集評】

「片水清」,深冷。(《名媛詩歸》卷十九)

「淒淒」句:寒氣蒼然。(同上)

「愁蓮」句:鬱浮蒙密,涵泳悲淒。(同上)

「萬物」句:宋人語。(《古今女史》卷三)

「杳杳」二句:形容秋空入妙。(同上)

「園林」二句:景色自佳。(同上)

「愁蓮」句:又虛又實,妙。(同上)

三五五

秋日偶題①

芙蓉斜倚胭脂臉〔一〕，巖桂輕搖金粟花〔二〕。古《念奴嬌》詞：玲瓏枝枝②，鬭妝金粟。愁思不知秋浩蕩③〔三〕，古《念奴嬌》詞：萬里秋容浩蕩。一鞭秋興遶天涯④〔四〕。杜《野望》詩：天涯涕淚一身遙。

【校】

① 又見於《宋元詩·斷腸詩集》卷四、《名媛彙詩》卷十、《名媛詩歸》卷二十、《古今女史·詩集》卷五。詩題，丁刊本作「秋日偶成」。

② 「枝上」，袁跋本、徐藏本作「枝〻」（「〻」係重文符號，當爲「上」字形近而訛），藝芸本、丁刊本作「枝枝」，今據鐵琴本改。

③ 「秋」，《古今女史》作「愁」。

④ 「秋」，丁刊本作「逸」。

【注】

〔一〕芙蓉：此處指木芙蓉，即木蓮，落葉大灌木，秋季開花，色有紅白，晚上變深紅。宋晏殊《少年遊》詞：「霜華滿樹，蘭凋蕙慘，秋豔入芙蓉。胭脂嫩臉，金黃輕蕊，猶自怨西風。」

（二）嚴桂：木犀的別名，通稱桂花。參見《前集》卷六《木犀四首》題注。金粟：形容桂花色黃如金，花小如粟。宋倪偁《念奴嬌》（素秋向晚）詞：「惟有巖前雙桂樹，翠葉香浮金粟。」

（三）「愁思」句：宋王珪《秋雨》詩：「秋容浩蕩夕雲高，旻宇蕭然絕一毫。」

（四）「一鞭」句：唐杜甫《野望》詩：「海内風塵諸弟隔，天涯涕淚一身遥。」

【集評】

「不知秋」，是愁緒縈懷，忘却節序也。比悲秋意，更深一層。（《名媛詩歸》卷二十）

「秋興」何以遂遠「天涯」？是愁思無端，強為歡笑，茫然不知何極也。無聊中多有此語。

（同上）

早秋偶筆①

肅肅涼風至②〔一〕，《選》陸士衡詩：肅肅素秋節③。又，《記·月令》：孟秋月④，涼風至。淒然景驟清。雨餘殘暑退〔二〕，唐劉禹錫《秋聲》詩：暑退九霄静⑤。日落晚涼生〔三〕。杜《遊南池》詩：晚涼看洗馬。鷹隼雙睛轉⑥〔四〕，杜《簡高使君》詩：鷹隼出風塵。梧桐一葉驚〔五〕。白樂天《長恨歌》詩：秋雨梧桐葉落時。又，李白詩：梧桐落金井，一葉飛銀牀。試聽松竹裏，萬籟起秋聲〔六〕。杜《玉華宫》詩：萬籟真笙竽⑦。又，陳簡齋詩：却愁無處著秋聲。

【校】

① 又見於《分門纂類唐宋時賢千家詩選》卷二、《宋元詩·斷腸詩集》卷二、《名媛彙詩》卷十三、《名媛詩歸》卷十九、《古今女史·詩集》卷七。詩題，《千家詩選》作「秋」，《宋元詩》《名媛彙詩》《名媛詩歸》《古今女史》作「早秋」。

② 「涼」，《宋元詩》《名媛彙詩》《名媛詩歸》《古今女史》作「西」。

③ 「蕭蕭」，袁跋本、徐藏本作墨釘，今據藝芸本、鐵琴本、丁刊本改。

④ 「孟秋月」，丁刊本作「孟秋之月」。

⑤ 「霄靜」，袁跋本、徐藏本作「肖青」，丁刊本作「霄清」，鐵琴本作「霄青」，丁刊本作「霄清」，今據藝芸本改。

⑥ 「晴」，《宋元詩》《名媛詩歸》《古今女史》作「眸」。

⑦ 「竽」，藝芸本作「筝」，鐵琴本缺。

【注】

〔一〕蕭蕭：象聲詞，風聲。晉陸機《為顧彥先作詩》：「蕭蕭素秋節，湛湛濃露凝。」唐王勃《詠風》詩：「蕭蕭涼風生，加我林壑清。」涼風：秋風。《禮記·月令》：「孟秋之月⋯⋯涼風至，白露降，寒蟬鳴，鷹乃祭鳥，用始行戮。」

〔二〕「雨餘」句：唐劉禹錫《八月十五日夜玩月》詩：「暑退九霄淨，秋澄萬景清。」唐釋齊己《早秋寄友生》詩：「雨多殘暑歇，蟬急暮風清。」

七夕口占①

三秋靈匹此宵期〔一〕，萬古傳聞果是非③〔二〕。免俗未能還自笑④〔三〕，

【集評】

「日落」句：悠然。《名媛詩歸》卷十九

〔三〕「日落」句：唐杜甫《與任城許主簿遊南池》詩：「晚涼看洗馬，森木亂鳴蟬。」

〔四〕鷹隼(sǔn)：鷹和雕，泛指猛禽。《漢書》卷二十七《五行志》：「金，西方，萬物既成，殺氣之始也。故立秋而鷹隼擊，秋分而微霜降。」南朝齊謝朓《暫使下都夜發新林至京邑贈西府同僚》詩：「常恐鷹隼擊，時菊委嚴霜。」唐杜甫《奉簡高三十五使君》詩：「驊騮開道路，鷹隼出風塵。」

〔五〕梧桐：唐白居易《長恨歌》：「春風桃李花開夜，秋雨梧桐葉落時。」唐李白《贈別舍人弟臺卿之江南》詩：「梧桐落金井，一葉飛銀牀。」一葉，參見本卷《秋日晚望》詩注〔五〕。

〔六〕萬籟：泛指自然界的各種聲響。唐杜甫《玉華宮》詩：「萬籟真笙竽，秋色正蕭灑。」秋聲：宋陳與義《秋夜》詩：「莫遣西風吹葉盡，却愁無處著秋聲。」

〔一〕《詩》：如三秋兮。又，唐韋應物詩②：豈意靈仙偶，相忘亦彌年。又，王鑒詩：一稔期一宵，此期良可嘉。

〔二〕

以竹竿挂大布犢鼻衣於中庭,曰:未能免俗。金針乞得巧絲歸〔四〕。《荊楚歲時記》:七夕,婦人以彩縷穿針⑤,陳酒脯瓜果於園中乞巧,有蟢子網於瓜上,則以爲得巧。

【校】

① 又見於《分門纂類唐宋時賢千家詩選》卷四、《宋元詩·斷腸詩集》卷四、《名媛彙詩》卷十。詩題,《千家詩選》作「七夕」。

②「韋應物」,袁跋本、徐藏本、藝芸本、鐵琴本作「韋應」,今據丁刊本改。

③「果是」,《千家詩選》作「是果」。

④「免」,《千家詩選》作「脱」。

⑤「縷」,袁跋本、徐藏本、藝芸本作「樓」,鐵琴本作「絲」,今據丁刊本改。

【注】

〔一〕三秋:此處指秋季。七月稱孟秋、八月稱仲秋、九月稱季秋,合稱三秋。《詩經·王風·采葛》:「彼采蕭兮,一日不見,如三秋兮。」孔穎達疏:「年有四時,時皆三月,三秋謂九月也。」

靈匹:神仙匹偶。指牽牛、織女二星。南朝宋謝惠連《七月七日夜詠牛女》詩:「雲漢有靈匹,彌年闕相從。」唐韋應物《七夕》詩:「豈意靈仙偶,相望亦彌年。」此宵期:南朝梁王鑒《七夕觀織女》詩:「牽牛悲殊館,織女悼離家。一稔期一宵,此期良可嘉。」

三六〇

新秋①

〔一〕一夜涼風動扇愁〔一〕，《選》：裁生合歡扇②，動搖微風發③。常恐秋節至，涼風奪炎熱。背時容易入新秋④〔二〕。古詞：別時容易見時難。桃花臉上汪汪淚〔三〕，古詞：閣淚汪汪不肯垂。忍到更深枕上流⑤。古詞：枕上偷垂淚眼流。

〔二〕「萬古」句。唐杜甫《牽牛織女》詩：「牽牛出河西，織女處其東。萬古永相望，七夕誰見同。……蛛絲小人態，曲綴瓜果中。」宋蘇轍《上元前雪三絕句》其三：「天公似管人間事，近事傳聞半是非。」

〔三〕「免俗」句。《世說新語》卷下：「阮仲容、步兵居道南，諸阮居道北，北阮皆富，南阮貧。七月七日，北阮盛曬衣，皆紗羅錦綺。仲容以竿挂大布犢鼻褌於中庭。人或怪之，答曰：『未能免俗，聊復爾耳。』」宋蘇轍《除夜》詩：「守歲聽兒曹，自笑未免俗。」

〔四〕「金針」句。《荊楚歲時記》：「是夕，人家婦女結彩縷穿七孔針。或以金銀鍮石爲針，陳几筵酒脯瓜果於庭中以乞巧。有蟢子網於瓜上，則以爲符應。」《開元天寶遺事》卷下：「宮中以錦結成樓殿，高百尺，上可以勝數十人，陳以瓜果酒炙，設坐具，以祀牛女二星。妃嬪各以九孔針、五色綫向月穿之，過者爲得巧之候。」

【校】

① 又見於《宋元詩·斷腸詩集》卷四、《名媛彙詩》卷十、《名媛詩歸》卷二十。
② 「生」，丁刊本作「成」。
③ 「發」，袁跋本、徐藏本作「強」，今據藝芸本、鐵琴本、丁刊本改。
④ 「背」，《名媛彙詩》《名媛詩歸》作「別」。
⑤ 「忍」，丁刊本作「愁」。

【注】

〔一〕「一夜」句：《文選》卷二十七引班婕妤《怨歌行》：「新裂齊紈素，鮮絜如霜雪。裁成合歡扇，團團似明月。出入君懷袖，動搖微風發。常恐秋節至，涼飆奪炎熱。棄捐篋笥中，恩情中道絕。」
〔二〕「背時」句：南唐李煜《浪淘沙》（簾外雨潺潺）詞：「別時容易見時難。流水落花春去也，天上人間。」
〔三〕桃花臉：謂女子美如桃花的面容。唐韓偓《復偶見三絕》其二：「桃花臉薄難藏淚，柳葉眉長易覺愁。」汪汪淚：宋無名氏《鷓鴣天》（鎮日無心掃黛眉）詞：「尊前只恐傷郎意，閣淚汪汪不敢垂。」

初秋雨晴①

雨後風涼暑氣收②〔一〕。浮雲盡逐黃昏去，樓角新蟾挂玉鈎⑤〔三〕。

【集評】

「扇愁」，新！新！（《名媛詩歸》卷二十）

〔一〕《選》：涼風撤蒸暑③。古《惜黃花》詞：庭梧葉墜。又，曹植詩：素秋涼氣發。

〔二〕柳子厚詩：新月玉鈎吐。

【校】

① 又見於《宋元詩·斷腸詩集》卷四、《名媛彙詩》卷十、《名媛詩歸》卷二十、《古今女史·詩集》卷五。
② 「風涼」，丁刊本作「涼風」。
③ 「撤」，鐵琴本作「散」。「蒸」，丁刊本作「炎」。
④ 「庭梧」，丁刊本作「梧桐」。
⑤ 「角」，《宋元詩》《名媛彙詩》《名媛詩歸》《古今女史》作「閣」。

【注】

〔一〕「雨後」句：《文選》卷二十引王粲《公宴詩》：「涼風撤蒸暑，清雲却炎暉。」唐杜荀鶴《夏日留題張山人林亭》詩：「此中偏稱夏中遊，時有風來暑氣收。」

〔二〕「庭梧」句：魏曹植《贈丁儀詩》：「初秋涼氣發，庭樹微銷落。」宋程顥《秋》詩：「洗滌炎埃宿雨晴，井梧一葉報秋聲。」宋晁端禮《沁園春》詞：「絡緯催涼，斷虹收雨，庭梧報秋。」

〔三〕新蟾：新月。神話傳說月中有三足蟾蜍，因以蟾代稱月。玉鈎：喻新月。唐柳宗元《再至界圍巖水簾遂宿巖下》詩：「草頭珠顆冷，樓角玉鈎生。」「幽巖畫屏倚，新月玉鈎吐。」唐白居易《八月三日夜作》詩：

【集評】

何處想出「逐」字、「去」字？（《名媛詩歸》卷二十）讀此如服清涼散。（《古今女史·詩集》卷五）

早秋有感

西風淅淅收殘暑〔一〕，杜：秋風淅淅收巫山。庭竹蕭疏報早秋〔二〕。李白詩：綠竹動秋聲。砌下黃昏微雨後〔三〕，上注。幽蛬又，古詞：晚秋天。一雲微雨灑庭軒。檻竹蕭疏，井梧零亂惹殘煙。

唧唧使人愁①〔四〕。古詞：等得秋風滿院吹。又爭如，毒熱時。被唧唧啾啾②，不教人來夢裏，望前程也、促織兒。

【校】

① 「蛩」，袁跋本、徐藏本、藝芸本、鐵琴本作「人」，丁刊本作「恐」，當爲「蛩」之訛，今參鄭元佐注校改。

② 「啾啾」，袁跋本、徐藏本、藝芸本、鐵琴本作「秋秋」，今據鐵琴本、丁刊本改。

【注】

〔一〕淅淅：象聲詞。此處形容風聲。唐杜甫《秋風二首》其一：「秋風淅淅吹巫山，上牢下牢修水闥。」殘暑：夏末時節殘餘的暑氣。宋蘇軾《答仲屯田次韻》詩：「清風卷地收殘暑，素月流天掃積陰。」

〔二〕庭竹句：唐李白《題宛溪館》詩：「白沙留月色，綠竹助秋聲。」宋柳永《戚氏》詞：「晚秋天。一霎微雨灑庭軒。檻菊蕭疏，井梧零亂惹殘煙。」

〔三〕砌下句：唐張曙《浣溪沙》（枕障薰爐隔繡帷）詞：「天上人間何處去，舊歡新夢覺來時。」

〔四〕幽蛩（qióng）：夜鳴的蟋蟀。蛩，蟋蟀的別名，又名促織。唧唧：蟲鳴聲。宋蘇軾《定惠

秋樓晚望

涼吹晚颼颼[一]，古詞：颼颼風冷荻花秋。蘆花兩岸秋[一]。上注。夕陽樓上望，《詩》：度其夕陽。獨倚淚偷流[二]。

【注】

〔一〕「涼吹」三句：唐錢珝《江行無題一百首》其四十九：「風晚冷颼颼，蘆花已白頭。」宋李重元《憶王孫》詞：「颼颼風冷荻花秋。明月斜侵獨倚樓。」蘆花，蘆絮。蘆葦花軸上密生的白毛，種子成熟時，隨風飛散，傳播種子。

〔二〕「夕陽」三句：宋晏殊《清平樂》（紅牋小字）詞：「斜陽獨倚西樓。遙山恰對簾鉤。」夕陽，參見《後集》卷二《遊湖歸晚》詩「山頭帶夕陽」句注。《詩經·大雅·公劉》：「度其夕陽，豳居允荒。」

對秋有感

風倍淒涼月倍明，人間占得十分清〔一〕。

可憐宋玉多才子〔二〕，省可多情苦愴情〔三〕。

只為情多病也多④，省可思量我。

【校】

① 「十分秋」，袁跂本、徐藏本、藝芸本「十」作「寸」，今據鐵琴本、丁刊本改。

② 「辯」，袁跂本、徐藏本、藝芸本、鐵琴本作「辛」，今據丁刊本改。

③ 「愴情」，袁跂本、徐藏本、藝芸本作「愴清」，今據鐵琴本、丁刊本改。

④ 「情」，袁跂本、徐藏本、藝芸本作「清」，今據鐵琴本、丁刊本改。

【注】

〔一〕「人間」句：唐杜甫《月》詩：「天上秋期近，人間月影清。」宋釋德洪《次韻履道雨霽見月二首其一：「今宵掃疏影，寫出十分秋。」

〔二〕宋玉：戰國時期楚國文學家，善辭賦。《文選》卷三十三引宋玉《九辯》：「悲哉！秋之為氣也。蕭瑟兮草木搖落而變衰。……沉寥兮天高而氣清，寂寥兮收潦而水清。」

秋夜舟行宿前江①

扁舟夜泊月明秋〔一〕，水面魚遊趁閒流。更作嬌癡兒女態〔二〕，笑將竿竹擲絲鉤〔三〕。

【校】

① 又見於《詩淵》一四九七頁。

② 「聽穎」，袁跋本、徐藏本、藝芸本作「庁詞」，鐵琴本缺，今據丁刊本改。

【注】

〔一〕「扁舟」句：唐李白《賦得白鷺鷥送宋少府入三峽》詩：「白鷺拳一足，月明秋水寒。」

〔二〕嬌癡：天真可愛而不解事。兒女態：此處指少年男女表現出的天真情態。唐韓愈《聽穎師彈琴》詩：「昵昵兒女語，恩怨相爾汝。」韓愈《聽穎師琴》詩②：昵昵兒女語。

〔三〕竿竹：竹製的釣竿。《詩經·衛風·竹竿》：「籊籊竹竿，以釣于淇。豈不爾思，遠莫致之。」

中秋夜家宴詠月①

九秋三五夕②，姚合詩③：三五復秋中，此夕光應絕。此夕正秋中[一]。上注。天意一夜別，人心千古同[二]。范仲淹詩：天意將圓夜，人心待滿時。清光消霧靄[三]，南唐僧謙明詩：清光何處無。皓色遍高空[四]。白居易詩：皓彩遍空輪欲滿。顧把團圓盞[五]，《選》：團圓似明月。年年對兔宮[六]。杜：牛女年年度。又，桃源夫人《中秋月》詩：玉兔步虛碧。

【注】

① 又見於《宋元詩‧斷腸詩集》卷二、《名媛彙詩》卷十三。
② 「夕」，丁刊本作「月」。
③ 「合」，袁跋本、徐藏本、藝芸本、鐵琴本作「令」，今據丁刊本改。
④ 「桃」，袁跋本、徐藏本、藝芸本作「排」，今據鐵琴本、丁刊本改。

【校】

[一]「九秋」三句：唐姚合《八月十五夜看月》詩：「亭亭千萬里，三五復秋中。此夕光應絕，常時

中秋夜不見月①

不許蟾蜍此夜明〔一〕，張衡《靈憲》云②：羿妻嫦娥奔月，是爲蟾蜍。又，見上首注③。

是無情。何當撥去閑雲霧④〔二〕，古詞：喚起嫦娥⑤，撩雲撥霧，駕此一輪玉。放出光輝萬里

清〔三〕。杜：萬里共清輝⑥。

〔一〕「人心」句：南朝宋范仲淹《八月十四夜月》詩：「天意將圓夜，人心待滿時。」

〔二〕「清光」句：南唐釋謙明《中秋詠月》詩：「此夜一輪滿，清光何處無。」

〔三〕「皓色」句：《錦繡萬花谷·後集》卷一引白居易詩：「光彩遍空輪欲滿，青霄映出皎雲端。」

〔四〕「願把」句：《文選》卷二十七引班婕妤《怨歌行》：「裁爲合歡扇，團團似明月。」

〔五〕年年：唐杜甫《天河》詩：「牛女年年渡，何曾風浪生。」兔宮：月宮。古代傳説月中有玉兔，故名。《詩話總龜》卷四十七引靈源夫人《中秋月》詩：「玉兔步虛碧，冰輪碾太清。」又引桃源夫人《中秋月》詩：「皓彩盈虚碧，清光射玉川。」

夜晚。南朝宋謝靈運《南樓中望所遲客》詩：「與我别所期，期在三五夕。」

思不同。」九秋，指秋天。唐杜甫《月》詩：「斟酌姮娥寡，天寒奈九秋。」三五夕，農曆十五日

三七〇

【校】

① 又見於《宋元詩‧斷腸詩集》卷四、《名媛彙詩》卷十、《名媛詩歸》卷二十。
② 「云」，袁跋本、徐藏本、藝芸本作「公」，今據鐵琴本、丁刊本改。
③ 「首」，袁跋本、徐藏本、藝芸本作「百」，丁刊本缺，今據鐵琴本改。
④ 「閑」，《名媛詩歸》作「開」。
⑤ 「嫦」，袁跋本、徐藏本缺，今據藝芸本、鐵琴本、丁刊本補。
⑥ 「清輝」，袁跋本、徐藏本、藝芸本作「清軍」，今據鐵琴本、丁刊本改。

【注】

〔一〕蟾蜍：此處爲月亮的代稱。《太平御覽》卷四引張衡《靈憲》：「羿請不死藥於西王母，羿妻姮娥竊以奔月，托身於月，是爲蟾蜍。」
〔二〕「何當」句：宋韓駒《念奴嬌》（海天向晚）詞：「喚起嫦娥，撩雲撥霧，駕此一輪玉。」
〔三〕「放出」句：唐杜甫《月圓》詩：「故園松桂發，萬里共清輝。」

【集評】

氣太傲岸。筆意須得斂入穩細，不然則枯直無味如此。（《名媛詩歸》卷二十）

後集卷三 秋景

三七一

中秋月①

杳杳長空斂霧煙②〔一〕，風傳漏報天將曉④，冰輪都勝別時圓〔二〕。惆悵嬋娟又隔年〔三〕。

【校】

① 又見於《分門纂類唐宋時賢千家詩選》卷四，題作「中秋」。
② 「空」，《千家詩選》作「江」。
③ 「桃」，袁跋本、徐藏本、藝芸本作「排」，今據鐵琴本、丁刊本改。
④ 「將」，《千家詩選》作「邊」。「曉」，藝芸本作「晚」。
⑤ 「箭」，袁跋本、徐藏本、丁刊本作「前」，今據藝芸本、鐵琴本改。

【注】

〔一〕杳杳：幽遠貌。《漢書》卷二十二《禮樂志》：「慈惠所愛，美若休德。杳杳冥冥，克綽永福。」唐朱慶餘《十六夜月》詩：「昨夜忽已過，冰輪始覺虧。」鄭元佐注引桃源夫人詩，參見本卷《中秋夜家宴詠月》詩注〔六〕兔宮
〔二〕冰輪：指明月。

〔按原文頂部〕《前·禮樂志》：杳杳冥冥。冰輪碾太清。杜：五夜漏聲催曉箭。坡詞：但願人長久，千里共嬋娟。又，古《臨江仙》詞：動是隔年期。

中秋翫月①

獨占秋光盛，天工信有偏。清暉千里共〔一〕，杜：千里共清暉。又，《選》：隔千里兮共明月②。皓魄十分圓〔二〕。歐陽詹《翫月序》：秋八月十五之夜，則蟾魄圓。又，古詞，《選》：蟾暉兔影十分滿。兔影寒猶弄〔三〕，《五經通義》：月中有兔，與蟾並生。蟾蜍老更堅〔四〕。虞喜《安天論》：俗傳月中仙人桂樹。又，《酉陽雜俎》：月中蟾桂③，地影也。只愁看未足〔五〕，古《賀新郎》詞：看未足，怎歸去。一去又經年④〔六〕。古詩：清光爲惜經年別。

【校】

① 又見於《宋元詩·斷腸詩集》卷二、《名媛彙詩》卷十三、《名媛詩歸》卷十九、《古今女史·詩集》卷七。

【注】

〔一〕「清暉」句：唐杜甫《月圓》詩：「故園松桂發，萬里共清輝。」《文選》卷十三引謝莊《月賦》：「美人邁兮音塵闕，隔千里兮共明月。」

〔二〕皓魄：明月。宋晏殊《謀退四首》其一：「皓魄圓猶缺，芳卮滿故傾。」唐歐陽詹《翫月詩序》：「秋八月十五日夜……則蟾兔圓。」

〔三〕兔影」句：《太平御覽》卷四引《五經通義》：「月中有兔與蟾蜍，何？月陰也，蟾蜍陽也，而與兔並，明陰繫於陽也。」

〔四〕「蟾蜍」句：《太平御覽》卷四引虞喜《安天論》：「俗傳月中仙人桂樹。今視其初生，見仙人之足，漸以成形。桂樹後生焉。」唐段成式《酉陽雜俎》卷一：「或言，月中蟾桂，地影也，空處，水影也。此語差近。」

〔五〕「只愁」句：宋甄龍友《賀新郎》（思遠樓前路）詞：「兩兩龍舟爭競渡，奈珠簾、暮捲西山雨。看未足，怎歸去。」

〔六〕經年：經歷一年。宋王之道《次韻魯如晦七夕》詩：「重惜經年別，貪延數刻秋。」

注釋

② 「隔」，袁跋本、徐藏本、藝芸本作「甚」，鐵琴本缺，今據丁刊本改。

③ 「蟾桂」，袁跋本、徐藏本、藝芸本、鐵琴本作「蟾種」，今據丁刊本改。

④ 「一去又」，丁刊本作「又去一」。

湖上詠月①

清宵三五涼風發〔一〕，姚合詩②：三五復秋中。又，《選》曹植詩：秋風發微涼。湖上閑吟步明月〔二〕。李白詩：醉起步溪月。涓涓流水淺又清〔三〕，唐庭筠詩：涓涓水遶山。又，王介甫詩：蒲葉清淺水。皎潔長空纖靄滅〔四〕。水光月色環相連〔五〕，杜：江月光於水。可憐清景兩奇絕〔六〕。《選》曹子建詩：明月澄清景。古《念奴嬌》詞：對景真奇絕。

【集評】

「獨占」二句：如此語，無可入詩。(《名媛詩歸》卷十九)

【校】

① 又見於《宋元詩·斷腸詩集》卷一、《名媛彙詩》卷五、《名媛詩歸》卷十九、《古今女史·詩集》卷三。

② 「合」，袁跋本、徐藏本、藝芸本、鐵琴本作「令」，今據丁刊本改。

【注】

〔一〕「清宵」句：唐姚合《八月十五夜看月》詩：「亭亭千萬里，三五復秋中。此夕光應絕，常時思不同。」《文選》卷二十四引曹植《贈白馬王彪》詩：「秋風發微涼，寒蟬鳴我側。」

〔二〕「湖上」句：唐李白《自遣》詩：「醉起步溪月,鳥還人亦稀。」

〔三〕「涓涓」句：唐溫庭筠《地肺山春日》詩：「冉冉花明岸,涓涓水遶山。」宋王安石《蒲葉》詩：「蒲葉清淺水,杏花和暖風。」

〔四〕纖靄：細微的雲氣。

〔五〕「水光」句：唐杜甫《江月》詩：「江月光於水,高樓思殺人。」

〔六〕「可憐」句：《文選》卷二十引曹植《公宴》詩：「明月澄清景,列宿正參差。」宋蘇軾《次韻陳海州乘槎亭》詩：「清談美景雙奇絕,不覺歸鞍帶月華。」

【集評】

「步明月」,幽心怳忽。(《名媛詩歸》卷十九)

「水光」句：詩中畫。(《古今女史·詩集》卷三)

秋夜感懷①

滿院含秋思[一],古詞：覺翠帳,涼生秋思。漸入微寒天氣。敗葉敲窗,西風滿院。蛩吟喧曲砌[三],古詞：砌畔蛩吟喧不住②。宿鳥傍回塘③[四]。杜：鳥影度橫塘。又,水鳥宿相呼④。木落桐應瘦[五],宵寒漏正長[六]。《小重山》詞：夢魂斷,愁聽漏聲長。安仁閑感

慨[七]，徒爾鬢蒼蒼[八]。《選》潘安仁《秋思賦》：「斑鬢霜以承弁兮，素髮風以垂領。」又，古詞：「雙鬢已蒼蒼。」

【校】

① 又見於《名媛彙詩》卷十三、《名媛詩歸》卷十九。

② 「砌」，袁跋本、徐藏本、藝芸本作「邵」，鐵琴本缺，今據丁刊本改。

③ 「宿鳥」，《名媛彙詩》《名媛詩歸》作「鳥宿」。

④ 「水鳥」，丁刊本作「水飄」。

【注】

〔一〕「滿院」句：宋柳永《十二時》(晚晴初)詞：「覺翠帳、涼生秋思。漸入微寒天氣。敗葉敲窗，西風滿院，睡不成還起。」

〔二〕蟾輝：月光。

〔三〕蛩吟：蟋蟀吟叫。唐李山甫《題李員外廳》詩：「石砌蛩吟響，草堂人語稀。」

〔四〕「宿鳥」句：唐杜甫《和裴迪登新津寺寄王侍郎》詩：「蟬聲集古寺，鳥影度寒塘。」又《倦夜》詩：「暗飛螢自照，水宿鳥相呼。」唐賈島《題李凝幽居》詩：「鳥宿池邊樹，僧敲月下門。」

〔五〕木落：樹葉凋落。宋邵雍《秋懷》：「水寒潭見心，木落山露骨。」又「草枯山川貧，木落天

小閣秋日詠雨[1]

疏雨洗高穹,瀟瀟滴井桐[二]。涼氣入堂中[三]。翠鎖交竿竹,紅翻落葉楓[三]。撫琴閒弄曲[四],靜坐理商宮[五]。

【集評】

「傍」字,即「鳥宿池邊樹」意,不說「樹」字更深。(《名媛詩歸》卷十九)

「桐應瘦」,奇想!妙在「應」字,揣度得妙。(同上)

〔六〕「宵寒」句:五代前蜀薛昭蘊《小重山》(秋到長門秋草黃)詞:「魂夢斷,愁聽漏更長。」

〔七〕安仁:西晉文學家潘岳,字安仁,作有《秋興賦》。

〔八〕徒爾:徒然,枉然。鬢蒼蒼:兩鬢灰白色。宋俞紫芝《訴衷情》詞:「釣魚船上謝三郎。雙鬢已蒼蒼。」《文選》卷十三引潘岳《秋興賦》:「斑鬢髟以承弁兮,素髮颯以垂領。」

地瘦。

〔一〕《詩》:風雨瀟瀟。又,古詞:梧桐葉落雨瀟瀟。

〔二〕韓詩:風露氣入秋堂涼。

〔三〕硯潤起寒煙。靈運詩:曉霜楓葉丹。又,崔信明詩:楓落吳江冷。

〔四〕司馬紹統詩:焉得成琴瑟,何期成妙曲。又,《琴操》曰:「三禮圖》云:「琴第一絃爲宮,次絃爲商,次爲角,次爲徵[2],次爲少宮,次爲少商。」

【校】

① 又見於《名媛彙詩》卷十三、《名媛詩歸》卷十九。

② 「徵」，袁跋本、徐藏本作「祉」，今據藝芸本、鐵琴本、丁刊本改。

【注】

〔一〕「疏雨」二句：唐孟浩然詩句：「微雲淡河漢，疏雨滴梧桐。」穹，天空。瀟瀟，小雨貌。《詩經·鄭風·風雨》：「風雨瀟瀟，雞鳴膠膠。」宋晏殊《踏莎行》（碧海無波）詞：「高樓目盡欲黃昏，梧桐葉上蕭蕭雨。」

〔二〕「涼氣」句：唐韓愈《短燈檠歌》：「黃簾綠幕朱戶閉，風露氣入秋堂涼。」魏曹植《贈丁儀》詩：「初秋涼氣發，庭樹微銷落。」

〔三〕「紅翻」句：南朝宋謝靈運《晚出西射堂詩》：「曉霜楓葉丹，夕曛嵐氣陰。」《能改齋漫錄》卷十崔信明有『楓落吳江冷』之句，李太白亦有『楓落吳江雪，紛紛入酒杯』，語同而意異」。

〔四〕「撫琴」句：晉司馬彪《贈山濤》詩：「焉得成琴瑟，何由揚妙曲。」

〔五〕宮商：五音中的商音與宮音。此處泛指音樂、樂曲。《初學記》卷十六引《三禮圖》：「琴第一絃為宮，次絃為商，次為角，次為羽，次為徵，次為少宮，次為少商。」

【集評】

「潤煙」字妙。（《名媛詩歸》卷十九）

秋日得書①

秋風本無意，愁思自難禁。共月傷千里〔一〕，代驪驚北吹，鳥戀南林〔二〕。李白詩：越鳥起相呼。已有歸寧約〔四〕，《詩·泉水》：思歸寧而不得。何須惜歲陰〔五〕。《晉·陶侃傳》：大禹聖人，乃惜寸陰，至於眾人，當惜分陰。

「涼氣」句：說來大雅，颯颯有秋氣。（同上）

[校]

① 又見於《詩淵》四一四二頁，《名媛彙詩》卷十三、《名媛詩歸》卷十九。

[注]

〔一〕「共月」句：《文選》卷十三引謝莊《月賦》：「美人邁兮音塵闕，隔千里兮共明月。」

〔二〕「來書」句：唐杜甫《春望》詩：「烽火連三月，家書抵萬金。」

〔三〕「代驪」二句：漢無名氏《古詩十九首》《行行重行行》：「胡馬依北風，越鳥巢南枝。」代驪，北地所產駿馬。唐杜甫《奉簡高三十五使君》詩：「驊騮開道路，鷹隼出風塵。」北吹，北風。

三八〇

〔四〕歸寧：已嫁女子回孃家看望父母。《詩經·邶風·泉水》序：「《泉水》，衛女思歸也。嫁於諸侯，父母終，思歸寧而不得，故作是詩以自見也。」

〔五〕惜歲陰：珍惜光陰。《晉書》卷六十六《陶侃傳》：「大禹聖者，乃惜寸陰，至於衆人，當惜分陰。豈可逸遊荒醉，生無益於時，死無聞於後，是自棄也。」

【集評】

「本無意」，不甚關情，却難自遣。（《名媛詩歸》卷十九）

「共月傷千里」，排宕極深，愁怨不敢明言。（同上）

秋深偶作

生殺循環本自然[一]，《選》郭景純《遊仙詩》：晦朔如循環。又，陸士衡詩：蕭蕭素秋節①。休嗟物理易彫瘁[三]，好看西成報有年[四]。

【校】

① 「蕭蕭」，徐藏本、藝芸本作「蕭蕭」。
② 「秋」，袁跋本、徐藏本作「秋」，今據藝芸本、鐵琴本、丁刊本改。

《書·堯典》：平秩西成②。《詩·甫田》：自古有年。

莫秋①〔一〕

瀟瀟風雨暗殘秋〔二〕，忍見黃花滿徑幽〔三〕。
恰似楚人情太苦〔四〕，年年對景倍添愁。

【注】

〔一〕生殺循環：此處指植物從萌發到凋落形成周而復始的自然規律。《文選》卷二十一引郭璞《遊仙詩七首》其七：「晦朔如循環，月盈已復魄。」

〔二〕蕭蕭：蕭瑟，清冷。《莊子·田子方》：「至陰肅肅，至陽赫赫。肅肅出乎天，赫赫發乎地，兩者交通成和而物生焉。」《文選》卷二十九引張協《雜詩十首》其二：「龍蟄暄氣凝，天高萬物肅。」晉陸機《為顧彥先作詩》：「蕭蕭素秋節，湛湛濃露凝。」

〔三〕物理：事物的道理、規律。彫瘁：凋謝枯槁。三國魏繁欽《詠蕙詩》：「葩葉永彫瘁，凝露不暇晞。」

〔四〕西成：秋天農作物成熟收割，農事告成。《尚書·堯典》：「平秩西成。」有年：豐年。《詩經·小雅·甫田》：「倬彼甫田，歲取十千。我取其陳，食我農人。自古有年。」

【校】

① 「莫」，鐵琴本、丁刊本作「暮」。

② 「蕭瑟兮」，袁跋本作「世蕭索芳」，徐藏本作「世蕭索芳」，藝芸本作「山蕭索芳」，鐵琴本缺，「世」或「山」涉上句「也」字而衍，「芳」或「芍」爲「兮」字之訛，「索」爲「瑟」字之訛，今據鐵琴本、丁刊本改。

「木」，袁跋本、徐藏本、藝芸本作「末」，今據鐵琴本、丁刊本改。

【注】

〔一〕莫秋：暮秋，秋末。莫，「暮」的古字。

〔二〕瀟瀟：小雨貌。《詩經·鄭風·風雨》：「風雨瀟瀟，雞鳴膠膠。」

〔三〕黃花：菊花。《文選》卷二十九引張協《雜詩十首》其三：「寒花發黃彩，秋草含綠滋。」唐錢起《晚過橫瀨寄張藍田》詩：「亂水東流落照時，黃花滿徑客行遲。」

〔四〕楚人：指戰國時期楚國文學家宋玉。《文選》卷三十三引宋玉《九辯》：「悲哉！秋之爲氣也。蕭瑟兮草木搖落而變衰。憭慄兮若在遠行，登山臨水兮送將歸。」宋楊億《次韻和昭侯立秋見寄》詩：「飲露吸風齊女怨，登山臨水楚人愁。」宋歐陽修《黃溪夜泊》詩：「楚人自古登臨恨，暫到愁腸已九回。」

後集卷三 秋景

三八三

後集卷四

冬景

新冬

日一北而萬物生〔一〕，《太玄經》全句。又，《後·律志》：日行北陸謂之冬。始知天意在收成〔二〕。愚民未諭祁寒理〔三〕，往往相爲嗟怨聲①〔四〕。《書·君牙》：冬祁寒，小民怨咨。

【校】

① 「嗟怨」，鐵琴本作「怨歎」。

【注】

〔一〕「日一北」句：古人認爲冬至後白晝漸長，太陽由極南轉而北行，是萬物生長之端。《太玄經》卷七：「日一南而萬物死，日一北而萬物生。」《太玄本旨》釋云：「夏至，日極北而漸轉南

初冬書懷①

觸目園池景，荷枯菊已荒〔一〕。風寒侵夜枕，霜凍怯晨妝〔二〕。江上楓翻赤④〔三〕，庭前橘帶黃⑤〔四〕。題詩欲排悶⑥〔五〕，對景倍悲傷⑥。

〔一〕杜：雨荒深院菊②。《選》謝靈運詩：曉霜楓葉丹。又，唐崔信明詩：楓落吳江冷。

〔二〕《遇春行》：桃李靚晨妝③。

〔三〕

〔四〕杜：黃知橘柚來。

〔五〕杜：排悶強裁詩。

〔六〕《詩·七月》篇：女心傷悲⑦。

行，爲萬物衰之始。冬至，日極南而漸轉北行，爲萬物生之端。"《後漢書志》卷三《律曆志下》："是故日行北陸謂之冬。"

〔二〕"始知"句：《爾雅·釋天》："春爲青陽，夏爲朱明，秋爲白藏，冬爲玄英。……春爲發生，夏爲長嬴，秋爲收成，冬爲安寧。"

〔三〕諭：明白，領會。祁寒：嚴寒。《尚書·君牙》："夏暑雨，小民惟日怨咨。冬祁寒，小民亦惟日怨咨。厥惟艱哉！思其艱以圖其易，民乃寧。"此典源自東晉初出現的僞《古文尚書》。雖然宋人吳棫已有懷疑辨析，但世人是將之奉爲經典接受的。

〔四〕嗟怨：歎息怨恨。

三八六

【校】

① 又見於《分門纂類唐宋時賢千家詩選》卷二、《宋元詩·斷腸詩集》卷二、《名媛彙詩》卷十三、《名媛詩歸》卷十九、《古今女史·詩集》卷七。詩題，《千家詩選》作「冬」。

② 「院」，袁跋本、徐藏本作「完」，今據藝芸本、鐵琴本、丁刊本改。

③ 「靚晨妝」，袁跋本、徐藏本「妝」字作墨釘，今據藝芸本、鐵琴本、丁刊本改。

④ 「楓」，《宋元詩》《名媛彙詩《古今女史》作「風」。

⑤ 「橘」，鐵琴本作「菊」。

⑥ 「排」，《名媛彙詩》《古今女史》作「遺」。

⑦ 「女」，袁跋本、徐藏本、藝芸本、鐵琴本作「友」，丁刊本作「我」，今據《詩經·豳風·七月》改。

【注】

〔一〕「荷枯」句：唐杜甫《宿贊公房》詩：「雨荒深院菊，霜倒半池蓮。」宋蘇軾《浣溪沙·詠橘》詞：「菊暗荷枯一夜霜。新苞綠葉照林光。竹籬茅舍出青黃。」

〔二〕「風寒」句：宋歐陽修《訴衷情》詞：「清晨簾幕卷輕霜。呵手試梅妝。」唐韓愈《東都遇春》詩：「川原曉服鮮，桃李晨妝靚。」

〔三〕「江上」句：《文選》卷二十二引謝靈運《晚出西射堂》詩：「曉霜楓葉丹，夕曛嵐氣陰。」鄭元佐注引崔信明詩，參見《後集》卷三《小閣秋日詠雨》詩「紅翻落葉楓」句注。

朱淑真集校注

〔四〕「庭前」句：唐杜甫《禹廟》詩：「荒庭垂橘柚，古屋畫龍蛇。」又《放船》詩：「青惜峰巒過，黃知橘柚來。」

〔五〕「排悶」：唐杜甫《江亭》詩：「故林歸未得，排悶強裁詩。」

〔六〕「對景」句：《詩經·豳風·七月》：「春日遲遲，采蘩祁祁。女心傷悲，殆及公子同歸。」

【集評】

「荷枯」句：只此蕭索，下太荒澀，便無雅潤之氣矣。（《名媛詩歸》卷十九）

冬日雜詠

愛日溫溫正滌場〔一〕，《左》：冬日可愛。《詩·豳·七月》：十月滌場。老農擊壤慶時康〔二〕。《帝王世紀》：堯時有老人擊壤於道，曰：鑿井而飲，耕田而食。水催春韻擣殘雨①〔三〕，杜詩：村春雨外急。風急粝聲帶夕陽②〔四〕。《宋子京筆記》云③：山西日夕陽。霜瓦曉寒欺酒力〔五〕，月欄夜冷動詩腸。厭厭對景無情緒〔六〕，古《眼兒媚》詞：厭厭愁悶無情緒。謾把梅花取次妝〔七〕。古詞：好容儀、取次梳妝。

【校】

① 「水」，鐵琴本作「冰」。

三八八

【注】

〔一〕愛日：冬日溫暖的陽光。參見《前集》卷七《冬日梅窗書事四首》其二注〔一〕。

滁場：打掃場地。《詩經·豳風·七月》：「九月肅霜，十月滌場。」

〔二〕擊壤：古代的一種遊戲，此處用作歌頌太平盛世的典故。《藝文類聚》卷十一引《帝王世紀》：「帝堯陶唐氏。……天下大和，百姓無事。有五十老人擊壤於道，觀者歎曰：『大哉！帝之德也。』老人曰：『吾日出而作，日入而息，鑿井而飲，耕田而食，帝何力於我哉？』」時康：時世太平。唐崔沔《奉和聖製同二相已下群官樂遊園宴》詩：「酒酣同抃躍，歌舞詠時康。」

〔三〕春韻：此處指水碓舂米之聲。唐杜甫《村夜》詩：「村舂雨外急，鄰火夜深明。」

〔四〕枷聲：使用連枷拍擊谷物之聲。枷，即連枷，一種具有長木柄、柄頭可旋轉撲擊谷物以脫粒的農具。宋范成大《秋日田園雜興十二絕》其八：「新築場泥鏡面平，家家打稻趁霜晴。笑歌聲裏春雷動，一夜連枷響到明。」

〔五〕霜瓦：覆霜的屋瓦。酒力：酒的禦寒或醉人的力量。夕陽：見《後集》卷二《遊湖歸晚》詩注〔二〕。唐鄭谷《雪中偶題》詩：「亂飄僧舍茶煙濕，密灑歌樓酒力微。」宋晁端禮《喜遷鶯》（嫩柳初搖翠）詞：「潤拂鑪煙，寒欺酒力，低

〔六〕厭厭：精神不振貌。

〔七〕「謾把」句：《太平御覽》卷三十引《雜五行書》：「宋武帝女壽陽公主人日臥於含章殿簷下，梅花落公主額上，成五出花，拂之不去。皇后留之，看得幾時。經三日，洗之乃落。宮女奇其異，競效之。今梅花妝是也。」謾，隨意，不經心。取次，隨便，任意。宋柳永《西施》(柳街燈市好花多)詞：「取次梳妝，自有天然態，愛淺畫雙蛾。」

霜夜

彤雲黯黯暮天寒〔一〕，古《青玉案》詞：彤雲黯黯寒雲遠。半捲朱簾未欲眠①〔二〕。蘇易簡《越江吟》：蝦鬚半捲天香散②。獨坐小窗無伴侶③〔三〕，古詞：小窗幽幌④，獨坐都無侶。可憐霜月向人圓〔四〕。杜《宿贊公房》詩：霜月向人圓。

〔校〕

① 「捲朱」，鐵琴本作「掩珠」。
② 「蝦鬚」，袁跋本、徐藏本「蝦」字作墨釘，鐵琴本作「龍鬚」，丁刊本作「珠簾」，今據藝芸本改。
③ 「獨坐」，鐵琴本作「幽幌」。

長宵①

霜月照人悄〔一〕，迢迢夜未闌〔二〕。杜《七夕》詩：七夕景迢迢。鴛幃夢展轉〔三〕，珠淚向誰彈。古《慣饒人》詞：淚珠彈了。

【校】

① 又見於《名媛彙詩》卷六、《名媛詩歸》卷十九、《古今女史·詩集》卷四。

【注】

〔一〕彤雲：下雪前密布的濃雲。宋米芾《瀟湘八景圖·江天暮雪》詩：「蓑笠無蹤失釣船，彤雲黯黯混江天。」黯黯：天色昏暗陰沉。

〔二〕半捲：宋蘇易簡《越江吟》(非雲非煙瑤池宴)詞：「碧桃零落黃金殿。蝦鬚半捲天香散。」

〔三〕「獨坐」句：參見《前集》卷二《春日雜書十首》其五：「獨坐小窗無伴侶，凝情羞對海棠花。」

〔四〕「可憐」句：唐杜甫《宿贊公房》詩：「相逢成夜宿，隴月向人圓。」

④「幌」，藝芸本作「慣」。

【注】

〔一〕霜月：寒夜的月亮。宋無名氏《祝英臺近》(客氈寒)詞：「可堪霜月亭亭，照人無寐，映窗外、一枝梅瘦。」

〔二〕迢迢：時間久長貌。唐釋清江《七夕》詩：「七夕景迢迢，相逢只一宵。」

〔三〕鴛幃：繡有鴛鴦的帳幃。展轉：反覆貌。《詩經·周南·關雎》：「求之不得，寤寐思服。悠哉悠哉，輾轉反側。」

【集評】

「夢展轉」，縹緲鴛幃之外。(《名媛詩歸》卷十九)

憔悴之況，祇堪自知，而情尤不可禁。(同上)

「霜月」句：真悄。(《古今女史·詩集》卷四)

探梅①

溫溫天氣似春和，試探寒梅已滿坡②〔一〕。李白《早春》詩：走傍寒梅訪消息。笑折一枝插雲鬢〔二〕，白樂天：雲鬢半偏新睡覺。問人瀟灑似誰麼〔三〕。

冬至①

黃鍾應律好風催②〔一〕，陰伏陽升淑氣回〔二〕。葵影便移長至日③〔三〕，梅花先趁小寒

【校】

① 又見於《詩淵》二五三二頁、《宋元詩·斷腸詩集》卷四、《名媛彙詩》卷十、《名媛詩歸》卷二十。

② 「寒梅」，《名媛詩歸》作「梅花」。

【注】

〔一〕「試探」句：唐李白《早春寄王漢陽》詩：「聞道春還未相識，走傍寒梅訪消息。」

〔二〕「笑折」句：唐白居易《長恨歌》：「雲鬢半偏新睡覺，花冠不整下堂來。」宋晁端禮《訴衷情》（金盆水冷又重煨）詞：「手挼柳帶，鬢插梅梢，探得春來。」

〔三〕瀟灑：超逸絕俗貌。宋晁沖之《漢宮春》詞：「瀟灑江梅，向竹梢稀處，橫兩三枝。」

【集評】

「問人」二字，行徑好。（《名媛詩歸》卷二十）

冬至①

黃鍾應律好風催②〔一〕，陰伏陽升淑氣回〔二〕。葵影便移長至日③〔三〕，梅花先趁小寒

【校】

①《左·昭四年》：冬無愆陽，夏無伏陰。又，李白《春日獨酌》詩：東風扇淑氣。

②《選》曹植《求通親表》：若葵藿之傾太陽。又，《記·郊特性》：郊之祭也，迎長之日也。

開〔四〕。杜：岸容待臘將舒柳，山意衝寒欲放梅。八神表日占和歲④〔五〕，《左·僖五年》：日南至。《疏》：立八方之神以占日長短，則星歲之妖祥，必有驗之者。六琯吹葭動細灰⑤〔六〕。杜《小至》詩：吹葭六琯動浮灰。已有岸傍迎臘柳〔七〕，參差又欲領春來。上注。

【校】

① 又見於《分門纂類唐宋時賢千家詩選》卷四。
② 「催」，藝芸本、丁刊本作「吹」。
③ 「便」，丁刊本作「使」。
④ 「歲」，《千家詩選》作「氣」。
⑤ 「吹」，丁刊本作「飛」。

【注】

〔一〕黃鍾：亦作「黃鐘」。我國古代樂律十二律中的第一律，是所有樂律的標準音。古人將季節與音律相對應，黃鍾律和冬至相應，時在十一月。《漢書》卷二十一《律曆志》：「三統者，天施，地化，人事之紀也。十一月，《乾》之初九，陽氣伏於地下，始著為一，萬物萌動，鐘於太陰，故黃鐘為天統，律長九寸。九者，所以究極中和，為萬物元也。」應律：季節變化之氣應合音律。仇兆鼇《杜詩詳注》卷十八：「《漢書》：以葭莩灰實律管，候至則灰飛管通。冬

〔二〕陰伏陽升：古人認爲冬至日白晝最短，夜晚最長，陰極而陽生。《左傳·昭公四年》：「冬無愆陽，夏無伏陰，春無淒風，秋無苦雨。」宋富弼《上神宗論災變而非時數》：「冬至一陽生，夏至一陰生。其氣眇然，人不可得而見，惟以葭灰驗之，無不刻期以應。」淑氣：溫和之氣。唐杜審言《和晉陵陸丞早春遊望》詩：「淑氣催黃鳥，晴光轉綠蘋。」唐李白《春日獨酌二首》其一：「東風扇淑氣，水木榮春暉。」

〔三〕葵：葵菜，我國古代重要蔬菜，其葉向日而傾。《文選》卷三十七引曹植《求通親親表》：「若葵藿之傾葉，太陽雖不爲之迴光，然終向之者，誠也。」長至日：冬至日。冬至後，白晝越來越長。《禮記·郊特牲》：「郊之祭也，迎長日之至也。」

〔四〕「梅花」句：唐杜甫《小至》詩：「岸容待臘將舒柳，山意衝寒欲放梅。」小寒，二十四節氣之一，在冬至之後，大寒之前。

〔五〕「八神」句：在冬至日樹立八尺之表觀察日影，以預測來年是否歲美人和。《周禮注疏》卷三十：「《易緯·通卦驗》云：『冬至日，置八神，樹八尺之表。日中視其影，如度者，歲美人和，晷不如度者，歲惡人僞。言政令之不平。』表日，立八尺之表觀察日影。」《左傳·僖公五年》：「五年春王正月辛亥朔，日南至。」孔穎達疏：「凡春秋

〔二〕之律，爲黃鍾也。」葭，蘆也。琯，以玉爲之，凡十有二。六琯，舉律以該呂也。

後集卷四 冬景

三九五

冬夜不寐①

推枕鴛帷不奈寒〔一〕，白樂天詩：攬衣推枕起徘徊②。起來霜月轉闌干〔二〕。悶懷脈脈與誰說〔三〕，《三天四見》詞：情厭厭。脈脈上心難消遣。淚滴羅衣不忍看〔四〕。古《二郎神》詞：別時淚滴羅衣。

〔七〕迎臘柳：見注〔四〕引杜甫《小至》詩。

〔六〕「六琯」句：參見《前集》卷七《除夜》詩注〔七〕、本篇注〔一〕。唐杜甫《小至》詩：「刺繡五紋添弱綫，吹葭六琯動浮灰。」六琯，玉製六律管。吹葭，季節變化之氣吹動律管中的葭莩灰。

分，冬夏至，立春立夏為啓，立秋立冬為閉，用此八節之日，必登觀臺，書其所見雲物氣色。若有雲物變異，則是歲之妖祥既見，其事後必有驗。『日之行天，有南有北。常立八尺之表，以候景之短長。夏至之景尺有五寸，日最長而景最短，是謂日北至也。自是以後，日稍近南。冬至之景一丈三尺，日最短而景最長，是謂日南至也。』

【校】

① 又見於《宋元詩·斷腸詩集》卷四、《名媛彙詩》卷十、《名媛詩歸》卷二十、《古今女史·詩集》卷五。

詠雪

六出飛花四面來①〔一〕,連山接水皓皚皚③〔二〕。

【注】

〔一〕推枕:唐白居易《長恨歌》:「攬衣推枕起徘徊,珠箔銀屏邐迤開。」鴛帷:華美的帷帳。

〔二〕霜月:見本卷《長宵》詩注〔一〕。

〔三〕脈脈:含情凝視貌。漢無名氏《古詩十九首》(迢迢牽牛星):「盈盈一水間,脈脈不得語。」宋蘇轍《次韻南湖清飲二首》其一:「盈盈積水東西隔,脈脈幽懷彼此知。」

〔四〕羅衣:輕軟絲織品製成的衣服。宋徐伸《轉調二郎神》(悶來彈雀)詞:「別來淚滴,羅衣猶凝。」

【集評】

「推枕」句:使性語氣自妙。(《名媛詩歸》卷二十)

孤另。(《古今女史‧詩集》卷五)

② 「攬」,藝芸本作「披」,鐵琴本作「攢」。

黄山谷《南楼》诗："四顾山光接水光。"又，《选》班叔皮《北征赋》："涉积雪之皑皑。**玲珑天地苍茫合，的**皪园林烂熳开〔三〕。庾岭腊梅寒散乱〔四〕，《白氏六帖》：大庾岭上梅。又，杜《梅》诗：梅花腊前破。章台风柳絮繁回〔五〕。唐韩翃有婢柳氏云云：章台柳，昔日青青今在否？晋王凝之妻谢道韫，有才辩⑤，尝内集宴，俄而雪下，安曰：何所似也？儿子朗曰⑥：撒盐空中差可拟。道韫曰：未若柳絮因风起。**自言空有孤吟癖，览景惭无谢氏才**〔六〕。上注。

【校】

① "飞花"，丁刊本作"花飞"。
② "传"，袁跋本、徐藏本作"何"，今据艺芸本、铁琴本、丁刊本改。
③ "接"，艺芸本作"连"。
④ "谢"，袁跋本、徐藏本、艺芸本作"射"，今据铁琴本、丁刊本改。
⑤ "才"，袁跋本、徐藏本、艺芸本作"木"，今据铁琴本、丁刊本改。
⑥ "朗"，艺芸本、铁琴本缺，丁刊本作"即对"。

【注】

〔一〕六出：参见《前集》卷七《雪》其二注〔一〕。唐高骈《对雪》诗："六出飞花入户时，坐看青竹变琼枝。如今好上高楼望，盖尽人间恶路歧。"

〔二〕連山接水：宋黃庭堅《鄂州南樓書事四首》其一：「四顧山光接水光，憑欄十里芰荷香。」皚皚：雪白的樣子。《文選》卷九引班彪（字叔皮）《北征賦》：「飛雲霧之杳杳，涉積雪之皚皚。」

〔三〕的皪（二）：光亮、鮮明貌。宋王安石《次韻王勝之詠雪》詩：「玲瓏剪水空中墮，的皪裝春樹上歸。」

〔四〕庾嶺：大庾嶺，為五嶺之一。參見《後集》卷一《新春二絕》其一注〔一〕庾嶺。《白氏六帖事類集》卷三十：「大庾嶺上梅，南枝落，北枝開。」唐白居易《福先寺雪中餞劉蘇州》詩：「庾嶺梅花落歌管，謝家柳絮撲金田。」臘梅：臘月盛開的梅花。唐杜甫《江梅》詩：「梅蕊臘前破，梅花年後多。」

〔五〕章臺風柳：章臺為漢代長安街名，歌樓酒館所在地。漢宣帝時，張敞任京兆尹，無威儀，走馬章臺街。唐盧照鄰《還赴蜀中貽示京邑遊好》詩：「簪宿花初滿，章臺柳尚飛。」《太平廣記》卷四百八十五《柳氏傳》載，唐代詩人韓翃有姬柳氏，安史亂中失散。韓遣使尋覓，題詩曰：「章臺柳，章臺柳，昔日青青今在否？縱使長條似舊垂，亦應攀折他人手。」縈回：盤旋縈繞。

〔六〕謝氏才：《晉書》卷九十六《烈女傳》：「王凝之妻謝氏，字道韞，安西將軍弈之女也。聰識有才辯。……又嘗內集，俄而雪驟下，安曰：『何所似也？』安兄子朗曰：『散鹽空中差可擬。』

觀雪偶成①

憑闌觀雪獨徘徊[一]，《選》謝惠連《雪賦》：徘徊委積之。欲賦慚無詠絮才②[二]。見前《詠雪》注。鹽撒空中如可用，上注。收藏聊與贈羹梅③[三]。《商書·說命》篇：若作和羹，爾為鹽梅。

【校】

① 又見於《宋元詩·斷腸詩集》卷四、《名媛彙詩》卷十、《名媛詩歸》卷二十、《古今女史·詩集》卷五。

② 「賦」，《名媛詩歸》作「絮」。「慚」，《古今女史》作「縷」。

③ 「收藏」，《宋元詩》《名媛彙詩》《名媛詩歸》《古今女史》作「藏收」。

【注】

[一] 「憑闌」句：《文選》卷十三謝惠連《雪賦》：「其為狀也，散漫交錯，氛氳蕭索。藹藹浮浮，瀌瀌奕奕。聯翩飛灑，徘徊委積。」

[二] 詠絮才：見前首《詠雪》詩注[六]。

雪夜虜筆[一]

夜雪飛花似月明[二]，《晉·王徽之傳》：徽之居山，夜雪初霽，月色清朗。又，古《滿庭芳》：飛花剪，六出工夫。交連寒影透門庭。只宜挾策臨窗坐[三]，《孫氏世説》：孫康家貧，常映雪讀書。免用辛勤更聚螢[四]。《晉》：車武子則囊數十螢火以照書。

【注】

〔一〕虜筆：續筆。虜，繼續。

〔二〕夜雪：《晉書》卷八十《王徽之傳》：「徽之，字子猷。……嘗居山陰，夜雪初霽，月色清朗，四

〔三〕「鹽撒」二句：唐孟浩然《和張丞相春朝對雪》詩：「撒鹽如可擬，願穆和羹梅。」羹梅，調和羹湯的佐料，用以比喻宰輔。梅，指梅子，味酸，可作調味品。《尚書·説命》：「若作和羹，爾惟鹽梅。」漢孔安國傳：「鹽鹹，梅醋，羹須鹹醋以和之。」

【集評】

「藏收」句：語足克蓋全篇。（《古今女史·詩集》卷五）

詠絮撒鹽，已是套事，又復如此用去，却又添出「羹梅」二字，寒儉不必言，陋甚！（《名媛詩歸》卷二十）

後集卷四 冬景

四〇一

江上雪霽

江水冰消起綠鱗〔一〕，川原蕩滌少煙塵〔二〕。風吹南北溪橋畔〔三〕，柳色參差欲漏春〔四〕。

【校】

① 「條」，袁跋本、徐藏本缺，今據藝芸本、鐵琴本、丁刊本補。

【注】

〔一〕綠鱗：綠色的魚鱗般的波紋。宋陸游《十二月一日》詩：「畦蔬青長甲，塘水綠生鱗。」

〔二〕望皓然。」飛花：宋盧炳《杏花天》詞：「鏤冰翦玉工夫費。做六出、飛花亂墜。」

〔三〕「只宜」句：《文選》卷三十八任昉《爲蕭揚州作薦士表》：「至乃集螢映雪，編蒲緝柳。」李善注引《孫氏世録》：「孫康家貧，常映雪讀書。」挾策，夾持書本，指勤奮讀書。《莊子·駢拇》：「臧與穀二人相與牧羊，而俱亡其羊。問臧奚事，則挾策讀書。問穀奚事，則博塞以遊。二人者事業不同，其於亡羊均也。」

〔四〕聚螢：收聚螢光以照明，形容勤苦攻讀。《晉書》卷八十三《車胤傳》：「車胤，字武子。……家貧不常得油。夏月則練囊盛數十螢火以照書，以夜繼日焉。」

杜《臘日》詩：漏泄春光有柳條①。

四〇二

對雪一律

紛紛瑞雪壓山河〔一〕，**劉義慶《世說》**：晉謝安雪下集兒女謂論①，公曰：「白雪紛紛何所似？」又，《選》謝惠連《雪賦》②：盈尺則呈瑞於豐年。**特出新奇和鄳歌**〔二〕。《選》宋玉《楚王問》：客有歌於鄳中者，其爲《陽春》《白雪》，屬而和者不過數百人。**樂道幽人方閉户**〔三〕，袁安，時大雪積地丈餘，洛陽令出按行，至安門，無行路。令人入户，見安僵卧④，曰：「大雪，不宜干人。」**高歌漁父正披蓑**〔四〕。唐鄭谷《雪》詩⑤：漁人披得一蓑歸。又，東坡《雪中賞梅》：高歌對三白。**自嗟老景光陰速**〔五〕，古《永遇樂》詞：有限光陰。**更念鰥居憔悴客**〔六〕，杜《送孟倉曹赴東京選》詩：江山憔悴人。**唯使佳時感愴多**。映書無寐奈愁何〔七〕。孫康事，見前詩注。

【校】

① 「謝」，袁跋本、徐藏本作「射」，今據藝芸本、鐵琴本、丁刊本改。「謂」，鐵琴本作「爲」。

【注】

〔一〕「紛紛」句：《世說新語》卷上：「謝太傅寒雪日內集，與兒女講論文義。俄而雪驟，公欣然曰：『白雪紛紛何所似？』兄子胡兒曰：『撒鹽空中差可擬。』兄女曰：『未若柳絮因風起。』公大笑樂。即公大兄無奕女，左將軍王凝之妻也。」《文選》卷十三引謝惠連《雪賦》：「盈尺則呈瑞於豐年，袤丈則表沴於陰德。」

〔二〕郢歌：此處指高雅的詩歌。《文選》卷四十五引宋玉《對楚王問》：「客有歌於郢中者，其始曰《下里巴人》，國中屬而和者數千人；其為《陽阿》《薤露》，國中屬而和者數百人；其為《陽春》《白雪》，國中屬而和者數十人；引商刻羽，雜以流徵，國中屬而和者不過數人而已。是其曲彌高，其和彌寡。」

〔三〕樂道幽人：安貧樂道的幽隱之士。《後漢書》卷四十五《袁安傳》李賢注引《汝南先賢傳》：「時大雪積地丈餘，洛陽令身出案行，見人家皆除雪出，有乞食者。至袁安門，無有行路。謂安已死，令人除雪入戶，見安僵臥。問何以不出，安曰：『大雪，人皆餓，不宜干人。』令以為

校

② 「謝」，袁跋本、徐藏本作「樹」，今據藝芸本、鐵琴本、丁刊本改。
③ 「戶」，袁跋本、藝芸本作「三」，丁刊本缺，今據鐵琴本、丁刊本改。
④ 「僵」，袁跋本作「殭」，藝芸本作「彊」，丁刊本作「彊」，今據鐵琴本改。
⑤ 「谷」，袁跋本、徐藏本、藝芸本、鐵琴本、丁刊本作「容」，今據《全唐詩》改。

四〇四

賢，舉爲孝廉。」

〔四〕高歌：高聲歌吟。宋蘇軾《次韻陳四雪中賞梅》詩：「高歌對三白，遲暮慰安仁。」漁父：老漁翁。唐鄭谷《雪中偶題》詩：「江上晚來堪畫處，漁人披得一簑歸。」

〔五〕「自嗟」句：宋歐陽修《採桑子》詞：「十年前是尊前客，月白風清。憂患凋零。老去光陰速可驚。」

〔六〕鰥(guān)居：成年無妻或喪妻而獨居。憔悴：唐杜甫《送孟十二倉曹赴東京選》詩：「藻鏡留連客，江山憔悴人。」

〔七〕映書：利用雪的反光讀書。參見本卷《雪夜廣筆》詩注〔三〕。

賞雪①

朱簾暮捲綺筵開②〔一〕，王勃《滕王閣記》：朱簾暮捲西山雨③。風雪紛紛入酒杯〔二〕。李白《醉題》：風落吳江雪，紛紛入酒杯。對景恨無飛絮句，從今羞見謝娘才〔三〕。謝氏詠絮事，見前《詠雪》詩下注④。

【校】

① 又見於《宋元詩·斷腸詩集》卷四、《名媛彙詩》卷十。

圍爐①

昨夜霜風透膽寒〔一〕,圍爐謾憶昔年歡②。如今獨坐無人說〔二〕,古《花心動》詞:自恨無人共說。撥悶惟憑酒力寬〔三〕。杜《撥悶》詩:纔傾一盞即醉人③。

【校】

① 又見於《詩淵》一五三〇頁,《宋元詩·斷腸詩集》卷四、《名媛彙詩》卷十。

② 「朱」,丁刊本作「珠」。

③ 「朱」,丁刊本作「珠」。「雨」,徐藏本作「市」。

④ 「謝氏詠絮事,見前《詠雪》詩下注」,袁跋本作「前注」,鐵琴本作「上注」,丁刊本缺「下」字,今據徐藏本、藝芸本改。

【注】

〔一〕朱簾暮捲:唐王勃《秋日登洪府滕王閣餞別序》附詩:「畫棟朝飛南浦雲,珠簾暮捲西山雨。」綺筵:華美豐盛的筵席。

〔二〕風雪句:唐李白《對酒醉題屈突明府廳》詩:「風落吳江雪,紛紛入酒杯。」

〔三〕對景二句:參見前首《對雪一律》詩注〔一〕。

除夜①

休嘆流光去[一]，看看春欲回[二]。椒盤捲紅燭，柏葉休隨酒。殘臘餘更盡③[五]，新年曉角催④[六]。爭先何物早[七]，唯有後園梅[八]。

【注】

〔一〕霜風：刺骨寒風。透膽：參見《前集》卷七《雪》其二注〔八〕。

〔二〕「如今」句：宋阮逸女《花心動》(仙苑春濃)詞：「此恨無人共說。還立盡黄昏，寸心空切。」酒力：酒的醉人的力量。

〔三〕撥悶：解悶。唐杜甫《撥悶》詩：「聞道雲安麴米春，纔傾一盞即醺人。」

② 「憶」，鐵琴本作「惜」。

③ 「即醉人」，鐵琴本作「却醺人」。

〔一〕霜風：刺骨寒風。透膽：參見《前集》卷七《雪》其二注〔八〕。

〔二〕「如今」句：宋阮逸女《花心動》(仙苑春濃)詞：「此恨無人共說。還立盡黄昏，寸心空切。」酒力：酒的醉人的力量。

〔三〕撥悶：解悶。唐杜甫《撥悶》詩：「聞道雲安麴米春，纔傾一盞即醺人。」

〔三〕，杜《守歲》詩：椒盤已頌花。又，唐太宗詩：盤花捲燭紅②。

〔四〕。杜《人日》詩：尊前柏葉休隨酒。殘臘餘更盡③〔五〕，唐孟浩然詩：梅花殘臘月。又，上注。新年曉角催④〔六〕。唐劉幽求詩：新年明旦來。又，曲名《霜天曉角》。爭先何物早〔七〕，《唐·李勃傳》：爭先睹之。唯有後園梅〔八〕。唐宋史青《除夜》詩：已入後園梅。

【校】

① 又見於《分門纂類唐宋時賢千家詩選》卷四、《名媛彙詩》卷十三、《名媛詩歸》卷十九。

②「盤花」，袁跋本、徐藏本作「般花」，藝芸本作「舡」，今據鐵琴本、丁刊本改。

③「餘更」，鐵琴本作「更餘」，《千家詩選》作「更籌」。

④「催」，《名媛彙詩》《名媛詩歸》作「吹」。

【注】

〔一〕流光：如流水般逝去的時光。

〔二〕「看看」句。唐李福業《嶺外守歲》詩：「冬去更籌盡，春隨斗柄回。」此詩又題唐李德裕作。

〔三〕椒盤：盛有椒的盤子。古時正月初一日用盤進椒，飲酒則取椒置酒中。崔寔《月令》云：「過臘一日，謂之小歲，拜賀君親，進椒酒，從小起。」……後世率以正月一日以盤進椒，飲酒則撮置酒中，號椒盤焉。」唐杜甫《杜位宅守歲》詩：「守歲阿戎家，椒盤已頌花。」捲紅燭：唐李世民《守歲》詩：「階馥舒梅素，盤花捲燭紅。」

〔四〕柏酒：即柏葉酒。古代春節習俗，飲柏酒，可以辟邪。《荊楚歲時記》：「正月一日……於是長幼悉正衣冠，以次拜賀，進椒、柏酒，飲桃湯。」唐杜甫《人日二首》其二：「樽前柏葉休隨酒，勝裏金花巧耐寒。」

〔五〕殘臘：農曆年底。唐李頻《湘口送友人》詩：「零落梅花過殘臘，故園歸去又新年。」唐孟浩

〔六〕新年：唐張説《欽州守歲》詩：「故歲今宵盡，新年明旦來。」曉角：報曉的號角。宋李洪《次韻德孚詠梅》詩：「王孫家有雪兒唱，莫待《霜天曉角》催。」

〔七〕「爭先」句：《新唐書》卷一一八《李渤傳》：「朝廷士引頸東望，若景星、鳳鳥始見，爭先睹之爲快。」

〔八〕「唯有」句：唐史青《除夜》詩：「風光人不覺，已著後園梅。」

【集評】

然《冬至後過吳張二子檀溪別業》詩：「梅花殘臘月，柳色半春天。」

只如近人作除夜詩，靈慧人胸中，安得有此腐字！（《名媛詩歸》卷十九）

後集卷五

花木類

海棠①

天與嬌饒綴作花②〔一〕，古《海棠》詩：嬌饒全在欲開時。更於枝上散餘霞〔二〕。《選》謝玄暉詩：餘霞散成綺。少陵謾道多詩興③〔三〕，不得當時一句誇〔四〕。杜子美無海棠詩。又，東坡《海棠》詩：怪子美無詩到他。

【校】

① 又見於《宋元詩·斷腸詩集》卷四、《名媛彙詩》卷十、《名媛詩歸》卷二十、《古今女史·詩集》卷五。

② 「饒」，鐵琴本、丁刊本、《宋元詩》、《名媛詩歸》作「嬈」，《名媛彙詩》《古今女史》作「妖」。

③「多」，《古今女史》作「無」。

【注】

〔一〕天與：天授，謂稟受於天。宋李昉《依韻奉和千葉玫瑰之什》詩：「滿檻妖饒甚，皆因暖律催。……濃香蓋天與，碎葉是誰裁。」嬌饒：柔美嫵媚。唐鄭谷《海棠》詩：「穠麗最宜新著雨，嬌饒全在欲開時。」

〔二〕「更於」句：《文選》卷二十七引謝朓《晚登三山還望京邑詩》：「餘霞散成綺，澄江静如練。」

〔三〕少陵：唐代詩人杜甫，字子美，自稱少陵野老，故後世多稱爲杜少陵。賦梅花得香字三首》其二：「少陵爲爾牽詩興，可是無心賦海棠。」

〔四〕「不得」句：參見《前集》卷三《海棠》詩注〔三〕。唐鄭谷《蜀中賞海棠》詩：「浣花溪上堪惆悵，子美無心爲發揚。」

【集評】

差能免俗。（《名媛詩歸》卷二十）

芍藥①

芬芳紅紫間成叢，盧詩：紅紫成叢相間開②。獨占花王品第中〔一〕。古《水龍吟》：東君既與

四一二

花王,芍藥須爲近侍。到底只留爲謔贈〔二〕,更勞國史刺民風〔三〕。《詩·鄭國風·溱洧篇》:伊其相謔,贈之以芍藥。

【校】

① 又見於《詩淵》一一四九頁,《宋元詩·斷腸詩集》卷四、《名媛彙詩》卷十、《名媛詩歸》卷二十、《古今女史·詩集》卷五。

② 「間成叢」「相間」,鐵琴本「間」作「鬪」。

【注】

〔一〕花王:花中之王,指牡丹。芍藥被古人視爲花王的近侍。《通志》卷七十五《昆蟲草木略》:「諸花皆用其名,惟牡丹獨言『花』,故謂之花王。……然今人貴牡丹而賤芍藥,獨不言牡丹本無名,依芍藥得名,故其初曰木芍藥。古亦無聞,至唐始著。」唐羅隱《牡丹花》詩:「若敎解語應傾國,任是無情亦動人。芍藥與君爲近侍,芙蓉何處避芳塵。」宋曹組《水龍吟》(曉天穀雨晴時)詞:「金殿筠籠歲貢,最姚黃、一枝嬌貴。東風既與花王,芍藥須爲近侍。」品第:經評定而分列的等級、次第。

〔二〕「到底」句:《詩經·鄭風·溱洧》:「維士與女,伊其相謔,贈之以勺藥。」《毛詩》稱其主旨爲「刺亂也」。謔贈,戲笑相贈。

〔三〕國史:國之史官。《毛詩大序》:「國史明乎得失之迹,傷人倫之廢,哀刑政之苛,吟詠情性,

牡丹①

嬌嬈萬態逞殊芳[一],莫把傾城比顏色[三],從來家國爲伊亡[四]。花品名中占得王[二]。

【集評】

「到底」二句樸稚。(《名媛詩歸》卷二十)

「到底」二句:人事有規諷,不稚。(《古今女史·詩集》卷五)

【校】

① 又見於《詩淵》一一五二頁,《宋元詩·斷腸詩集》卷四、《名媛彙詩》卷十、《古今女史·詩集》卷五。

② 「嬈」,袁跋本、徐藏本、藝芸本作「嬈」,今據丁刊本改。

③ 「更占」,袁跋本、徐藏本、藝芸本、鐵琴本作「更古」,今據鐵琴本、丁刊本改。

[一] 舒元輿《牡丹賦》:萬狀皆絶。
又,古《牡丹》詩:更占人間第一春。
[二] 見上首注。
[三] 白樂天《長恨歌》:漢皇重色思傾國。六宫粉黛無顔色。又,唐宋牡丹詩:參陪傾國奉君王。古詞:傾城顔色。
[四] 以風其上,達於事變而懷其舊俗者也。

黃芙蓉①

如何天賦與芬芳〔一〕，韓愈《芍藥歌》：翠莖紅蕊天付與。徒作佳人淡竚妝②〔二〕。古《孤鸞》

【注】

〔一〕嬌嬈：柔美嫵媚。萬態：唐舒元輿《牡丹賦》：「美膚膩體，萬狀皆絕。」逞：顯示，夸耀。

〔二〕「花品」句：參見前首《芍藥》詩注〔一〕。宋韓琦《牡丹二首》其二：「青帝恩偏壓衆芳，獨將奇色寵花王。已推天下無雙豔，更占人間第一香。」花品，花卉評賞的名目次第。

〔三〕傾城：形容女子極其美麗。《漢書》卷九十七《外戚傳》：「延年侍上起舞，歌曰：『北方有佳人，絕世而獨立，一顧傾人城，再顧傾人國。寧不知傾城與傾國，佳人難再得！』」唐羅隱《牡丹花》詩：「若教解語應傾國，任是無情亦動人。」

〔四〕「從來」句：唐白居易《長恨歌》：「漢皇重色思傾國，御宇多年求不得。楊家有女初長成，養在深閨人未識。天生麗質難自棄，一朝選在君王側。回眸一笑百媚生，六宮粉黛無顔色。」宋歐陽修《鹽角兒》（增之太長）詞：「施朱太赤，施粉太白，傾城顔色。」

【集評】

「莫把」三句：爲牡丹增價幾倍。（《古今女史·詩集》卷五）

詞：淡竚新妝。試倩東風一爲主〔三〕，古《真珠簾》詞③：把酒祝東君④，願與花枝長爲主⑤。輕黃應不讓姚黃〔四〕。

【校】

① 又見於《梅花字字香·前集》（引第二句）、《詩淵》二四二五頁、《宋元詩·斷腸詩集》卷四、《名媛彙詩》卷十。

② 「淡竚」，《梅花字字香》作「雅淡」。

③ 「珠」，袁跋本、徐藏本、藝芸本作「味」，鐵琴本缺，今據丁刊本改。

④ 「祝」，袁跋本、徐藏本、藝芸本作「視」，今據鐵琴本、丁刊本改。

⑤ 「長爲主」，袁跋本、徐藏本、藝芸本作「長爲上」，今據鐵琴本、丁刊本改。

【注】

〔一〕天賦：天授。唐韓愈《芍藥歌》：「翠莖紅蕊天力與，此恩不屬黃鍾家。」

〔二〕淡竚：淡雅。宋無名氏《孤鸞》（天然標格）詞：「淡竚新妝，淺點壽陽宮額。」

〔三〕倩（qing）：請，懇求。宋劉仙倫《賀新郎》（翠蓋籠嬌面）詞：「誰把天香和曉露，倩東君、特地勻嬌臉。」

〔四〕姚黃：牡丹花的名貴品種之一，常與魏紫並稱。《洛陽牡丹記》：「姚黃者，千葉黃花，出於

長春花①〔一〕

一枝繞謝一枝殷②〔二〕，古《落花》詩：一枝落盡一枝空。自是春工不與閒〔三〕。縱使牡丹稱絕豔③〔四〕，古《念奴嬌》詞：絕豔仍清淑。到頭榮瘁片時間〔五〕。

【校】

① 又見於《詩淵》二三四八頁（誤作董嗣杲詩）《宋元詩·斷腸詩集》卷四、《名媛彙詩》卷十。

② 「殷」，《宋元詩》《名媛彙詩》作「妍」。

③ 「絕豔」，《名媛彙詩》作「豔豔」。

【注】

〔一〕長春花：《廣群芳譜》卷四十三：「月季花，一名長春花，一名月月紅。……青莖長蔓，葉小於薔薇，莖與葉俱有刺。花有紅、白及淡紅三色。……逐月一開，四時不絕。花千葉厚瓣，亦薔薇之類也。」

〔二〕殷（yān）：深紅色。

薔薇花①

飛葩散亂擁欄香〔一〕，萬朵千枝不計行〔二〕。杜子美詩：千朵萬朵壓枝低。爛熳初開向清晝〔三〕，會稽太守乍還鄉〔四〕。漢武帝拜朱買臣爲會稽太守②，曰：如衣錦還鄉。

〔三〕春工：春天化育萬物之工。宋柳永《剔銀燈》詞：「何事春工用意。繡畫出，萬紅千翠。」

〔四〕絶豔：豔麗之極。宋曾紆《念奴嬌》(江城春晚)詞：「月下無人，雨中有淚，絶豔仍清淑。」

〔五〕榮瘁：盛衰。

【校】

①又見於《詩淵》一一四六頁、《宋元詩·斷腸詩集》卷四、《名媛彙詩》卷十、《名媛詩歸》卷二十。鐵琴本缺此詩。

②「朱」，袁跋本、徐藏本作「宋」，今據藝芸本、丁刊本改。

【注】

〔一〕飛葩：被風吹飛的花瓣。

〔二〕「萬朵」句：唐杜甫《江畔獨步尋花七絶句》其六：「黃四娘家花滿蹊，千朵萬朵壓枝低。」

〔三〕清晝：白天。唐王維《李處士山居》詩：「清晝猶自眠，山鳥時一囀。」

芙蓉①

滿池紅影蘸秋光②,古《鷓鴣天》詞:滿池荷葉動秋風。始覺芙蓉植在傍。賴有佳人頻醉賞,和將紅粉更施妝③。唐張易之詩:娉娉紅粉妝。

【校】

① 又見於《詩淵》一一五六頁、《宋元詩・斷腸詩集》卷四、《名媛彙詩》卷十、《名媛詩歸》卷二十、《古今女史・詩集》卷五。
② 「池」,《詩淵》作「地」。
③ 「娉娉」,鐵琴本作「娉婷」。

【集評】

差似東坡詩。(《名媛詩歸》卷二十)

〔四〕會稽太守:西漢朱買臣,字翁子,會稽吳人(按:朱買臣爲吳人,當時蘇州爲會稽郡治所),漢武帝時累官至會稽太守、主爵都尉,位列九卿,後因張湯事誅。《漢書》卷六十四《朱買臣傳》:「上拜買臣會稽太守。上謂買臣曰:『富貴不歸故鄉,如衣繡夜行,今子何如?』買臣頓首辭謝。」

櫻桃①

爲花結實自殊常，摘下盤中顆顆香。味重不容輕衆口②〔一〕，蕭穎士《櫻桃賦》：「雖先寢之獲薦③，非和羹之正味。」獨於寢廟薦先嘗〔二〕。《記·仲夏之月》：「羞以含桃④，先薦寢廟。」注：含桃即今櫻桃也。

【校】

① 又見於《詩淵》一一七○頁、《宋元詩·斷腸詩集》卷四、《名媛彙詩》卷十、《名媛詩歸》卷二十、

【集評】

「始覺」二字，情緒不倫。（《名媛詩歸》卷二十）

【注】

〔一〕芙蓉：荷花的別名。
〔二〕「滿池」句：唐寶鞏《秋夕》詩：「夜半酒醒人不覺，滿池荷葉動秋風。」蘸，此處指倒映在水中。宋柳永《迷神引》詞：「紅板橋頭秋光暮。淡月映烟方煦。寒溪蘸碧，繞垂楊路。」
〔三〕「和將」句：唐張易之《出塞》詩：「腰裹青絲騎，娉婷紅粉妝。」紅粉，古代女子化妝用的胭脂和鉛粉。

《古今女史‧詩集》卷五。

② 「衆」,《名媛彙詩》《名媛詩歸》《古今女史》作「重」。

③ 「雖」,袁跋本、徐藏本、藝芸本作「離」,今據鐵琴本、丁刊本改。「獲薦」,袁跋本、徐藏本、藝芸本作「獲薰」,丁刊本作「式薦」,今據鐵琴本改。

④ 「桃」,袁跋本、徐藏本、藝芸本作「能」,今據藝芸本、鐵琴本、丁刊本改。

【集評】

結語擬托鄭重。(《名媛詩歸》卷二十)

梅花二首①

園林蕭索未迎春〔一〕,丁晉公詩:幾處園林蕭索裏。又,蘇庠《梅花》詩:迎春不負千金諾。獨爾花開處處新〔二〕。王曾《早梅》詩:且向百花頭上開。只有宮娃無一事〔三〕,東坡《春日》詩:午醉醒

【注】

〔一〕「味重」句:唐蕭穎士《伐櫻桃樹賦》:「雖先寢而式薦,豈和羹之正味。」

〔二〕「獨於」句:參見《前集》卷二《恨春五首》其一注〔一〕。唐王維《敕賜百官櫻桃》詩:「纔是寢園春薦後,非關御苑鳥銜殘。」寢廟,古代宗廟的正殿稱廟,後殿稱寢,合稱寢廟。

來無一事。每將施額鬬妝勻②〔四〕。宋武帝女壽陽公主臥於含章簷下③，梅花落主額，成五出花妝，拂之不去。自後有梅花妝。

【校】

① 又見於《詩淵》一一八三頁，《宋元詩·斷腸詩集》卷四、《名媛彙詩》卷十、《名媛詩歸》卷二十僅選錄第一首。詩題，《詩淵》《宋元詩》《名媛彙詩》《名媛詩歸》作「梅花」。

② 「施」，《詩淵》作「詩」。

③ 「宋」，袁跋本作「漢」，徐藏本、藝芸本作「朱」，今據鐵琴本、丁刊本改。

【注】

〔一〕「園林」句：宋孫僅《新秋》詩：「幾處園林蕭瑟裏，誰家砧杵寂寥中。」宋崔鷗《和草堂呂君玉梅花》詩：「迎春不負千金諾，占上常贏一著先。」

〔二〕「獨爾」句：宋王曾《早梅》詩：「雪壓喬林凍欲摧，始知天意欲春回。雪中未問和羹事，且向百花頭上開。」

〔三〕宮娃：宮女。 無一事：宋蘇軾《春日》詩：「午醉醒來無一事，只將春睡賞春晴。」

〔四〕施額：此處指額頭飾以梅花妝。參見《後集》卷四《冬日雜詠》詩注〔七〕。

【集評】

詩中用事，須在有意無意之間，略無痕迹，使情餘於事爲妙。若事餘於情，則音響之外，索之

無味，所謂徵實而轉減者，此類是也。(《名媛詩歸》卷二十)

消得騷人幾許時〔一〕，韓《柳巷》詩：春餘幾許時。疏籬淡月着橫枝〔二〕。古《漢宮春·梅》詞：茅舍疏籬。又，微雲淡月，對江山、分付他誰①。破荒的皪香隨馬〔三〕，東坡詩：的皪梅花草棘間②。春信先教驛使知③〔四〕。

【校】

① 「他」，袁跋本、徐藏本、藝芸本作「官」，丁刊本缺，今據鐵琴本改。

② 「花草棘間」，袁跋本、徐藏本、藝芸本、鐵琴本、丁刊本均缺，今據蘇軾詩補。

③ 「春信」句，袁跋本、徐藏本、藝芸本均缺，鐵琴本作「一陣風吹滿地飛」，今據《詩淵》補。

【注】

〔一〕消得：值得，配得。亦作「銷得」。宋王之道《次韻徐伯遠木芙蓉》詩：「千林搖落見孤芳，銷得詩人賦拒霜。」騷人：詩人，文人。幾許時：唐韓愈《奉和虢州劉給事使君三堂新題二十一詠·柳巷》詩：「柳巷還飛絮，春餘幾許時。」

〔二〕「疏籬」句：宋林逋《梅花三首》其一：「雪後園林纔半樹，水邊籬落忽橫枝。」宋晁沖之《漢宮春》詞：「瀟洒江梅，向竹梢稀處，橫兩三枝。……清淺小溪如練，問玉堂何似，茅舍疏籬。」

詠直竹①

勁直忠臣節〔一〕，標勁節於嚴風。孤高烈女心〔二〕。四時同一色〔三〕，霜雪不能侵〔四〕。

〔一〕《選》鮑明遠詩：特危見臣節。又，《晉·忠義傳》：厲松筠之雅操，見正心於歲暮，標勁節於嚴風。《北史·節義傳》：露竹多勁節。

〔二〕《後漢》有《烈女傳》。又，盧詩：松竹蒼蒼烈女心。《唐宋詩》：綠筠初露節孤高。

〔三〕的皪：光亮、鮮明貌。宋蘇軾《梅花二首》其一：「春來幽谷水潺潺，的皪梅花草棘間。」

〔四〕驛使：傳遞公文、書信的人。此處化用陸凱驛使寄梅的典故，參見《前集》卷七《冬日梅窗書事四首》其一注〔二〕。

【校】

① 又見於《分門纂類唐宋時賢千家詩選》卷十一、《詩淵》二三九九頁、《名媛彙詩》卷六、《名媛詩歸》卷二十一、《古今女史·詩集》卷四。《名媛彙詩》《名媛詩歸》《古今女史》誤署作者爲黃淑。詩題，袁跋本、徐藏本、藝芸本、丁刊本缺，鐵琴本作「松花」，《千家詩選》作「直竹」，《名媛彙詩》《名媛詩歸》《古今女史》作「詠竹」，今據《詩淵》補。

【注】

〔一〕「勁直」句：《文選》卷二十八引鮑照《出自薊北門行》：「時危見臣節，世亂識忠良。」《晉書》卷八十九《忠義列傳》：「故能守鐵石之深衷，厲松筠之雅操，見貞心於歲暮，標勁節於嚴風。」《北史》卷十五《魏諸宗室列傳》：「露竹霜條，故多勁節。」

〔二〕烈女：古指重義輕生的女子。

〔三〕「四時」句：唐雍陶《武侯廟古柏》詩：「密葉四時同一色，高枝千歲對孤峰。」

〔四〕「霜雪」句：宋鄭獬《烏龍老栽松既以詩三首》其一：「高標不畏雪霜侵，柱厲孤根出舊林。」

【集評】

「不能侵」，其質甚堅。（《名媛詩歸》卷二十一）

語莊而勁。（《古今女史·詩集》卷四）

荷花①

暑氣炎炎正若焚〔一〕，《詩·雲漢》：赫赫炎炎，如惔如焚。荷花於此見天真。香房馥郁隨風拆②〔二〕，韓《晚秋聯句》：池蓮拆秋房。笑臉夭嬈映水新〔三〕。《南·王儉傳》：若紅蓮映秋水。間葉淺深殷似點〔四〕，杜：點溪荷葉疊青錢。滿池繁媚麗於春。年年占得餘芳在〔五〕，杜荀

鶴詩：年年越溪女，相伴採芙蓉。幾見當時步步人③〔六〕。《南史》：東昏侯鑿金爲蓮花貼地，令潘妃行其上，曰：「此步步生金蓮花。」

【校】

① 又見於《詩淵》一二〇四頁，《宋元詩·斷腸詩集》卷三，《名媛彙詩》卷十九，《古今女史·詩集》卷八。

② 「拆」，丁刊本、《宋元詩》《名媛詩歸》《古今女史》作「折」。

③ 「步步」，《古今女史》作「步武」。

【注】

〔一〕炎炎：灼熱貌。《詩經·大雅·雲漢》：「旱既太甚，則不可沮。赫赫炎炎，云我無所。……旱既太甚，滌滌山川。旱魃爲虐，如惔如焚。」唐釋皎然《陳氏童子草書歌》：「夏室炎炎少人歡，山軒日色在闌干。」

〔二〕香房：此處指蓮房。宋歐陽修《漁家傲》（荷葉田田青照水）詞：「雨擺風搖金蕊碎。合歡枝上香房翠。」唐韓愈、李正封《晚秋郾城夜會聯句》：「池蓮拆秋房，院竹翻夏籜。」馥郁：形容香氣濃厚。拆：綻開。同「坼」。

〔三〕夭嬈：嬌豔嫵媚。拆：映水：《樂府詩集》卷八十：「王儉爲南齊相，一時所辟皆才名之士，時

臘月躑躅一枝獨開①〔一〕

園林經臘正凋殘，古《玉抱肚》詞：園林草木，迤邐凋殘。獨爾花開爛熳鮮〔二〕。韓愈《答張功曹》詩：躑躅初開豔豔花。借問隴梅知幸否〔三〕，古《卜算子詞》：借問隴頭梅，春信還知否。得陪春卉共時妍②〔四〕。

【校】

① 又見於《詩淵》二三五四頁、《宋元詩·斷腸詩集》卷四、《名媛彙詩》卷十。詩題，《詩淵》作「臘月躑躅花一枝獨開」。

【集評】

氣太繁重。（《名媛詩歸》卷十九）

〔四〕「問葉」句：唐杜甫《絕句漫興九首》其七：「糝徑楊花鋪白氈，點溪荷葉疊青錢。」

〔五〕「年年」句：唐杜荀鶴《春宮怨》詩：「年年越溪女，相憶採芙蓉。」

〔六〕「幾見」句：《南史》卷五《齊本紀》：「廢帝東昏侯。……又鑿金為蓮華以帖地，令潘妃行其上，曰：『此步步生蓮華也。』」

人以入儉府為蓮花池，謂如『紅蓮映綠水』」。

後庭花①〔一〕

豈意爲花屬後庭〔二〕，荒迷亡國自兹生〔三〕。《書》：内作色荒。至今猶恨隔江唱〔四〕，可惜當時枉用情〔五〕。

【校】

① 又見於《詩淵》二三七七頁、《宋元詩·斷腸詩集》卷四、《名媛彙詩》卷十。

② 「共」，《名媛彙詩》作「笑」。

【注】

〔一〕躑躅：杜鵑花的別名。

〔二〕「獨爾」句：唐韓愈《答張十一功曹》詩：「篔簹競長纖纖筍，躑躅閒開豔豔花。」

〔三〕躘梅：語出南朝陸凱寄范曄梅花詩：「折花逢驛使，寄與躘頭人。江南無所有，聊贈一枝春。」唐宋之問《題大庾嶺北驛》詩：「明朝望鄉處，應見躘頭梅。」參見《前集》卷七《冬日梅窗書事四首》其一注〔二〕。

〔四〕春卉：春天開放的花。

共時妍：同時開放爭妍。妍，美麗。

杜牧詩：隔江猶唱《後庭花》。

《語》：則民莫敢不用情。

【注】

〔一〕後庭花：雞冠花的一種，又爲雁來紅的別名。《碧雞漫志》卷五：「吳、蜀雞冠花有一種小者，高不過五六寸，或紅、或淺紅、或白、或淺白，世目曰後庭花。」《救荒本草》卷八：「後庭花，一名雁來紅，人家園圃多種之。……其葉衆葉攢聚，狀如花朵，其色嬌紅可愛，故以名之。」

〔二〕豈意：哪里能料到，没想到。 後庭：後宮。此處指樂府歌曲《玉樹後庭花》，南朝陳後主所作，後人視爲亡國之音。《陳書》卷七：「後主每引賓客對貴妃等遊宴，則使諸貴人及女學士與狎客共賦新詩，互相贈答，採其尤豔麗者以爲曲詞，被以新聲。……其曲有《玉樹後庭花》《臨春樂》等，大指所歸，皆美張貴妃、孔貴嬪之容色也。」

〔三〕「荒迷」句：《尚書·夏書·五子之歌》：「内作色荒，外作禽荒。」孔傳：「作，爲也。迷亂曰荒。色，女色。禽，鳥獸。」

〔四〕「至今」句：唐杜牧《泊秦淮》詩：「商女不知亡國恨，隔江猶唱《後庭花》。」

〔五〕枉用情：徒然傾注感情。宋陸佃《答張朝奉二首》其二：「此身到處堪乘興，萬事由來枉用情。」《論語·子路》：「上好禮，則民莫敢不敬；上好義，則民莫敢不服；上好信，則民莫敢不用情。」

乞蘭①

幽芳別得化工栽〔一〕,紅紫紛紛莫與偕〔二〕。珍重故人培養厚②,真香獨許寄庭階〔三〕。

【校】

① 又見於《詩淵》二四九五頁,《宋元詩·斷腸詩集》卷四、《名媛彙詩》卷十、《古今女史·詩集》卷五。

② 「培」,徐藏本、藝芸本、《詩淵》作「陪」,鐵琴本缺。

③ 「元」,鐵琴本缺,丁刊本作「玄暉」。

【注】

〔一〕化工:自然造化之工。宋張擴《次韻顧子美陪方仲兄遊允仲花園後篇簡允仲》詩:「君看樹頭桃李開,化工渾在百花栽。」

〔二〕「紅紫」句:唐韓愈《此日足可惜一首贈張籍》詩:「道邊草木花,紅紫相低昂。」《晉書》卷七十九《謝玄傳》:「玄字幼度。少穎悟,與從兄朗俱爲叔父安所器重。安嘗戒約子侄,因曰:『子弟亦何豫人事,而正欲使其佳?』諸人莫有

〔三〕庭階:堂前的臺階,代指庭院。

言者。玄答曰：『譬如芝蘭玉樹，欲使其生於庭階耳。』安悅。」

【集評】

「珍重」二句：説得加意稱題。(《古今女史·詩集》卷五)

後集卷六

雜題

詠史十首

項羽二首

自古興亡本自天〔一〕，《國・晉語》：國之興亡，天命也。豈容人力預其間〔二〕。《前・韓信傳》：陛下所謂天授，非人力也。非憑天與憑騅逝〔三〕，《孟子》：天與之①。又，《項羽傳》：常幸從駿馬名騅，乃悲歌抗慨，爲歌詩：「力拔山兮氣蓋世，時不利兮騅不逝。騅不逝兮奈若何。」騅不前兮戰已閒。上注。

【校】

① 「天」，袁跋本、徐藏本作「大」，今據藝芸本、鐵琴本、丁刊本改。

【注】

〔一〕「自古」句：《國語》卷十二《晉語》：「鄢之役，荆壓晉軍，軍吏患之，將謀。范匄自公族趨過之，曰：『夷竈堙井，非退而何？』范文子執戈逐之，曰：『國之存亡，天命也，童子何知焉！且不及而言，姦也，必為戮。』」《史記》卷七《項羽本紀》：「項王自度不得脱。謂其騎曰：『吾起兵至今八歲矣，身七十餘戰，所當者破，所擊者服，未嘗敗北，遂霸有天下。然今卒困於此，此天之亡我，非戰之罪也。」」宋葛勝仲《題龍興寺顔魯公祠二首》其二：「平原高節映常山，生死興亡本自天。」

〔二〕「豈容」句：《漢書》卷三十四《韓信傳》：「上嘗從容與信言諸將能各有差。上問曰：『如我，能將幾何？』信曰：『陛下不過能將十萬。』上曰：『如公何如？』曰：『如臣，多多益辦耳。』上笑曰：『多多益辦，何為為我禽？』信曰：『陛下不能將兵，而善將將，此乃信之為陛下禽也。且陛下所謂天授，非人力也。』」

〔三〕天與：天授，謂天命所屬。《孟子·萬章上》：「萬章曰：『堯以天下與舜，有諸？』孟子曰：『否。天子不能以天下與人。』『然則舜有天下也，孰與之？』曰：『天與之。』」《史記》卷七《項羽本紀》：「項王則夜起，飲帳中。有美人名虞，常幸從；駿馬名騅，常騎之。於

蓋世英雄力拔山[一]，見上首注。豈知天意主西關①[二]。《高祖紀》：願與沛公西入關。徒歎身亡頃刻間。

是項王乃悲歌忼慨，自爲詩曰：『力拔山兮氣蓋世，時不利兮騅不逝。騅不逝兮可奈何，虞兮虞兮奈若何！』

【校】

① 「主」，藝芸本作「在」。

【注】

[一] 「蓋世」句：見上首詩「非憑天與憑騅逝」句注。

[二] 「豈知」句：《史記》卷九十九《劉敬叔孫通列傳》：「高帝問群臣，群臣皆山東人，爭言周王數百年，秦二世即亡，不如都周。上疑未能決。及留侯明言入關便，即日車駕西都關中。」《漢書》卷一《高帝紀》：「獨羽怨秦破項梁，奮勢，願與沛公西入關。」

[三] 范增：項羽的謀士，輔佐項羽稱霸諸侯。漢施反間計使羽疑范增，增棄羽而歸，疽發於背而卒。《漢書》卷一《高帝紀》：「項羽有一范增而不能用，此所以爲我禽也。」

范增可用非能用[三]，《前·高祖紀》：項羽有一范增而不能用，所以爲我禽也。

韓信

男兒忍辱志長存,出跨曾無怨一言〔一〕。漂母人亡石空在〔二〕,不知還肯念王孫〔三〕?

【校】

① 「怯」,袁跋本、徐藏本、藝芸本作「法」,丁刊本作「懦」,今據鐵琴本改。

【注】

〔一〕《漢書》卷三十四《韓信傳》:「淮陰少年又侮信曰:『雖長大,好帶刀劍,怯耳。』衆辱信曰:『能死,刺我,不能,出跨下。』於是信孰視,俛出跨下,兩股之間也。」顏師古注:「衆辱,於衆中辱之。跨下,兩股之間也。」

〔二〕《漢書》卷三十四《韓信傳》:「韓信,淮陰人也。家貧無行,不得推擇爲吏,又不能治生爲商賈,常從人寄食。……至城下釣,有一漂母哀之,飯信,竟漂數十日。信謂漂母曰:『吾必重報母。』母怒曰:『大丈夫不能自食,吾哀王孫而進食,豈望

〔三〕?·上注。

男兒:《韓信傳》:淮陰少年辱信曰:「能,死我,不能,出跨下。」信熟視,俛出跨下。一市皆笑信,以爲怯①。

漂母人亡石空在〔二〕,韓信家貧,常從人寄食,至城下釣。有一漂母哀之,飯信。母曰:「吾哀王孫而進食,豈望報乎?」今淮陰有漂母石是也。不知還肯念王孫〔三〕?·上注。

〔三〕王孫：貴族子弟，此處指韓信。

張良

功成名遂便歸休〔一〕，《老子》九章：功成名遂，天之道也。天道分明不與留〔二〕。《易·謙卦》：天道下濟而光明。果可人間戀駒隙〔三〕，《魏豹傳》：人生一世間，如駒之過隙。何心願學赤松遊〔四〕。《張良傳》：今以三寸舌爲帝者師，封萬户，位列侯，於良足以。頗棄人間事，從赤松子遊耳。

【注】

〔一〕功成名遂：建立了功業，成就了名聲。《老子》九章：「功成、名遂、身退，天之道。」歸休：辭官歸隱。

〔二〕天道：天理，天意。亦指自然規律。《周易·謙》之《象傳》：「天道下濟而光明，地道卑而上行。」

〔三〕駒隙：日影如駿馬飛快地馳過縫隙，形容時間過得極快。《莊子·知北遊》：「人生天地之間，若白駒之過郤，忽然而已。」《漢書》卷三十三《魏豹傳》：「人生一世間，如白駒過隙。」顏師古注：「言其速疾也。白駒，謂日景也。」

陸賈

漢方擾擾襲秦風〔一〕，《陳平贊》：陳公俶俶，歸漢乃安。勇士相高馬上功①〔二〕。高祖論功行封。今蕭何未有汗馬之勞，徒持文墨議論，不戰，顧居臣等上，何也？又見下注。惟有君侯守奇節，能將《新語》悟宸衷〔三〕。《陸賈傳》：時時前説稱《詩》《書》！云云。謂賈曰：「試爲我著秦所以失天下，吾所以得之者。」賈凡著十二篇，稱名曰《新語》。

【校】

① 「士」，丁刊本作「事」。

【注】

〔一〕擾擾：紛亂貌。唐王績《贈程處士》詩：「百年長擾擾，萬事悉悠悠。」《漢書》卷一百：「陳公擾攘，歸漢乃安。」

〔二〕「勇士」句：《漢書》卷三十九《蕭何傳》：「漢五年……論功行封。群臣爭功，歲餘不決。上以何功最盛，先封爲酇侯，食邑八千戶。功臣皆曰：『臣等身被堅執兵，多者百餘戰，少者數十合，攻城略地，大小各有差。今蕭何未有汗馬之勞，徒持文墨議論，不戰，顧居臣等上，何也？』」《漢書》卷四十三《陸賈傳》：「陸賈，楚人也。以客從高祖定天下，名有口辯。……賈時時前説稱《詩》《書》。高帝罵之曰：『乃公居馬上得之，安事《詩》《書》』！賈曰：『馬上得之者，寧可以馬上治乎？』」

〔三〕「惟有」二句：《漢書》卷四十三《陸賈傳》：「（高帝）謂賈曰：『試爲我著秦所以失天下，吾所以得之者，及古成敗之國。』賈凡著十二篇，每奏一篇，高帝未嘗不稱善，左右呼萬歲，稱其書曰《新語》。」宸衷，帝王的心意。

賈生

文帝爲君固有餘〔一〕，豈容流涕復長吁〔二〕。

惟有表餌陳來術已疏〔四〕。文帝時，賈誼陳策曰：臣切推事勢，可爲痛哭者一，可爲流涕者二，可爲長太息者六。單于可係非無策〔三〕，本贊：及欲改定制度，試屬國，施五表三餌以係單于，其術固以疏已①。表餌陳來術已疏②〔四〕。

【校】

① 「已」，袁跋本、徐藏本作「吕」，藝芸本、丁刊本缺，今據鐵琴本改。

② 「術」，丁刊本作「計」。

【注】

〔一〕文帝：漢文帝劉恒，漢高祖劉邦中子。在位期間，重視農業生產，輕徭薄賦，廢除殘酷刑罰，天下豐盈，四境和平。

〔二〕「豈容」句：《漢書》卷四十八《賈誼傳》：「臣竊惟事勢，可爲痛哭者一，可爲流涕者二，可爲長太息者六。」建，其大略曰：『

〔三〕「單于」句：《漢書》卷四十八《賈誼傳》：「贊曰：……追觀孝文玄默躬行以移風俗，誼之所陳略施行矣。及欲改定制度，以漢爲土德，色上黃，數用五，及欲試屬國，施五餌三表以係單于，其術固以疏矣。」顏師古注：「《賈誼書》謂愛人之狀，好人之技，仁道也，信爲大操，常義也，愛好有實，已諾可期，十死一生，彼將必至：此三表也。賜之盛服車乘以壞其目，賜之盛食珍味以壞其口，賜之音樂婦人以壞其耳，賜之高堂邃宇府庫奴婢以壞其腹，於來降者，上以召幸之，相娛樂，親酌而手食之，以壞其心：此五餌也。」單于，漢時匈奴君長的稱號。係，羈縻，籠絡。

〔四〕表餌：指三表五餌，見上注。陳：上言，上書。

董生

秦火經來道失真[一],《書·序》:及秦始皇滅先代典籍,焚書坑儒。下帷發憤每勞神[二]。誰知異日爲無得,只聽平津一老臣[三]。公孫弘封平津侯,後徒仲舒①,皆弘力也。

【校】

① 「徒」,丁刊本缺,鐵琴本作「從」,當爲「徙」之訛。

【注】

[一]「秦火」句:《文選》卷四十五引孔安國《尚書序》:「及秦始皇滅先代典籍,焚書坑儒,天下學士逃難解散。」秦火,指秦始皇焚書之事。

[二]下帷:放下帷幕,引申指閉門苦讀。《漢書》卷五十六《董仲舒傳》:「仲舒遭漢承秦滅學之後,《六經》離析,下帷發憤,潛心大業,令後學者有所統壹,爲群儒首。」

[三]平津:指公孫弘,漢武帝封丞相公孫弘爲平津侯。《漢書》卷五十六《董仲舒傳》:「仲舒爲人廉直。是時方外攘四夷,公孫弘治《春秋》不如仲舒,而弘希世用事,位至公卿。仲舒以弘爲從諛,弘嫉之。膠西王亦上兄也,尤縱恣,數害吏二千石。弘乃言于上曰:『獨董仲舒可

朱淑真集校注

晁錯

七國綿延蔓草圖〔一〕，本傳：「景帝即位，錯請諸侯之罪過，削其支郡。奏上，諸侯讙譁。後十餘日，七國俱反，以誅錯名，使赦七國，復故地。」又，《左·隱元年》：「蔓草難圖。」《揚·淵騫》：晁錯，曰：「愚。」注：畫策削諸侯事，七國既反，令盎得行其説。

揚雄自負功名志，猶罪當時太失愚①〔二〕。見上注。

【校】

① 「罪」，鐵琴本作「在」。

【注】

〔一〕 七國：漢景帝時，晁錯上書請求削藩，吳、楚、趙、胶西、濟南、菑川、胶東七个諸侯國於公元前一四五年同時起兵叛亂，史稱「七國之亂」。《漢書》卷四十九《晁錯傳》：「晁錯，潁川人也。……景帝即位。……遷爲御史大夫，請諸侯之罪過，削其支郡。奏上，上令公卿列侯宗室雜議。……錯所更令三十章，諸侯讙譁。……後十餘日，吳楚七國俱反，以誅錯爲

名。……上卒問(爰)盎,對曰:『……方今計,獨有斬錯,發使赦吳楚七國,復其故地,則兵可毋血刃而俱罷。』」蔓草圖:設法對付蔓草。蔓草,蔓生的野草,因其纏繞攀緣,故極難清除。《左傳·隱公元年》:「姜氏何厭之有?不如早爲之所,無使滋蔓。蔓,難圖也。蔓草猶不可除,況君之寵弟乎?」

〔二〕「一言」句:晁錯向漢景帝上書請求削藩,七國以誅錯爲名起兵叛亂,晁錯因此被殺。《漢書》卷四十九《晁錯傳》:「乃使中尉召錯,紿載行市。」干,招致。錯衣朝衣斬東市。」

〔三〕「揚雄」三句:揚雄認爲晁錯之舉太愚笨。《揚子法言》卷八《淵騫篇》:「或問蕭曹,曰:『蕭也規,曹也隨。』……袁盎,曰:『忠不足而談有餘。』晁錯,曰:『愚。』」注:「畫策削諸侯王,七國既反,令盎得行其說。智而不能自明,朝服斬於東市。」

後集卷七

劉向二首①

洽聞博識似君難〔一〕,《前·本傳·贊》:自孔子後②,綴文之士③,惟劉向等博物洽聞④,通達古今。況復騰凌宗室間〔二〕。本傳:元帝即位⑤,蕭望之薦更生宗室忠直⑥,明經有行。屢諫不容甘畩畩⑦〔三〕,本傳:上封事曰:「忠臣雖在畩畩,猶不忘君,惓惓之義也⑧。」七侯同日亦何顏⑨〔四〕。本傳:王鳳爲大將軍秉政⑩,倚太后,專國權,兄弟七人皆封爲列侯。鳳兄弟用事之咎云云。終不能奪權。

【校】

① 《後集》卷七係由卷六割裂而成,此二詩當屬於上卷《詠史十首》。丁刊本缺此二詩,僅存詩題。詩題,袁跋本、徐藏本、藝芸本原無詩題,鐵琴本誤作《大成文宣王》,丁刊本誤作《大成文宣帝》,今據詩意擬題。

② 「後」,袁跋本、徐藏本作「詔」;藝芸本、鐵琴本、丁刊本缺,今據《漢書》卷三十六改。

後集卷七　雜題

四四五

朱淑真集校注

【注】

〔一〕洽聞博識：見多識廣，知識淵博。《漢書》卷三十六《劉向傳》：「向，字子政，本名更生。……贊曰：仲尼稱：『材難，不其然與！』自孔子後，綴文之士衆矣，唯孟軻、孫況、董仲舒、司馬遷、劉向、揚雄。此數公者，皆博物洽聞，通達古今，其言有補於世。」

〔二〕「況復」句：《漢書》卷三十六《劉向傳》：「元帝初即位，太傅蕭望之爲前將軍，少傅周堪爲諸吏光禄大夫，皆領尚書事，甚見尊任。更生年少於望之、堪，然二人重之，薦更生宗室忠直，明經有行，擢爲散騎宗正給事中。」騰凌，騰跃。宗室，與君主同宗族之人。

〔三〕畎畝：田野。又作「甽畝」。《漢書》卷三十六《劉向傳》：「更生見堪、猛在位，幾已得復進，

③「綴」，袁跋本、徐藏本、藝芸本作「終」，鐵琴本、丁刊本缺，今據《漢書》卷三十六改。
④「等」、「聞」，袁跋本、徐藏本、藝芸本作「寺」、「問」，鐵琴本、丁刊本缺，今據藝芸本改。
⑤「即」，袁跋本、徐藏本、藝芸本作「師」，丁刊本缺，今據藝芸本、鐵琴本改。
⑥「宗室忠直」，袁跋本、徐藏本、藝芸本作「家室忠真」，丁刊本缺，今據藝芸本、鐵琴本改。
⑦「甘」，袁跋本、徐藏本、藝芸本作「卦」，丁刊本缺，今據藝芸本、鐵琴本改。
⑧「惓惓」，袁跋本、徐藏本、藝芸本作「捲捲」，鐵琴本作「倦倦」，丁刊本缺，今據藝芸本改。
⑨「日」，袁跋本、徐藏本、藝芸本作「目」，丁刊本缺，今據藝芸本、鐵琴本改。
⑩「政」，袁跋本、徐藏本作「取」，丁刊本缺，今據藝芸本、鐵琴本改。

四四六

懼其傾危，乃上封事諫曰：『……欲終不言，念忠臣雖在畎畝，猶不忘君，惓惓之義也。……然惟二恩未報，忠臣之義，一杼愚意，退就農畝，死無所恨。』

〔四〕「七侯」句。《漢書》卷三十六《劉向傳》：「是時帝元舅陽平侯王鳳爲大將軍秉政，倚太后，專國權，兄弟七人皆封爲列侯。時數有大異，向以爲外戚貴盛，鳳兄弟用事之咎。……向見《尚書·洪範》箕子爲武王陳五行陰陽休咎之應，向乃集合上古以來歷春秋六國至秦漢符瑞災異之記，……號曰《洪範五行傳論》，奏之。天子心知向忠精，……然終不能奪王氏權。」

王氏滔天擅國權①〔一〕，見上首注。可堪恭顯厠其間②〔二〕。《前·佞幸傳》：石顯、弘恭皆少坐法腐刑，爲中黃門，以選爲中尚書。屢形天譴君非悟〔三〕，本傳：向爲宗室舊臣。又，《唐·魏徵傳》③：每犯顏進諫。徒使宗臣每犯顏〔四〕。本傳：王鳳秉政專權，數有大異，向陳《洪範》休咎之應。

【校】

① 「天」，袁跋本、徐藏本作「矢」，丁刊本缺，今據藝芸本、鐵琴本改。
② 「堪」，袁跋本、徐藏本作「諶」，丁刊本缺，今據藝芸本、鐵琴本改。
③ 「徵」，袁跋本、徐藏本作「請」，鐵琴本、丁刊本缺，今據藝芸本改。

【注】

〔一〕滔天：水勢瀰漫天際，此處比喻權勢極大。擅：獨攬，專。

〔二〕恭顯：漢元帝時宦官弘恭、石顯。《漢書》卷九十三《佞幸傳》：「石顯字君房，濟南人；弘恭，沛人也。皆少坐法腐刑，爲中黃門，以選爲中尚書。恭、石顯弄權。」廁：混雜。初即位，太傅蕭望之爲前將軍……四人同心輔政，患苦外戚許、史在位放縱，而中書宦官恭、石顯弄權。」廁：混雜。

〔三〕天譴：上天的責罰。參見前首注〔四〕。

〔四〕宗臣：與君主同宗之臣。《漢書》卷三十六《劉向傳》：「向雅奇陳湯智謀，與相親友，獨謂湯曰：『災異如此，而外家日盛，其漸必危劉氏。吾幸得同姓末屬，累世蒙漢厚恩，身爲宗室遺老，歷事三主。上以我先帝舊臣，每進見常加優禮。吾而不言，孰當言者？』向遂上封事進諫。」犯顏：冒犯君主的威嚴。此處指劉向屢上封事進諫。《舊唐書》卷七十一《魏徵傳》：「徵狀貌不逾中人，而素有膽智，每犯顏進諫，雖逢王赫斯怒，神色不移。」

題王氏必興軒①

福有根基善有源〔一〕，必興緣此敞新軒。見下注。埋蛇人相

真堪慕〔二〕,孫叔敖爲兒時,遊見兩頭蛇,殺而埋之。見兩頭之蛇者死。其母曰:「蛇今安在?」曰:「恐他人見,埋之矣。」母曰:「吾聞存陰德者,大報以福。」及長,爲相。屠狗爲事。漢王賜噲爵,爲臨武侯。未必芝蘭偏謝砌〔四〕,《謝元傳》:譬如芝蘭玉樹,欲使生於庭階耳。好看車馬集于門〔五〕。《前·于公傳》:云:「少高大門閭②,令容駟馬車。我治獄多陰德,子孫必有興者。」從來天報無先後,不在其身在子孫。見上注。

【校】

① 又見於《詩淵》三三六五頁。丁刊本缺此首。

② 「大」,袁跋本、徐藏本作「人」,丁刊本缺,今據藝芸本、鐵琴本改。

【注】

〔一〕福有根基:《漢書》卷五十一《枚乘傳》:「福生有基,禍生有胎。納其基,絕其胎,禍何自來?」

〔二〕埋蛇入相:《新序》卷一:「孫叔敖爲嬰兒之時,出遊見兩頭蛇,殺而埋之。嚮者吾見之,恐去母而死也。」其母曰:『蛇今安在?』曰:『恐他人又見,殺而埋之矣。』其母曰:『吾聞有陰德者天報以福,汝不死也。』及長,爲楚令尹,未治而國人信其仁也。」

題余氏攀鱗軒①

瀟灑新軒傍翠岑〔一〕，攀鱗勃勃此潛心〔二〕。
易驚誰羨葉公室〔三〕，入夢當爲傳說霖〔四〕。變化一身雷霹遠〔五〕，騰凌千里海波深〔六〕。
卧廬曾比崇高志〔七〕，肯憶當時《梁父吟》〔八〕。

〔三〕屠狗封侯：《漢書》卷四十一《樊噲傳》：「樊噲，沛人也。以屠狗爲事。……漢王賜噲爵爲列侯，號臨武侯。」

〔四〕芝蘭：芷和蘭，皆香草，比喻優秀子弟。參見《後集》卷五《乞蘭》詩注〔三〕。

〔五〕于門：漢代名臣于定國的父親執法公平，多積陰德，認爲子孫必有興者，請重建閭門時使之高大能容高車駟馬。後用作爲官賢明有德，報在子孫的典故。《漢書》卷七十一《于定國傳》：「始定國父于公，其閭門壞，父老方共治之。于公謂曰：『少高大閭門，令容駟馬高蓋車。我治獄多陰德，未嘗有所冤，子孫必有興者。』」

題余氏攀鱗軒

瀟灑新軒傍翠岑〔一〕，攀鱗勃勃此潛心〔二〕。《楊·淵騫篇》：攀龍。又，《問神篇》：顔淵潛心於仲尼。

易驚誰羨葉公室〔三〕，葉公子高好龍，室屋皆畫龍。於是天龍聞而下來，窺頭於牖，尾屬於室。葉公見之，棄而遠走，失其魂魄。葉公非怒真龍也。若歲大旱②，汝作霖雨。又，《荀·非相篇》：傳說之狀，身如植鰭云云。

入夢當爲傳說霖〔四〕。《書·說命上》：高宗夢得說，

變化一身雷霹遠〔五〕，杜詩：平地一聲雷。

騰凌千里海波深〔六〕。李白詩：龍怪潛波深。

卧廬曾比崇高志〔七〕，諸葛亮：先帝不以臣卑鄙③，三顧臣於草廬之中④。

肯憶當時《梁父吟》〔八〕。諸葛亮早孤，躬耕隴畝，好爲《梁父》自吟。

四五〇

【校】

① 又見於《詩淵》三二八五頁。

② 「若」，袁跋本、徐藏本、藝芸本作「者」，鐵琴本缺，今據丁刊本改。「旱」，袁跋本、徐藏本、鐵琴本缺，今據藝芸本、丁刊本改。

③ 「鄙」，丁刊本作「賤」。

④ 「顧」，袁跋本作「雇」，今據徐藏本、藝芸本、鐵琴本、丁刊本改。

【注】

〔一〕岑：小而高的山。

〔二〕攀鱗：比喻依附帝王以成功名，此處指科舉及第。《揚子法言》卷十一《淵騫篇》：「攀龍鱗，附鳳翼，巽以揚之，勃勃乎其不可及乎。」潛心：專心。《揚子法言》卷五《問神篇》：「昔仲尼潛心於文王矣，達之。顏淵亦潛心於仲尼矣，未達一間耳。」

〔三〕葉公：《新序》卷五：「葉公子高好龍，鈎以寫龍，鑿以寫龍，屋室雕文以寫龍。於是夫龍聞而下之，窺頭於牖，拖尾於堂。葉公見之，棄而還走，失其魂魄，五色無主。是葉公非好龍也，好夫似龍而非龍者也。」

〔四〕「入夢」句：商代賢士傅説版築於傅巖之野，商王武丁夢中見之，後得之於傅巖，喻之爲久旱後的甘雨。《尚書·説命上》：「高宗夢得説，使百工營求諸野，得諸傅巖。……若歲大旱，

用汝作霖雨。」《荀子》卷三《非相篇》:「傅説之狀身如植鰭,伊尹之狀面無須麋。」霖,甘雨,時雨。

〔五〕「變化」句:謂龍騰雲行雨,伴隨霹靂,來去倏忽。

〔六〕「騰凌」句:謂龍騰跃千里,潛波入海,變化無端。唐李白《流夜郎至西塞驛寄裴隱》詩:「龍怪潛溟波,候時救炎旱。我行望雷雨,安得霑枯散。」騰凌,騰空而上。

〔七〕卧廬:東漢末,諸葛亮隱居於南陽草廬,時號「卧龍」。《文選》卷三十七引諸葛亮《出師表》:「先帝不以臣卑鄙,猥自枉屈,三顧臣於草廬之中,諮臣以當世之事。」《三國志》卷三十五《諸葛亮傳》:「亮躬耕隴畝,好爲《梁父吟》。身長八尺,每自比於管仲、樂毅。」

〔八〕梁父吟:漢樂府曲名,相傳諸葛亮所作歌辭乃述春秋時齊相晏嬰二桃殺三士之事。

賀人移學東軒①

一軒瀟灑正東偏〔一〕,屏棄囂塵聚簡編〔二〕。美璞莫辭彫作器〔三〕,楊·寡見篇》:「良玉不彫,何謂也?」曰:「玉不彫,璵璠不作器。」韓愈詩:簡編可卷舒。

終見積成淵〔四〕。《家語》:涓涓不壅,遂成江河。

謝班難繼予慚甚〔五〕,《晉·烈女傳》:謝氏聰識有

才。《後·烈女傳》：班昭博覽高才。顏孟堪睎子勉旃②[六]。顏子好學，孟子陳道義，《楊子》：睎顏之人③。《蒙求》云：爾曹勉旃。鴻鵠羽儀當養就④[七]，《張良傳》：鴻鵠高飛，羽翼以就。飛騰早晚看沖天[八]。《楚世家》：「有鳥在於阜，三年不蜚不鳴，是何鳥也？」曰：「三年不蜚，一蜚沖天；三年不鳴，鳴將驚人⑤。」

【校】

① 又見於《詩淵》三六〇二頁，《宋元詩·斷腸詩集》卷三、《名媛彙詩》卷十五、《名媛詩歸》卷十九、《古今女史·詩集》卷八。

② 「睎」，《宋元詩》、《名媛彙詩》、《名媛詩歸》、《古今女史》作「希」。

③ 「睎顏」，袁跋本作「希顏」，丁刊本缺。

④ 「養就」，丁刊本作「就養」。

⑤ 「鳴將驚人」，藝芸本、鐵琴本作「一鳴驚人」。

【注】

〔一〕瀟灑：雅潔貌。宋黃夷簡《詠華林書院》詩：「桐軒瀟灑遠塵機，伯始英風世不衰。」

〔二〕屏（bǐng）棄：排除，抛棄。囂塵：喧鬧揚塵，代指市井或塵俗。《文選》卷二十七引謝朓《之宣城出新林浦向版橋》詩：「囂塵自茲隔，賞心於此遇。」簡編：編連起來的竹簡，指書

後集卷七 雜題

四五三

〔三〕「美璞」句:《揚子法言》卷五《寡見篇》:「或曰:『良玉不彫,美言不文,何謂也?』曰:『玉不彫,璵璠不作器,言不文,典謨不作經。』」美璞,尚未雕琢的美玉。

〔四〕涓流:細小的水流。《孔子家語》卷三:「焰焰不滅,炎炎若何。涓涓不壅,終爲江河。」

〔五〕謝班:《荀子》卷一《勸學篇》:「積土成山,風雨興焉。積水成淵,蛟龍生焉。」謝之謝道韞、漢之班昭,是古代聞名於世的才女。《晉書》卷九十六《列女傳》:「王凝之妻謝氏,字道韞,安西將軍弈之女也。聰識有才辯。」《後漢書》卷八十四《列女傳》:「扶風曹世叔妻者,同郡班彪之女也。名昭,字惠班,一名姬。博學高才。」

〔六〕顏孟堪睎(xī):顏回、孟子值得仰慕、學習。意謂顏回「一簞食,一瓢飲,在陋巷,人不堪其憂,回也不改其樂」,孟子陳「貧賤不能移」之義,是安貧樂道、好學不輟的典範。《揚子法言》卷一《學行篇》:「睎驥之馬,亦驥之乘也,睎顏之人,亦顏之徒也。」睎,仰慕。勉旃(zhān):努力。多於勸勉時使用。唐杜甫《秋日夔府詠懷奉寄鄭監審李賓客之芳一百韻》詩:「困學違從衆,明公各勉旃。」《蒙求》:「芝煩撫華,爾曹勉旃。」

〔七〕「鴻鵠」句:《漢書》卷四十《張陳王周傳》:「鴻鵠高飛,一舉千里。羽翼以就,橫絕四海。」又見《史記》卷五十五《留侯世家》,「羽翼以就」作「羽翮已就」。鴻鵠,大雁與天鵝,因善於高飛,用來比喻志向遠大的人。《史記》卷四十八《陳涉世家》:「嗟乎!燕雀安知鴻鵠之志

【集評】

「養就」，在學上說深。（《名媛詩歸》卷十九）

「美璞」三句，語近意超。（《古今女史·詩集》卷八）

〔八〕飛騰：高飛驤跃，意謂飛黃騰達。沖天：《史記》卷四十《楚世家》：「莊王即位三年，不出號令，日夜爲樂。……伍舉曰：『願有進。』隱曰：『有鳥在於阜，三年不蜚不鳴，是何鳥也？』莊王曰：『三年不蜚，蜚將沖天，三年不鳴，鳴將驚人。舉退矣，吾知之矣。』」

送人赴試禮部①〔一〕

春闈報罷已三年〔二〕，又向西風促去鞭②。屢鼓莫嫌非作氣〔三〕，一飛當自卜沖天③〔四〕。賈生少達終何遇④〔五〕，本傳：吳公廷尉言賈誼少年，頗通諸家之書。文帝召爲博士，時年二十餘，最爲少。馬援才高老更堅⑤〔六〕。本傳：兄況曰：「汝大才，當晚成。」又，嘗謂賓客曰：「窮且益堅，老當益壯。」大抵功名無早晚，平津今見起菑川⑥〔七〕。《前·公孫弘》：菑川薛人，後封爲平津侯。

【校】

① 又見於《新編通用啓劄截江網》卷六（作者誤爲黃少師女）、《宋元詩·斷腸詩集》卷三、《名媛彙詩》卷十五、《名媛詩歸》卷十九、《古今女史》卷八。詩題，《截江網》作《送人赴舉》，《名媛彙詩》、《名媛詩歸》、《古今女史》作《送人赴試》。

② 「西」，鐵琴本作「東」，丁刊本作「雷」。

③ 「飛」，《截江網》作「鳴」。

④ 「達」，《截江網》作「奪」。

⑤ 「更」，《截江網》作「益」。

⑥ 「茵」，《截江網》作「淄」。

【注】

〔一〕禮部：官署名，隋唐以後爲六部之一，掌國家典章制度、祭祀、學校、科舉、接待四方賓客之事。

〔二〕春闈：唐、宋禮部試士在春季舉行，故稱春闈。報罷：科舉考試落第。宋胡宿《送陳鐸歸吳興》詩：「六篇高論吐虹蜺，報罷扁舟擊汰歸。」

〔三〕屢鼓」句：《左傳·莊公十年》：「夫戰，勇氣也。一鼓作氣，再而衰，三而竭。」

〔四〕「一飛」句：參見前首注〔八〕。卜，推斷，預料。

〔五〕「賈生」句：西漢賈誼才學出衆，年少得志，被人讒毀，謫爲長沙王太傅。《漢書》卷四十八

〔六〕「馬援」句：《後漢書》卷二十四《馬援列傳》：「援年十二而孤，少有大志，諸兄奇之。……況曰：『汝大才，當晚成。』……轉游隴漢間，常謂賓客曰：『丈夫爲志，窮當益堅，老當益壯。』」

〔七〕平津：漢代公孫弘家貧，牧豕海上，年四十餘學《春秋》雜說，年六十方入仕，終爲丞相，封平津侯，年八十終。《史記》卷一百十二《平津侯主父列傳》：「丞相公孫弘者，齊菑川國薛縣人也。……家貧，牧豕海上。年四十餘，乃學《春秋》雜說。……建元元年，天子初即位，招賢良文學之士。是時弘年六十，徵以賢良爲博士。……卒以弘爲丞相，封平津侯。」菑川：即菑川國，漢文帝時分臨菑郡東部置，封齊悼王子劉賢爲菑川王。封域較大，北瀕渤海，南至今山東臨朐。

【集評】

「一飛」句：句帶俗。（《名媛詩歸》卷十九）

勉勵語，工典乃爾。（《古今女史·詩集》卷八）

後集卷八

雜　詠

代送人赴召司農〔一〕

當年持節使①〔二〕，杜詩：川合東西瞻使節。寬厚出誠心。郡國承風遠〔三〕，《武帝紀》：元光元年，初令郡國舉孝廉。朝廷注意深〔四〕。《前·陸賈傳》：天下安，注意相。十行初下詔〔五〕，《後·循吏傳序》：以手迹賜方國，一札十行。四海望爲霖〔六〕。《書·説命》：若歲大旱②，用汝作霖雨③。幾夜台星轉〔七〕，《後·劉元傳》：三公上應台階。光侵九棘林〔八〕。《禮·秋官·朝士》：左九棘，孤、卿、大夫位焉。

【校】

① 「使」，丁刊本作「史」。

【注】

〔一〕司農：官名。漢始置，掌租稅錢穀鹽鐵和國家的財政收支，爲九卿之一。《宋史》卷一百六十五《職官志》載，司農寺卿「掌倉儲委積之政令，總苑囿庫務之事而謹其出納」。

〔二〕持節使：魏晉南北朝掌地方軍政之官往往加使持節的稱號，隋唐刺史例加使持節，地分南北任流萍。」唐白居易《去歲罷杭州今春領吳郡慚無善政聊寫鄙懷兼寄三相公》詩：「豈有吟詩此處指出任地方行政長官。唐杜甫《嚴中丞枉駕見過》詩：「川合東西瞻使節，地分南北任客，堪爲持節臣。」

〔三〕郡國：漢代兼采封建及郡縣之制，分天下爲郡與國，隋代廢國存郡。此處泛指地方行政區劃。《漢書》卷六《武帝紀》：「元光元年冬十一月，初令郡國舉孝廉各一人。」承風：接受教化。《論語·顔淵》：「子欲善而民善矣。君子之德風，小人之德草。草上之風，必偃。」《晉書》卷三十五《裴楷傳》：「陛下受命，四海承風，所以未比德於堯舜者，但以賈充之徒尚在朝耳。」

〔四〕注意：重視，關注。《漢書》卷四十三《酈陸朱劉叔孫傳》：「天下安，注意相；天下危，注意將。」

② 「若歲大旱」，袁跋本、徐藏本、藝芸本作「君歲失旱」，今據鐵琴本、丁刊本改。

③ 「霖雨」，丁刊本作「霏雨」。

〔五〕十行：皇帝的手札或詔書。《後漢書》卷七十六《循吏列傳》：「初，光武長於民間，頗達情偽。……其以手迹賜方國者，皆一札十行，細書成文。」宋宋祁《杜少卿知睦州》詩：「幾日班春向桑野，漢家新詔十行文。」

〔六〕爲霖：作救旱之甘霖，喻指成爲濟世之重臣。

〔七〕台星：三台星，喻指宰輔。《後漢書》卷十一《劉玄劉盆子列傳》：「夫三公上應台宿，九卿下括河海，故天工人其代之。」又，卷三十下《郎顗襄楷列傳》：「三公上應台階，下同元首。」《晉書》卷十一《天文志上》：「三台六星，兩兩而居，起文昌，列抵太微。一曰天柱，三公之位也。在人曰三公，在天曰三台，主開德宣符也。」唐杜甫《贈李八秘書別三十韻》詩：「台星入朝謁，使節有吹噓。」

〔八〕九棘：喻指中央政府的高級官職。古代群臣外朝之位，樹九棘爲標識，以區分等級職位。《周禮·秋官·朝士》：「朝士掌建邦外朝之法。左九棘，孤、卿、大夫位焉，群士在其後，右九棘，公、侯、伯、子、男位焉，群吏在其後。面三槐，三公位焉，州長衆庶在其後。」

次韻見贈兼簡吳夫人

南北常嗟見未因，停舟今喜笑談親。張姬淑德同冰玉〔一〕，《晉》：「張元妹有才質，可敵

謝道韞云云。顧家婦清心玉映，自是閨房之秀。

李白高吟泣鬼神[二]。杜《飲中八仙歌》：李白一斗詩百篇。又，《寄李白》詩：詩成泣鬼神。

和管幸聽鳴鳳侶[三]。《前·律歷志》：黃帝使伶倫取竹之解谷①，斷兩節間吹之，制十二箇以聽鳳之鳴。

濫竽還愧賞音人[四]。《記·樂記》：竹聲濫，君子聽笙竽之聲。佳篇獎拂還過實[五]，班衛聲名豈易倫[六]。《後·烈女·班昭傳》：昭封衛夫人。

【校】

①「使」，袁跋本、徐藏本、藝芸本作「便」，今據鐵琴本、丁刊本改。

【注】

〔一〕「張姬」句：《晉書》卷九十六《烈女傳》：「初，同郡張玄妹亦有才質，適於顧氏，玄每稱之，以敵道韞。有濟尼者，游於二家，或問之，濟尼答曰：『王夫人神情散朗，故有林下風氣。顧家婦清心玉映，自是閨房之秀。』」

〔二〕「李白」句：唐杜甫《飲中八仙歌》：「李白一斗詩百篇，長安市上酒家眠。」又，《寄李十二白二十韻》詩：「筆落驚風雨，詩成泣鬼神。」

〔三〕「鳴鳳侶」：鳳鳴喈喈，比喻夫婦和睦。又用蕭史、弄玉吹簫作鳳鳴之典，參見《前集》卷六《秋日偶成》詩注〔二〕。《漢書》卷二十一《律歷志》：「黃帝使泠綸自大夏之西，崑崙之陰，取竹之解谷生，其竅厚均者，斷兩節間而吹之，以爲黃鐘之宮。制十二箇以聽鳳之鳴，其雄鳴爲

題四并樓①[一]

華榜危樓豈浪名②[二]，楊億詩：危樓高百尺。人間四者此環并[三]。《選》：謝靈運曰：「良辰、美景、賞心、樂事，四者難并。」日知光景無虛度，古《滿庭芳》詞：光景如梭。時覺清風滿座生[四]。盧仝《茶歌》：但覺兩腋習習清風生。庾亮據牀談興逸[五]，《晉》：庾亮在武昌，諸佐吏殷浩之徒乘秋夜共登高樓，不覺亮至，曰：「諸君少住。」使據胡牀與浩等談核。仲宣倚檻客愁輕③[六]。《選》王

〔四〕濫竽：比喻沒有真才實學的人混在行家中充數，此處為自謙之辭。《韓非子》卷九《內儲說上》：「齊宣王使人吹竽，必三百人。南郭處士請為王吹竽，宣王說之，廩食以數百人。宣王死，湣王立，好一一聽之，處士逃。」《禮記·樂記》：「竹聲濫，濫以立會，會以聚眾。君子聽竽、笙、簫、管之聲，則思畜聚之臣。」

〔五〕獎拂：推許贊譽。

〔六〕班衛：班指班昭，東漢史學家班固之妹，博學高才，有節行法度。班固著《漢書》未竟而卒，漢和帝詔班昭踵而成之。衛指東晉女書法家衛夫人，善隸書，王羲之嘗從學書。倫：相類，等比。

六，雌鳴亦六，比黃鐘之宮，而皆可以生之，是爲律本。」

仲宣《登樓賦》注：《魏志》：「仲宣登江陵樓，因懷歸而有此述作。」眼前此樂難兼得，許我登臨載酒行〔七〕。杜《尋花》詩：誰能載泊開金盞。

【校】

① 又見於《詩淵》三〇三四頁。

② 「榜」，藝芸本作「楊」。

③ 「倚」，藝芸本作「荷」。

【注】

〔一〕四并樓：古代建築多有以「四并」爲名者，北宋李格非《洛陽名園記》載有「四并堂」，南宋葛立方《韻語陽秋》載其曾祖建「四并堂」於東園。最知名者，當爲北宋韓琦建於揚州郡圃的「四并堂」，見《方輿勝覽》卷四十四。

〔二〕華榜：華美的匾額。危樓：高樓。宋楊億《登樓》詩：「危樓高百尺，手可摘星辰。不敢高聲語，恐驚天上人。」見《詩話總龜·前集》卷二引《古今詩話》。宋代筆記《侯鯖錄》聞見後錄諸書引爲李白詩，首二句作「夜宿峰頂寺，舉手捫星辰」。浪名：隨意命名。

〔三〕「人間」句：《文選》卷三十引謝靈運《擬魏太子鄴中集八首·序》：「天下良辰、美景、賞心、樂事，四者難并。」環并，全部聚齊。

〔四〕清風:清涼的風。唐盧仝《走筆謝孟諫議寄新茶》詩:「五椀肌骨清,六椀通仙靈。七椀吃不得也,唯覺兩腋習習清風生。」

〔五〕《庾亮》句:《晉書》卷七十三《庾亮傳》:「亮在武昌,諸佐吏殷浩之徒乘秋夜往共登南樓,俄而不覺亮至,諸人將起避之。亮徐曰:『諸君少住,老子於此處興復不淺。』便據胡牀與浩等談詠竟坐。」此事又見《世說新語‧容止》。據牀,坐在胡牀上。胡牀是可以折疊的便攜坐具。

〔六〕仲宣:王粲,字仲宣,三國時期文學家。東漢末避戰亂,依附於荊州牧劉表,作《登樓賦》表達憂時懷鄉之情。《文選》卷十一引王粲《登樓賦》:「登兹樓以四望兮,聊暇日以銷憂。……情眷眷而懷歸兮,孰憂思之可任。憑軒檻以遥望兮,向北風而開襟。」注:「《魏志》云:王粲,山陽高平人。少而聰慧,有大才。仕爲侍中。時董卓作亂,仲宣避難荊州依劉表。遂登江陵城樓,因懷歸而有此作,述其進退危懼之情也。」倚檻:憑靠在欄杆上。

〔七〕載酒:攜帶著酒。唐杜甫《江畔獨步尋花七絕句》其四:「東望少城花滿煙,百花高樓更可憐。誰能載酒開金盞,喚取佳人舞繡筵。」宋彭汝礪《春日》詩:「人生最貴逢辰樂,暇日終當載酒行。」

題斗野亭①〔一〕

高亭忽登覽,豁爾思無窮〔二〕。訪古多遺迹,留題有鉅公〔三〕。地分吳楚界,《前

漢・地理志》：斗星在吳野。人在斗牛中〔四〕。下注。不是乘槎客〔五〕，張茂先《博物志》：近世有人居海上，每年八月見槎來不違時，乃齎糧乘之，到天河。曰某年某月客星犯斗牛。那知此路通②。

【校】

① 又見於《詩淵》三一二四頁，《名媛彙詩》卷十三，《名媛詩歸》卷十九。

② 「那」，《名媛詩歸》作「誰」。

【注】

〔一〕斗野亭：在今江蘇揚州北。《嘉靖惟揚志》卷七：「斗野亭，在邵伯鎮梵行院之側，熙寧二年建。……紹興元年，鄭興裔更造於州城迎恩橋南。」宋歐陽修《勞停驛》詩：「孤舟轉山曲，豁爾見平川。」

〔二〕豁爾：開闊貌。

〔三〕鉅公：巨匠，大師。北宋孫覺作《題召伯斗野亭》詩後，蘇轍、蘇軾、黃庭堅、秦觀、張琬、張舜民、李之儀、鄒浩、李綱均有和作。

〔四〕「地分」三句：古人以天文星宿與地理分野相對應，揚州地理位置在吳，對應二十八宿中的斗宿。《漢書》卷二十八《地理志》：「吳地，斗分壄也。今之會稽、九江、丹陽、豫章、廬江、廣陵、六安、臨淮郡，盡吳分也。」斗牛，二十八宿中的斗宿和牛宿，吳越地區當斗牛二宿之分野。宋蘇軾《次韻孫莘老斗野亭寄子由在邵伯堰》詩：「坐待斗與牛，錯落

挂南萼。」宋秦觀《望海潮》詞：「星分牛斗，疆連淮海，揚州萬井提封。」

〔五〕乘槎客：古代傳說，有海邊之人乘槎浮海，至於天河，遇牽牛、織女。《博物志》卷十：「舊說云天河與海通。近世有人居海渚者，年年八月有浮槎去來，不失期。人有奇志，……乘槎而去。十餘日中，猶觀星月日辰。自後茫茫忽忽，亦不覺晝夜。去十餘日，奄至一處，有城郭狀，屋舍甚嚴。遙望宮中多織婦，見一丈夫牽牛渚次飲之。牽牛人乃驚問曰：『何由至此？』此人具說來意，并問此是何處。答曰：『君還至蜀郡訪嚴君平則知之。』竟不上岸，因還如期。後至蜀，問君平，曰：『某年月日，有客星犯牽牛宿。』計年月，正是此人到天河時也。」

【集評】

「留題」句：山人惡句。《名媛詩歸》卷十九

舟行即事七首①〔一〕

帆高風順疾如飛〔二〕，杜《入洞庭詩》：欹側風帆滿②。又，《王彥章傳》：奮疾如飛。天闊波平遠又低。山色水光隨地改〔三〕，黃魯直《南樓》詩：四顧山光接水光。共誰裁剪入新詩③〔四〕，杜《贈嚴中丞》詩：新詩句句好。

朱淑真集校注

【校】

① 又見於《宋元詩‧斷腸詩集》卷四、《名媛彙詩》卷十、《名媛詩歸》卷二十（選錄第一、三、四、五、六首）。詩題，《名媛詩歸》作「舟行即事」。

②「帆滿」，袁跋本、徐藏本作「流蒲」，藝芸本、鐵琴本作「流滿」，今據丁刊本改。

③「誰」，袁跋本、徐藏本、藝芸本作「雖」，今據鐵琴本、丁刊本、《宋元詩》、《名媛彙詩》、《名媛詩歸》改。

【注】

〔一〕即事：見《前集》卷一《春日即事》詩注〔一〕。

〔二〕帆高風順：唐杜甫《過南嶽入洞庭湖》詩：「欹側風帆滿，微明水驛孤。」疾如飛：《新五代史》卷三十二《死節傳》：「王彥章，字子明，鄆州壽張人也。……彥章為人驍勇有力，……持一鐵鎗，騎而馳突，奮疾如飛，而他人莫能舉也。」

〔三〕山色水光：宋黃庭堅《鄂州南樓書事四首》其一：「四顧山光接水光，憑欄十里芰荷香。」宋秦觀《調笑令》（眷戀）詞：「謝郎巧思詩裁剪。能動芳懷幽怨。」

〔四〕裁剪：取捨安排文學材料，此處指把眼前美景寫入詩中。新詩：唐杜甫《奉贈嚴八閣老》詩：「新詩句句好，應任老夫傳。」

四六八

【集評】

「遠又低」，於舟行望中得之。(《名媛詩歸》卷二十)

「共誰」句：途次中對景賦詩，偶得佳句，輒思與良友共訂，亦是能詩人常事。(同上)

扁舟欲發意何如①〔一〕，杜《絕句》：客至欲如何。回望鄉關萬里餘〔二〕。《選》詩：相去萬餘。誰識此情腸斷處〔三〕，《選江淹《別賦》：行子腸斷。白雲遙處有親廬〔四〕。見「春景」《春日書懷》詩注。

【校】

① 「何如」，袁跋本、徐藏本、藝芸本、鐵琴本作「如何」，今據丁刊本、《名媛彙詩》改。

【注】

〔一〕「扁舟」句：唐杜甫《絕句六首》其二：「幽棲身懶動，客至欲如何。」

〔二〕鄉關：家鄉，故鄉。萬里餘：《文選》卷二十九引《古詩十九首·行行重行行》：「相去萬餘里，各在天一涯。」

〔三〕腸斷：形容極度思念或悲傷。《文選》卷十六引江淹《別賦》：「是以行子腸斷，百感悽惻。」

〔四〕「白雲」句：化用狄仁傑「白雲親舍」之典，參見《後集》卷一《春日書懷》詩注〔八〕。親廬，父

母居住的房舍。

畫舸寒江江上亭〔一〕，杜詩：畫舸依夜宿。行舟來去泛縱橫〔二〕。無端添起思鄉意〔三〕，溫庭筠《紅葉》詩：無端逐流水①。一字天邊歸雁聲②〔四〕。黃魯直：雁字一行書絳霄。又，杜《月夜憶弟》詩：邊秋一雁聲③。

【校】

① 「無端」，丁刊本作「意端」。
② 「天邊」，《名媛彙詩》《名媛詩歸》作「天涯」。
③ 「邊秋」，丁刊本作「秋邊」。

【注】

〔一〕畫舸：畫船。宋鄭文寶《絕句》：「亭亭畫舸繫寒潭，直到行人酒半酣。」
〔二〕「行舟」句：唐宋之問《入瀧州江》詩：「孤舟泛盈盈，江流日縱橫。」
〔三〕無端：沒來由，平白無故。《全芳備祖·後集》卷十八引《名賢集》：「一夕起霜風，千林墜曉紅。無端逐流水，更向武陵東。」
〔四〕「一字」句：宋黃庭堅《虛飄飄》詩：「蜃樓百尺橫滄海，雁字一行書絳霄。」唐杜甫《月夜憶舍

弟》詩：「戍鼓斷人行，邊秋一雁聲。」

【集評】

寥落中引起離緒，感時觸事，皆不能爲懷。（《名媛詩歸》卷二十）

滿江流水萬重波，吳融《畫山水歌》：觀盡江山千萬重。未似幽懷別恨多[一]。目斷親闈瞻不到[二]，臨風揮淚獨悲歌[三]。杜《酬孟雲卿》詩：揮淚各西東①。又，《項羽傳》：乃悲歌慷慨。

【校】

① 「卿」「西」，袁跋本、徐藏本作墨釘，藝芸本「卿」字缺，鐵琴本缺，丁刊本「西」字缺，今據杜甫詩補。

【注】

[一]「滿江」三句：唐杜牧《見劉秀才與池州妓別》詩：「遠風南浦萬重波，未似生離別恨多。」唐吳融《畫山水歌》：「不出門庭三五步，觀盡江山千萬重。」

[二] 親闈：父母所居之內室，用以代稱雙親。闈，內室。

[三] 揮淚：揮灑眼淚。唐杜甫《酬孟雲卿》詩：「明朝牽世務，揮淚各西東。」悲歌：悲壯或哀傷地歌唱。《漢書》卷三十一《陳勝項籍列傳》：「乃悲歌慷慨，自爲歌詩曰：『力拔山兮氣蓋

對景如何可遣懷〔一〕,與誰江上共詩裁〔二〕。杜《江亭》詩:排悶強裁詩。江長景好題難盡①,每自臨風愧乏才②〔三〕。謝逸《月賦》:臨風嘆兮將焉歇。

【校】

① 「江」,丁刊本作「日」。「題」,鐵琴本作「頭」。

② 「自」,《名媛詩歸》作「日」。

【注】

〔一〕遣懷:遣興抒懷。唐釋齊己《謝元願上人遠寄檀溪集》詩:「入理半同黃葉句,遣懷多擬碧雲題。」

〔二〕詩裁:即「裁詩」,作詩。唐杜甫《江亭》詩:「故林歸未得,排悶強裁詩。」

〔三〕臨風:迎風,當風。南朝宋謝莊《月賦》:「臨風歎兮將焉歇,川路長兮不可越。」

【集評】

「如何可」,幽思難盡。(《名媛詩歸》卷二十)

歲暮天涯客異鄉[一],杜《歲暮》詩:歲暮長為客。又《選》詩:各在天一涯。扁舟今又度瀟湘[二]。韓愈詩:共泛瀟湘一葉舟。顰眉獨坐水窗下[三],杜《江月》詩:燭滅翠眉顰。淚滴羅衣暗斷腸[四]。古詞:別時淚滴羅衣。

【注】

〔一〕「歲暮」句:唐杜甫《冬至》詩:「年年至日長為客,忽忽窮愁泥殺人。」《文選》卷二十九引《古詩十九首·行行重行行》:「相去萬餘里,各在天一涯。」

〔二〕瀟湘:湘江與瀟水的合稱,多借指今湖南地區。唐韓愈《湘中酬張十一功曹》詩:「休垂徼千行淚,共泛清湘一葉舟。」

〔三〕顰眉:皺眉,蹙眉。唐杜甫《江月》詩:「誰家挑錦字,滅燭翠眉顰。」

〔四〕淚滴羅衣:參見《後集》卷四《冬夜不寐》詩注〔四〕。

【集評】

「今又」二字,説蹤迹無定,不覺慨然。(《名媛詩歸》卷二十)

歲節將殘惱悶懷,庭闈獻壽阻傳盃[一]。杜《九日》詩:傳盃不放盃。此愁此恨人誰見①[二],白樂天《長恨歌》:此恨綿綿無絕期。鎮日柔腸自九回②[三]。古詞:酒入柔腸似淚流。又,

《符川集·愁詩》：縈迂腸九回云云。

【校】
① 「誰」，《名媛彙詩》作「難」。
② 「柔」，鐵琴本、丁刊本作「愁」。

【注】
〔一〕庭闈：內舍，此處指父母居住處。傳盃：宴飲中傳遞酒杯勸酒。唐杜甫《九日五首》其二：「舊日重陽日，傳盃不放盃。」
〔二〕「此愁」句：唐白居易《長恨歌》：「天長地久有時盡，此恨綿綿無絕期。」
〔三〕鎮日：整天。九回：愁腸反復翻轉，比喻憂思鬱結難解。漢司馬遷《報任少卿書》：「是以腸一日而九回。居則忽忽若有所亡，出則不知其所往。」

寄大人二首①

去家千里外，飄泊若爲心〔一〕。杜《春日》詩：飄泊到如今。詩誦《南陔》句〔二〕，詩·南陔〕：孝子相戒以養也。琴歌《陟岵》音〔三〕。《琴操》曰：古琴有《詩》歌五典。又，《詩·陟岵》：陟彼岵兮，瞻望父兮。承顏故國遠〔四〕，《孟·梁惠下》：所謂故國者。舉目白雲深〔五〕。《唐·狄仁傑》：登

太行山，反顧②，見白雲孤飛，曰：「吾親舍其下。」欲識歸寧意〔六〕，《泉水》詩，衛女思歸也。思歸寧而不得。三年數歲陰③〔七〕。

【校】

① 又見於《詩淵》六四二頁，詩題作《寄大人》。

② 「反顧」，袁跋本、徐藏本、藝芸本作「上頭」，鐵琴本作「上」，丁刊本作「舉頭」，今據《後集》卷一《春日書懷》詩「心逐白雲南向浮」句鄭元佐注改。

③ 「數」，袁跋本、徐藏本、藝芸本作「藪」，今據鐵琴本、丁刊本、《詩淵》改。

【注】

〔一〕飄泊：隨流漂蕩或停泊，喻行蹤不定，居無定所。唐杜甫《春日江村五首》其一：「艱難昧生理，飄泊到如今。」若為：怎樣的。唐杜甫《和裴迪登蜀州東亭送客逢早梅相憶見寄》：「幸不折來傷歲暮，若為看去亂鄉愁。」

〔二〕南陔：《詩經·小雅》篇名，為有目無詩的六首笙詩之一，《毛詩》小序稱其主旨為「孝子相戒以養也」，後世用為奉養、孝敬雙親的典故。晉束皙《補亡詩·南陔》：「循彼南陔，言採其蘭。眷戀庭闈，心不遑安。」

〔三〕琴歌：彈琴歌唱。《初學記》卷十六：「《琴操》曰：『古琴曲有《詩》歌五曲，一曰《鹿鳴》，二

〔四〕承顔：順承父母的臉色，此處指侍奉父母也。《詩經·魏風·陟岵》：「陟彼岵兮，瞻望父兮。」曰《伐檀》，三日《鴇羽》，四日《鵲巢》，五日《白駒》。」陟岵：《詩經·魏風》篇名，《毛詩》小序稱其主旨爲「孝子行役，思念父母也」。

「何期膝下承顔日，却是山中謫宦時。」故國：故鄉，家鄉。宋蘇軾《次韻答舒教授觀余所藏墨》詩：「逝將振衣歸故國，數畝荒園自鋤理。」《孟子·梁惠王下》：「所謂故國者，非謂有喬木之謂也，有世臣之謂也。」《孟子》所説「故國」指歷史悠久的國家。

〔五〕白雲：化用狄仁傑「白雲親舍」之典，參見《後集》卷一《春日書懷》詩注〔八〕。

〔六〕歸寧：參見《後集》卷三《秋日得書》詩注〔五〕。

〔七〕三年：宋代地方官員三年一任，朱淑真從夫宦遊，故以三年爲期。歲陰：歲暮，年終，此處泛指光陰。

極目思鄉國，千山更萬津〔一〕。張退傅《洛陽村》詩①：誰知萬水千山裏。庭闈勞夢寐〔二〕，道路壓埃塵〔三〕。韓《縣齋》詩：塵埃紫陌春。詩禮聞相遠〔四〕，《語·季氏章》：聞詩，聞禮。琴樽誰是親〔五〕。愁看羅袖上，長揾淚痕新〔六〕。張文潜《七夕歌》：泪痕有盡愁無歇。又，《符川集·黄昏》詩：故將羅袖染啼痕。

【校】

① 「傅」『村』，袁跋本、徐藏本、藝芸本、鐵琴本作「傳」「杜」，丁刊本作「之」「□」，今據《青箱雜記》改。

【注】

〔一〕「千山」句：《青箱雜記》卷八引宋張士遜《題建寧縣洛陽村寺》詩：「誰知萬水千山裏，枉被人言過洛陽。」張以太傅致仕，故世稱退傅。津，渡口。

〔二〕庭闈：內舍，此處指父母所居之處。

〔三〕埃塵：唐韓愈《縣齋有懷》詩：「塵埃紫陌春，風雨靈臺夜。」

〔四〕「詩禮」句：《論語·季氏》：「陳亢問於伯魚曰：『子亦有異聞乎？』對曰：『未也。嘗獨立，鯉趨而過庭。曰：「學詩乎？」對曰：「未也。」「不學詩，無以言。」鯉退而學詩。他日，又獨立，鯉趨而過庭。曰：「學禮乎？」對曰：「未也。」「不學禮，無以立。」鯉退而學禮。聞斯二者。』陳亢退而喜曰：『問一得三，聞詩，聞禮，又聞君子之遠其子也。』」

〔五〕琴樽：琴與酒樽，文士日常閒適娛樂所用。唐張籍《懷別》詩：「憑欄干但有，盈盈淚眼。」

〔六〕愁看二句：宋晁端禮《水龍吟》（倦遊京洛風塵）詞：「離堂無留客，席上唯琴樽。」
揾（wèn），揩拭（眼淚）。淚痕，宋張耒《七夕歌》：「空將淚作雨滂沱，淚痕有盡愁無歇。」

後集卷八 雜詠

四七七

和前韻見寄①

忽得南來信，慇懃慰我心〔一〕。清論憶容音。目斷鄉程遠〔三〕，新詩憐俊逸〔二〕，樓高客恨深。三年重會合，依舊見荊陰〔四〕。

【校】

① 又見於《詩淵》七八六頁。

【注】

〔一〕慇懃：情意深厚。慰：安慰，撫慰。《詩經·邶風·凱風》序：「《凱風》美孝子也。」《詩·凱風》：以慰其母心。故美七子能盡其孝道，以慰其母心，而成其志爾。」

〔二〕新詩：唐杜甫《酬韋韶州見寄》詩：「白髮絲難理，新詩錦不如。」又《憶李白》詩：俊逸鮑參軍。俊逸：超群拔俗。唐杜甫《春日憶李白》詩：「清新庾開府，俊逸鮑參軍。」

〔三〕目斷：猶望斷，遠望到目力窮盡。唐李商隱《潭州》詩：「目斷故園人不至，松醪一醉與誰同。」

〔四〕荊陰：紫荊樹陰，此處指兄弟友愛、團聚。《太平御覽》卷四百二十一引《續齊諧記》：「田真

兄弟三人，家巨富而殊不睦，忽共議分財。……田業生貲，平均如一。惟堂一株紫荊樹，花葉美茂，共議欲破爲三，人各一分。待明，就截之。是夕，樹即枯死，狀火燃。……真見之，大驚，謂諸弟曰：『樹本同枝，聞當分析，所以顦顇，是人不如樹木也。』因悲不自勝，便不復解樹。樹應聲遂更青翠，華色繁美。兄弟相感，更合財產，遂成純孝之門。」後人用紫荊、荊枝、荊花形容兄弟同氣連枝、同枝并茂。

憶昔江頭別，相看對古津〔一〕。去來分櫓棹〔二〕，南北隔音塵〔三〕。《選》謝元暉詩：囂塵自茲隔。把酒何時共，杜《憶李白》詩：何時一樽酒，重與細論文。論文幾日親〔四〕。上注。歸寧知有約①〔五〕，綵服共爭新〔六〕。老萊子年七十，著五綵斑斕之衣，爲嬰兒戲於親前。

【校】

① 「有」，袁跋本、徐藏本作「府」，丁刊本缺，今據藝芸本、鐵琴本、《詩淵》改。

【注】

〔一〕津：渡口。

〔二〕櫓棹：划船工具，此處指船隻。櫓，安在船尾或船旁的比槳長大的划船工具。棹，船槳。

〔三〕「南北」句：《文選》卷二十七引謝朓（字玄暉）《之宣城出新林浦向版橋》詩：「囂塵自茲隔，

卧龍①

角瑩纖瓊鱗粲金②〔一〕,擁珠閑卧紫淵深〔二〕。《莊·列禦寇篇》:「河上有家窮者,有子役於淵,得千金之珠。其父曰:「千金之珠,必在九重之淵驪龍頷下,子能得之,遭其睡也。」與③《淮南子》:「龍舉而雲雷屬。起作人間救旱霖〔四〕。房綰嘗修學終南山谷中,聞龍吟,曰:「不久雨至。」望之,冉冉雲起,果雨作。《書·説命上》④:「若歲大旱,用汝作霖雨。

〔四〕「把酒」二句:唐杜甫《春日憶李白》詩:「何時一樽酒,重與細論文。」
〔五〕歸寧:參見《後集》卷三《秋日得書》詩注〔五〕。
〔六〕綵服:綵衣,此處化用老萊子綵衣娛親之典故。《藝文類聚》卷二十引《列女傳》:「老萊子孝養二親,行年七十,嬰兒自娱,著五色采衣。嘗取漿上堂,跌仆,因卧地爲小兒啼。」唐杜甫《入奏行》:「繡衣春當霄漢立,綵服日向庭闈趨。」

賞心於此遇。」音塵,音信,消息。

【校】

① 又見於《詩淵》二七二六頁。
②「粲」,鐵琴本作「桀」,丁刊本缺。

四八〇

【注】

③「與」，鐵琴本作「雨」，丁刊本作「舉」。

④「上」，袁跋本、徐藏本、藝芸本作「土」，鐵琴本、丁刊本缺，今據《尚書》改。

〔一〕纖瓊：纖細晶瑩的美玉。粲：鮮明貌。

〔二〕「擁珠」句：《莊子·列禦寇》：「河上有家貧恃緯蕭而食者，其子沒於淵，得千金之珠。其父謂其子曰：『取石來鍛之！夫千金之珠，必在九重之淵而驪龍頷下，子能得珠者，必遭其睡也。使驪龍而寤，子尚奚微之有哉！』」紫淵，深淵。晉張協《七命》：「挂歸翮於赤霄之表，出華鱗於紫淵之裏。」

〔三〕「時來」句：唐羅隱《籌筆驛》詩：「時來天地皆同力，運去英雄不自由。」《周易·乾》之《文言》曰：「同聲相應，同氣相求。水流濕，火就燥。雲從龍，風從虎。聖人作而萬物覩。」《淮南子》卷三《天文訓》：「虎嘯而谷風至，龍舉而景雲屬。」與，伴隨。

〔四〕救旱霖：救旱的甘雨，及時雨。參見《後集》卷七《題余氏攀鱗軒》詩注〔四〕。《古今合璧事類備要·別集》卷六十三引《靈怪錄》：「房琯嘗修學終南山谷中，忽聞聲如戛銅器之韻，蓋未之前聞也。問父老，云：『此龍吟也，不久雨至矣。』琯望之，冉冉雲氣游漫，果驟雨作。」唐元稹《桐花》詩：「商弦廉以臣，臣作旱天霖。」

代謝人見惠墨竹①

紛紛桃李皆凡俗〔一〕，東坡詩：桃李漫山總麤俗。四時之中惟有竹〔二〕，《記·禮器》：如竹箭之有筠②，貫四時而不改柯易葉。非惟蒼翠列風輕〔三〕，杜《錦竹》詩：幸分蒼翠拂波濤。對之自覺清人肉〔四〕。東坡《和筠軒》詩：無肉令人瘦，無竹令人俗。羨君年少多才藝③，筆墨潛偷造化力〔五〕。李賀《高軒過》：筆補造化天無功。掃出一枝爰惠我〔六〕，《唐宋詩》：一枝無語淡相對。明珠萬斛。《晉·石崇傳》：明珠萬斛。遽令標軸挂壁間〔九〕，《唐·陳子昂傳》⑦。對策云：「徒挂壁牆。」勁節直日長目前⑧。沈光李太白酒屋富貴云⑥。捧玩不知疲，如在太白樓上宿〔八〕。嗟我得之喜何似，貪夫忽獲珠盈斛〔七〕。翠色驚滿幅④。不必溪邊尋六逸〔一〇〕，《唐·李白傳》：與孔巢父、韓準⑨、裴政、張叔明、陶沔居徂徠山，號「竹溪六逸」。不必林間訪七賢〔一一〕，《晉·嵇康傳》：阮籍、山濤、向秀、劉伶、阮籍兄子咸⑩，遂爲竹林之游，世所謂「竹林七賢」。豈使閻本與王維〔一二〕，唐閻立本善畫見名，又王維善畫山水，俱名盛。獨擅古今稱神師。又有屏間名浪得，誤墨成形何足奇〔一三〕。《三國志》：曹不興善畫屏風，落筆點素，因就作蠅。孫權以爲生蠅，遂以手彈之。未若一筆掃一枝，渭川移來人莫疑〔一四〕。《史·貨殖傳》⑫：渭川千畝竹，其人與千户侯等。珍藏欲默默不得，

命牋索筆成新詩[五]。詩窮紙滿意不盡[六],《易·繫辭》:言不盡意。閣筆無語愧才稀[七]。《陸贄傳》:它學士閣筆不得下,贄沛然有餘思⑬。

【校】

① 又見於《宋元詩·斷腸詩集》卷一、《名媛彙詩》卷五、《名媛詩歸》卷十九、《古今女史·詩集》卷三。詩題:《名媛彙詩》、《名媛詩歸》、《古今女史》作「代人謝見惠墨竹」。

② 「筠」,袁跋本、徐藏本作「筼」,鐵琴本作「葛」,今據藝芸本、丁刊本改。

③ 「羨」,《名媛彙詩》《名媛詩歸》《古今女史》作「美」。

④ 「驚」,《名媛詩歸》作「及」。

⑤ 「傳」,袁跋本、徐藏本作「專」,今據藝芸本、鐵琴本、丁刊本改。

⑥ 「屋」,丁刊本作「星」。

⑦ 「陳」,徐藏本作墨釘,藝芸本作「趙」。

⑧ 「日」,丁刊本作「目」。

⑨ 「準」,袁跋本、徐藏本、藝芸本、鐵琴本、丁刊本作「渠」,今據《新唐書》改。

⑩ 「子咸」,袁跋本、徐藏本、藝芸本、鐵琴本作「上我」,丁刊本作「士我」,今據丁刊本改。

⑪ 「世所謂」,袁跋本、徐藏本作「出所謂」,藝芸本作「山所謂」,鐵琴本作「名」,丁刊本作「世稱

【注】

⑬「贅沛然」，丁刊本作「贅獨沛然」。

⑫「貨殖」，袁跋本、藝芸本作「值貨」，徐藏本作「值貨」，今據鐵琴本、丁刊本改。

「爲」，今據《晉書》改。

〔一〕「紛紛」句：宋蘇軾《寓居定惠院之東雜花滿山有海棠一株土人不知貴也》詩：「嫣然一笑竹籬間，桃李漫山總麤俗。」

〔二〕「四時」句：四時花木之中惟竹最具高致。《禮記·禮器》：「其在人也，如竹箭之有筠也，如松柏之有心也。」二者居天下之大端矣，故貫四時而不改柯易葉。故君子有禮，則外諧而內無怨。故物無不懷仁，鬼神饗德。」

〔三〕蒼翠：青綠之色。唐杜甫《從韋二明府續處覓錦竹》詩：「江上舍前無此物，幸分蒼翠拂波濤。」

〔四〕「對之」句：宋蘇軾《於潛僧綠筠軒》詩：「可使食無肉，不可居無竹。無肉令人瘦，無竹令人俗。」

〔五〕造化：自然萬物的創造者，此處指其創造化育之力。唐李賀《高軒過》詩：「殿前作賦聲摩空，筆補造化天無功。」

〔六〕掃：形容書寫或繪畫時墨筆揮灑之狀。唐杜甫《奉先劉少府新畫山水障歌》：「聞君掃却赤

四八四

〔七〕珠盈斛：滿斛珍珠。盈，滿。斛，量器，古代一斛爲十斗。昔梁氏之女有容貌，石季倫爲交趾使，以珍珠三斛表錄異》：「綠珠井，在白州雙角山下。」《太平御覽》卷一百八十九引《嶺買之。」

〔八〕太白樓：此處借指令人心曠神怡的高樓。太白樓有多處，最知名者位於山東濟寧，唐人沈光撰有《李太白酒樓記》，見於《唐文粹》卷七十四。唐李白《憶舊遊寄譙郡元參軍》詩：「憶昔洛陽董糟丘，爲予天津橋南造酒樓。黃金白璧買歌笑，一醉累月輕王侯。」

〔九〕遽令：趕快命人。標軸：裝裱，裱背和裝飾書畫。挂壁：《新唐書》卷一百七《陳子昂傳》：「陛下布德澤，下詔書，必待刺史、縣令謹宣而奉行之。不得其人，則委棄有司，挂牆屋耳，百姓安得知之？」

〔10〕六逸：《新唐書》卷二百二《李白傳》：「更客任城，與孔巢父、韓準、裴政、張叔明、陶沔居徂徠山，日沈飲，號『竹溪六逸』。」

〔一一〕七賢：指竹林七賢。《晉書》卷四十九《嵇康傳》：「所與神交者惟陳留阮籍、河內山濤，豫其流者河內向秀、沛國劉伶、籍兄子咸、琅邪王戎，遂爲竹林之游，世所謂『竹林七賢』也。」

〔一二〕閻本：即閻立本，初唐時期著名畫家，官至中書令，善畫道釋、人物、山水、鞍馬。王維：

後集卷八　雜詠

四八五

〔三〕盛唐時期著名詩人、畫家，官至尚書右丞，善畫山水松石。

誤墨成形：《藝文類聚》卷六十九引《吳錄》：「曹不興善畫屏風，誤落筆點素，因就以作蠅。

權以爲生蠅，舉手彈之。」

〔四〕渭川：此處指渭水流域。《史記》卷一百二十九《貨殖列傳》：「江陵千樹橘，……陳

夏千畝漆，齊魯千畝桑麻，渭川千畝竹，……此其人皆與千戶侯等。」

〔五〕命賤：命人備好紙張。賤，用於書寫的精美紙張。

〔六〕「詩窮」句：《周易·繫辭上》：「書不盡言，言不盡意。」

〔七〕閣筆：停筆，放下筆。《三國志·魏志·王粲傳》裴松之注引《典略》：「鍾繇、王朗等雖各爲

魏卿相，至於朝廷奏議，皆閣筆不能措手。」《新唐書》卷一百五十七《陸贄傳》：「書詔日數

百，贄初若不經思，逮成，皆周盡事情，衍繹熟復，人人可曉。旁吏承寫不給，它學士筆閣不

得下，而贄沛然有餘。」

【集評】

「勁節」句：句有品。（《名媛詩歸》卷十九）

「不必」三句：每以徵實見短。（同上）

「豈使」四句：借賓形主，詩家固有此法，不若如此氣力淺薄。（同上）

「未若」四句：皆湊語。（同上）

四八六

大敗不成語矣，氣稍逸。（同上）

「紛紛」二句：鋪敍不華不蔓。（《古今女史·詩集》卷三）

「詩窮」二句：此收較含蓄。（同上）

斷腸詩集補遺

詠竹一律①

一徑濃陰影覆牆②,含烟敲雨暑天涼。猗猗肯羨夭桃豔〔一〕,凜凜終同勁柏剛。風籟入時添細韻③〔二〕,月華臨處送清光。凌冬不改青堅節,冒雪何傷色轉蒼。

【校】

① 據《分門纂類唐宋時賢千家詩選》卷十一輯,又見於《詩淵》二二九九頁。詩題,《千家詩選》作《竹》,今據《詩淵》改。
② 「影覆」,《詩淵》作「覆古」。
③ 「韻」,《千家詩選》作「勻」,今據《詩淵》改。
④ 「何傷色轉」,《詩淵》作「何妨色更」。

對竹一絕①

百竿直節拂雲齊②〔一〕，千畝誰人羨渭溪〔二〕。燕雀謾教來唧噪〔三〕，虛心終待鳳凰棲〔四〕。

【校】

① 據《分門纂類唐宋時賢千家詩選》卷十一輯，又見於《詩淵》二五九四頁。詩題，《千家詩選》作《竹》，今據《詩淵》改。

② 「直」，《詩淵》作「高」。

【注】

〔一〕猗猗：美盛貌。《詩經·魏風·淇奧》：「瞻彼淇奧，綠竹猗猗。」夭桃：《詩經·周南·桃夭》：「桃之夭夭，灼灼其華。」後以「夭桃」稱豔麗的桃花。

〔二〕風籟：風聲。宋蘇轍《和鮮于子駿益昌官舍八詠·會景亭》詩：「岡巒向眼盡，風籟與耳謀。」

〔三〕〔略〕

〔四〕〔略〕

〔一〕拂雲：觸到雲彩，極言其高。

江上阻風[1]

正阻行程江岸間，江頭三日繫歸船。水光激浪高翻雪，風力推沙遠漲烟。撥悶喜陪樽有酒[2]，供廚不慮食無錢[3]。雕章見及唯虛辱[4]，勉强賡酬愧斐然。

【校】

① 據《分門纂類唐宋時賢千家詩選》卷十二輯。

【注】

〔一〕撥悶：解悶。宋黃庭堅《減字木蘭花》（巫山古縣）詞：「撥悶題詩。千古神交世不知。」

〔二〕供廚：供給廚房所需。宋張耒《冬夜二首》其二：「澗泉分當井，山葉掃供廚。」

〔三〕雕章：辭藻華美的詩文。唐杜甫《寄劉峽州伯華使君四十韻》詩：「雕章五色筆，紫殿九華燈。」虛辱：謂空承美意。唐李商隱《自桂林奉使江陵途中感懷寄獻尚書》詩：「固慚非買

〔二〕「千畝」句：參見《後集》卷八《代謝人見惠墨竹》詩注〔一四〕。

〔三〕謾：徒然。啁噪：鳴叫喧鬧。

〔四〕「虛心」句：唐白居易《池上竹下作》詩：「水能性淡爲吾友，竹解心虛即我師。」陳顧野王《拂崖篠賦》：「既來儀於鳴鳳，亦優狎於翔鷺。」

誼，惟恐後陳琳。前席驚虛辱，華樽許細斟。」

〔四〕賡酬：以詩歌相贈答。斐然：富有文彩。《論語·公冶長》：「吾黨之小子狂簡，斐然成章，不知所以裁之。」

雪晴①

桃李無言蜂蝶忙〔一〕，曉寒未肯放春光。花將計會千山日〔二〕，風爲栽埋一夜霜〔三〕。

【校】

① 據《分門纂類唐宋時賢千家詩選》卷十三輯。此首及下首又見於宋白玉蟾《海瓊玉蟾先生文集》卷五，題爲《雪晴二首》。

【注】

〔一〕桃李無言：《史記》卷一百九《李將軍列傳》：「諺曰：『桃李不言，下自成蹊。』」

〔二〕計會：計算。《戰國策·齊策四》：「後孟嘗君出記，問門下諸客：『誰習計會，能爲文收責於薛者乎？』」

〔三〕栽埋：栽種培壅。宋辛棄疾《鷓鴣天》（拋却山中詩酒窠）詞：「閒愁做弄天來大，白髮栽埋

四九二

日許多。」

又①

早上新鶯語尚蠻〔一〕，花無氣力倚雕欄〔二〕。幸蒙殘雪回頭早〔三〕，又遣東風薄倖寒〔四〕。

【校】

① 據《分門纂類唐宋時賢千家詩選》卷十三輯。此首又作宋白玉蟾詩，參見前首校記。

【注】

〔一〕蠻：緜蠻，形容黃鶯鳴聲宛轉。《詩經·小雅·緜蠻》：「緜蠻黃鳥，止於丘阿。」

〔二〕「花無」句：宋楊萬里《春晴懷故園海棠二首》其二：「乍暖柳條無氣力，淡晴花影不分明。」

〔三〕回頭：此處形容殘雪迅速消融。

〔四〕薄倖：薄情，負心。唐杜牧《遣懷》詩：「十年一覺揚州夢，贏得青樓薄倖名。」

謝人惠雙筆①

雙毫五彩兔狸鋒〔一〕，珍與歐陽象管同〔二〕。多謝寄來情意重，從今敢廢墨

池工②〔三〕。

【校】

① 據《分門纂類唐宋時賢千家詩選》卷十七輯。又見於《詩淵》一四七六頁。詩題，《千家詩選》作《筆》，今據《詩淵》改。

② 「廢」，《詩淵》作「費」。

【注】

〔一〕五彩：五彩之筆。《南史》卷五十九《江淹傳》：「淹少以文章顯，晚節才思微退。……又嘗宿於冶亭，夢一丈夫自稱郭璞，謂淹曰：『吾有筆在卿處多年，可以見還。』淹乃探懷中得五色筆一以授之。爾後爲詩絕無美句，時人謂之才盡。」兔狸：用兔毫、狸毛製作的毛筆，參見下注。

〔二〕歐陽象管：《新唐書》卷一百九十八《歐陽詢傳》：「子通……書亞於詢，父子齊名，號『大小歐陽體』。……通晚自矜重，以狸毛爲筆，覆以兔毫，管皆象犀，非是未嘗書。」象管，象牙製的筆管。

〔三〕墨池：洗筆硯之池。唐魯收《懷素上人草書歌》：「信知鬼神助此道，墨池未盡書已好。」

遊西湖聞鶯①

野花啼鳥喜新晴②，湖上波光漾日明。底事傷春心緒懶〔一〕，不堪愁裏聽鶯聲〔二〕。

【校】

① 據《分門纂類唐宋時賢千家詩選》卷十九輯，又見於《詩淵》二八一七頁。詩題，《千家詩選》作《鶯》，今據《詩淵》改。

② 「晴」，《詩淵》作「情」。

【注】

〔一〕傷春：春光引發的憂傷、苦悶。唐朱絳《春女怨》詩：「欲知無限傷春意，盡在停針不語時。」

〔二〕「不堪」句：唐宋邕《春日》詩：「黃鳥不堪愁裏聽，綠楊宜向雨中看。」

畫眉①

曉來偶意畫愁眉〔一〕，種種新妝試略施。堪笑時人爭髣髴，滿城將謂是時宜〔二〕。

朱淑真集校注

詠柳①　二首

長絲裊娜拂溪垂〔一〕，亂絮風吹漠漠飛〔二〕。全借東君與爲主，年年先占得韶暉〔三〕。

【校】

① 據《詩淵》二六頁輯。

【注】

〔一〕「長絲」句：唐李白《侍從宜春苑奉詔賦龍池柳色初青聽新鶯百囀歌》：「縈煙裊娜拂綺城，

〔二〕堪笑：可笑。髣髴：模仿。

〔三〕時宜：時下流行的風尚。宋王珪《宮詞》其八六：「大家裝著鬪時宜，獨自尋常拂淡眉。」

【校】

① 據《詩淵》一一三四頁（録詩二首）輯。

【注】

〔一〕偶意：偶然起意。愁眉：《後漢書》卷三十四《梁冀傳》：「詔遂封冀妻孫壽爲襄城君。……壽色美而善爲妖態，作愁眉、啼妝、墮馬髻、折腰步、齲齒笑，以爲媚惑。」

四九六

垂絲百尺挂雕檻。」

〔二〕漠漠：密布貌。宋孔武仲《休日與李端叔出城西》詩：「荷葉欲漠漠，柳絮已飛飛。東風如車輪，日夜挽春暉。」

〔三〕韶暉：明麗的光景。唐劉遵古《御溝新柳》詩：「韶光先禁柳，幾處覆溝新。映水疑分翠，含煙欲占春。」

風牽裊裊搖無定〔一〕，翠影侵階已午天〔二〕。花發鳥歌春景媚，好看柔軟吐香綿〔三〕。

【注】

〔一〕裊裊：搖曳貌。宋彭汝礪《二月己亥曉出代祀高禖》其二：「裊裊溪邊楊柳絲，紛紛牆外小桃枝。」

〔二〕侵階：侵入臺階，此處形容日移柳影遮蔽臺階。宋文同《題何靖山人隱居二首》其二：「月牆槐影侵階暗，雨檻秋花滿目斑。」

〔三〕香綿：柳絮。宋徐積《楊柳枝》詩：「清明前後峭寒時，好把香綿閒抖擻。」

桃花①

每對春風競吐芳，胭脂顏色更濃妝。含羞自是不言者〔一〕，從此成蹊入醉鄉〔二〕。

【校】

① 據《詩淵》一一六八頁輯。

【注】

〔一〕「含羞」句：《史記》卷一百九《李將軍列傳》：「諺曰：『桃李不言，下自成蹊。』」三國魏阮籍《詠懷》其五：「嘉樹下成蹊，東園桃與李。」

〔二〕醉鄉：指醉酒後神志不清的境界。唐王績《醉鄉記》：「阮嗣宗、陶淵明等十數人，並遊於醉鄉。」

李花①

滿園花發白於梅，又與紅桃並候開〔一〕。可口直須成實後，莫將苦種路傍栽〔二〕。

【校】

① 據《詩淵》一一七三頁（録詩二首）輯。

【注】

〔一〕「又與」句：二十四番花信中，雨水三信爲菜花、杏花、李花，驚蟄三信爲桃花、棣棠、薔薇，李、桃開花時間接近，故云「並候」。候，古代以五天爲一候，引申爲節候、時令之意。宋楊萬里《春寒》詩：「風日晴暄一併來，桃花告報李花開。」

〔二〕「莫將」句：《晉書》卷四十三《王戎傳》：「又嘗與群兒戲於道側，見李樹多實，等輩競趣之，戎獨不往。或問其故，戎曰：『樹在道邊而多子，必苦李也。』取之信然。」

又

小小瓊英舒嫩白〔一〕，未饒深紫與輕紅〔二〕。無言路側誰知味〔三〕，惟有尋芳蝶與蜂。

【注】

〔一〕瓊英：似玉的美石，此處喻指李花。
〔二〕未饒：參見《前集》卷三《梨花》詩注〔二〕。

〔三〕無言：參見前二首《桃花》詩注〔一〕。知味：參見前首《李花》詩注〔二〕。

詠梅 ①

雪格冰姿蠟蒂紅〔一〕，水邊山畔淡烟籠。江風也似知人意，密遞清香到室中〔二〕。

【校】

① 據《詩淵》一一七六頁輯。

【注】

〔一〕雪格冰姿：如冰雪般高潔淡雅的品格、姿態。蠟蒂：如蠟般的花蒂。唐鮑溶《范傳真侍御累有寄因奉酬十首》其二：「白雪翦花朱蠟蒂，折花傳笑惜春人。」

〔二〕密遞：暗暗地傳送。

夏夜彈琴 ①

夜久萬籟息〔一〕，琴聲愈幽寂。接引到清江〔二〕，巖泉溜寒滴〔三〕。

【校】

① 據《詩淵》一四三八頁輯。

【注】

〔一〕萬籟：泛指自然界的各種聲響。唐常建《題破山寺後禪院》詩：「萬籟此都寂，但餘鐘磬音。」

〔二〕接引：引導。

〔三〕溜：水滴或細小的水流向下流淌。

蠟梅①〔一〕

天然金蕊冠群英，誰信鵝黃染得成〔二〕。昨夜南枝報春信〔三〕，摘來香露月中清。

【校】

① 據《詩淵》二四三三頁輯。

【注】

〔一〕蠟梅：蠟梅科蠟梅屬落葉灌木。葉對生，卵形。冬末先葉開花，花黃色，芳香濃烈。因花色似蜜蠟，故名。

夏螢①

熠燿迎宵上〔一〕，林間點點光。初疑星錯落〔二〕，渾訝火熒煌②〔三〕。著雨藏花塢〔四〕，隨風入畫堂。兒童競追撲，照字集書囊〔五〕。

【校】

① 據《詩淵》二七六九頁輯。
② 「熒」，《詩淵》作「螢」，今依詩意改。

【注】

〔一〕「熠(yì)燿」句：《詩經·豳風·東山》：「町畽鹿場，熠燿宵行。」熠燿，閃亮鮮明貌，亦借指螢火蟲。

觀燕①

深閨寂寞帶斜暉，又是黃昏半掩扉。燕子不知人意思〔一〕，簷前故作一雙飛〔二〕。

【校】

① 據《詩淵》二八一九頁輯。

【注】

〔一〕「燕子」句：宋王安石《次韻杏花三首》其一：「野鳥不知人意緒，啄教零亂點蒼苔。」

〔二〕「簷前」句：宋趙鼎臣《次韻仲兄美之喜歸二首》其二：「碧杏梢頭鶯百囀，黃茅簷外燕雙飛。」

遊曠寫亭有作①〔一〕

曠寫亭高四望中，樓臺城郭正春風。笙歌富庶千門樂〔二〕，市井誼譁百貨通。疊

疊居民還瓦屋，紛紛遊蝶亂花叢。憑欄忽念非吾土〔三〕，目斷白雲心莫窮〔四〕。

【校】

① 據《詩淵》三四七八頁輯。

【注】

〔一〕曠寫亭：亭名寓意或出自唐楊衡《九日陪樊尚書龍山宴集》詩：「緣危陟高步，憑曠寫幽襟。」

〔二〕笙歌：泛指奏樂歌唱。唐白居易《宴散》詩：「笙歌歸院落，燈火下樓臺。」千門：形容居民眾多。唐張九齡《登樂遊原春望書懷》詩：「萬甃清光滿，千門喜氣浮。」

〔三〕吾土：我的鄉土。漢王粲《登樓賦》：「雖信美而非吾土兮，曾何足以少留。」

〔四〕目斷白雲：化用狄仁傑「白雲親舍」之典，參見《後集》卷一《春日書懷》詩注〔八〕。

三月三日①〔一〕

林花落盡草初齊〔二〕，客裏蕭條思欲迷〔三〕。又是春光去時節，滿城飛絮亂鶯啼〔四〕。

【校】

① 據《宋元詩‧斷腸詩集》卷四輯。又見於《名媛彙詩》卷十、《名媛詩歸》卷二十。丁刊本據《宋元詩》輯補。

【注】

〔一〕三月三日：即上巳節。漢以前取農曆三月上旬之巳日，三國魏以後改用三月三日，不專取巳日，見《晉書‧禮志下》。《周禮‧春官‧女巫》：「女巫掌歲時祓除釁浴。」唐賈公彥疏：「二月有上巳，據上旬之巳而爲祓除之事，見今三月三日水上戒浴是也。」《藝文類聚》卷四引《夏仲御別傳》：「仲御詣洛，到三月三日，洛中公王以下，莫不方軌連軫，並至南浮橋邊禊。」參見《前集》卷一《春半》詩注〔三〕。唐杜甫《麗人行》：「三月三日天氣新，長安水邊多麗人。」

〔二〕「林花」句：唐溫庭筠《酒泉子》（日映紗窗）：「草初齊，花又落，燕雙飛。」南唐李煜《烏夜啼》詞：「林花謝了春紅，太匆匆。」

〔三〕思欲迷：宋徐鉉《和太常蕭少卿近郊馬上偶吟》其二：「村橋野店景無限，綠水晴天思欲迷。」

〔四〕滿城飛絮…南唐李煜《望江南》（閒夢遠）詞：「船上管弦江面綠，滿城飛絮混輕塵。忙殺看花人。」宋賀鑄《青玉案》（凌波不過橫塘路）詞：「一川煙草，滿城風絮，梅子黃時雨。」

五〇五

清明遊飲少湖莊①

清明靚賞正繁華〔一〕，今日林梢落盡花。人散酒闌春已去〔二〕，一泓初漲滿池蛙②〔三〕。

【校】

① 據《宋元詩·斷腸詩集》卷四輯。又見於《名媛彙詩》卷十、《名媛詩歸》卷二十。丁刊本據《宋元詩》輯補。

②「蛙」，《宋元詩》《名媛彙詩》《名媛詩歸》作「畦」，今依丁刊本改。

【注】

〔一〕清明：二十四節氣之一，在公曆每年四月四日到六日間，較寒食節晚一、二日，有踏青、掃墓的習俗。南朝宋謝靈運《入東道路詩》：「屬值清明節，榮華感和韶。」

〔二〕酒闌：酒筵將盡。唐羅隱《酬黃從事懷舊見寄》詩：「水館酒闌清夜月，香街人散白楊風。」

【集評】

「林花」句：老句。（《名媛詩歸》卷二十）

「滿城」句：使人徘徊無盡。（同上）

黃花①

土花能白又能紅〔一〕，晚節由能愛此工〔二〕。寧可抱香枝上老，不隨黃葉舞秋風②〔三〕。

【校】

① 據《宋元詩·斷腸詩集》卷四輯。又見於《名媛彙詩》卷十、《名媛詩歸》卷二十。丁刊本據《宋元詩》輯補。

【注】

〔一〕土花：多指苔蘚，此處指菊花。
〔二〕晚節：晚年的節操。此處指菊花在衆花凋零時傲霜不落的品節。宋韓琦《九日水閣》詩：「雖慚老圃秋容淡，且看黃花晚節香。」

【集評】

「人散」句：「春已去」，惜之甚。（《名媛詩歸》卷二十）

〔三〕「泓」句：唐來鵬《清明日與友人遊玉塘莊》詩：「風急嶺雲飄迥野，雨餘田水落方塘。不堪吟罷東回首，滿耳蛙聲正夕陽。」

〔三〕「不隨」句：宋蘇軾《哭王子立次兒子迨韻三首》其三：「回看十年事，黃葉卷秋風。」

【集評】

「抱香」二字，說得有縕藉。（《名媛詩歸》卷二十）

詠物詩，寄情遒上，自有身分。（同上）

「月上新詞最斷腸，纏綿兒女意堪傷。不應人比黃花瘦，却道全無晚節香。」嘗謂淑真菊花詩「寧可抱香枝上老，不隨黃葉舞秋風」實鄭所南自題畫菊「寧可枝頭抱香死，何曾吹落北風中」二語所本，志節皭然，即此可見。（《瑟榭叢談》卷下）

佚句

風約暗香臨淺水。

晚風孤影弄霓裳。

宿醒未醒閒欹枕。（《梅花字字香》）

按：元人郭豫亨《梅花字字香》前、後集共引朱淑真詩十一句，以上三句不見於今本《斷腸

詩集》。

醉了又醒醒又醉。(《江村銷夏錄》卷二)

按：此句出自《江村銷夏錄》卷二：「『酒醒涼思正飄飄，盡醉東家碧玉瓢。醉了又醒醒又醉，伯倫終不信《離騷》。』右詩乃姑蘇夏先生集張翥、丁復、朱淑真、陳艮齋句也。客有以《荷鍤》卷索詩，因碌碌不及造辭，輒書以歸之。」

存目詩

惜花

病眼看花似夢中，一番次第又飛空。朝來不忍倚樹立，倚樹恐搖枝上紅。

按：此詩見《分門纂類唐宋時賢千家詩選》卷七，作者署為「張溧」。冀勤輯校《朱淑真集

送燕

見爾來齊去亦齊，空巢零落屋廬低。更無心記銜泥處，花絮春風小院西。

按：此詩見《詩淵》二八一九頁，未署作者姓名。冀勤輯校《朱淑真集注》據《詩淵》輯爲朱淑真詩，張璋、黃畬校注《朱淑真集》同，《全宋詩》亦同。依《詩淵》體例當爲無名氏作，今列入存目。

注》據揚州詩局刊棟亭藏本《分門纂類唐宋時賢千家詩選》輯爲朱淑真詩，張璋、黃畬校注《朱淑真集》同，《全宋詩》亦同。當因清康熙間揚州詩局刊本《千家詩選》脱去此詩作者姓名而誤，參見李更、陳新《分門纂類唐宋時賢千家詩選校證》。

斷腸詞

憶秦娥 正月初六日夜月①

彎彎曲。新年新月鈎寒玉〔一〕。鈎寒玉。鳳鞋兒小，翠眉兒蹙。 鬧蛾雪柳添妝束〔二〕。燭龍火樹爭馳逐②〔三〕。爭馳逐③。元宵三五〔四〕，不如初六。

【校】

① 又見於《花草粹編》卷四。 詞題，雜俎本、未刻詞本、胡輯本、四印齋本脫「日」字，《花草粹編》脫「初」字。

②「龍」，《花草粹編》作「籠」。

③「爭馳逐」，紫芝本、雜俎本、胡輯本脫此疊句，今據未刻詞本、四印齋本、《花草粹編》補。

【注】

〔一〕鈎寒玉：以玉鈎喻月，進而由其形狀聯繫到鳳鞋和翠眉。宋辛棄疾《念奴嬌》（野棠花落）

浣溪沙 清明①

春巷夭桃吐絳英②〔一〕。春衣初試薄羅輕〔二〕。風和烟暖燕巢成。 小院湘簾閒不捲③〔三〕，曲房朱户悶長扃〔四〕。惱人光景又清明。

【校】

① 又見於《花草粹編》卷二。詞題，未刻詞本、四印齋本、《花草粹編》無。「沙」，胡輯本、四印齋本作「紗」。

② 「春巷」，未刻詞本、四印齋本、《花草粹編》作「露井」。

【注】

〔一〕 闘蛾雪柳：剪絲綢或烏金紙爲花卉、簾柳、梅柳或草蟲之形的頭飾。《宣和遺事》：「少刻，京師民有似雪浪，盡頭上帶着玉梅、雪柳、鬧蛾兒，直到鰲山下看燈。」妝束：打扮，裝飾。

〔二〕 燭龍火樹：形容花燈、燈彩之盛如同火龍、火樹。參見本書《前集》卷三《元夜三首》其三注〔一〕。

〔三〕 三五：指農曆正月十五上元節。宋李清照《永遇樂》(落日鎔金) 詞：「中州盛日，閨門多暇，記得偏重三五。鋪翠冠兒，撚金雪柳，簇帶爭濟楚。」

詞：「聞道綺陌東頭，行人長見，簾底纖纖月。」

生查子①

寒食不多時②[一]，幾日東風惡[二]。無緒倦尋芳[三]，閒却鞦韆索[四]。

翠裙交③[五]，病怯羅衣薄[六]。不忍捲簾看，寂寞梨花落[七]。玉減

【校】

① 又見於《花草粹編》卷一。

③「小院湘簾」，《花草粹編》作「滿院深簾」。

【注】

[一] 夭桃：豔麗的桃花。《詩經·周南·桃夭》：「桃之夭夭，灼灼其華。」絳英：紅花。唐李商隱《五言述德抒情》詩：「移席牽細蔓，迴橈撲絳英。」

[二]「春衣」句：宋王詵《人月圓》詞：「小桃枝上春來早，初試薄羅衣。」薄羅，輕薄柔軟的絲織品。

[三] 湘簾：用湘妃竹做的簾子。宋張鎡《分韻賦散水花得鹽字》其三：「苔徑斜通砌竹鞭，素光交映入湘簾。」

[四] 曲房：內室，密室。漢枚乘《七發》：「往來游譙，縱恣乎曲房隱間之中。」南唐馮延巳《南鄉子》（細雨泣秋風）詞：「簾捲曲房誰共醉。憔悴。惆悵秦樓彈粉淚。」扃（jiōng）：關閉。

五一三

【注】

〔一〕寒食：參見《前集》卷三《梨花》詩注〔五〕。宋晏幾道《生查子》（金鞭美少年）詞：「消息未歸來，寒食梨花謝。無處説相思，背面鞦韆下。」

〔二〕「幾日」句：唐王建《春去曲》：「就中一夜東風惡，收紅拾紫無遺落。」

〔三〕無緒：没有情緒，没有心思。

〔四〕鞦韆：懸挂兩繩於架上，下拴横板的體育設施，又作「秋千」。盪鞦韆爲清明、寒食傳統習俗。唐杜甫《清明二首》其二：「十年蹴踘將雛遠，萬里鞦韆習俗同。」唐王維《寒食城東即事》詩：「蹴踘屢過飛鳥上，鞦韆競出垂楊裏。」唐韓偓《寒食夜》詩：「夜深斜搭鞦韆索，樓閣朦朧煙雨中。」索：粗繩。

〔五〕「玉減」句：因消瘦而衣裙變寬。玉減，形容美人消瘦。宋蔡伸《一翦梅》（堆枕烏雲墮翠翹）詞：「嬝嬝一嫋楚宫腰。那更春來，玉減香消。」

〔六〕羅衣：參見《後集》卷四《冬夜不寐》詩注〔四〕。

〔七〕「寂寞」句：唐劉方平《春怨》詩：「寂寞空庭春欲晚，梨花滿地不開門。」

② 「不」，《花草粹編》作「未」。

③ 「玉」，《花草粹編》作「瘦」。

謁金門 春半①

春已半。觸目此情無限〔一〕。十二闌干閒倚遍〔二〕。愁來天不管。 好是風和日暖。輸與鶯鶯燕燕。滿院落花簾不捲。斷腸芳草遠〔三〕。

【校】

① 又見於《天機餘錦》卷三、《花草粹編》卷三、《詞綜》卷二十五。詞題,雜俎本、未刻詞本、四印齋本、《詞綜》無,胡輯本誤作「元夕」。

【注】

〔一〕「春已半」三句:南唐李煜《清平樂》詞:「別來春半。觸目愁腸斷。」觸目,目光所及。

〔二〕十二闌干:參見《前集》卷一《訴春》詩注〔一〕。宋歐陽修《少年游》詞:「闌干十二獨憑春。晴碧遠連雲。」

〔三〕「斷腸」句:唐杜牧《池州春送前進士蒯希逸》詩:「芳草復芳草,斷腸還斷腸。自然堪下淚,何必更殘陽。」

【集評】

淒婉,得五代人神髓。(《詞則·大雅集》卷四)

斷腸詞

西江月 賞春①

辦取舞裙歌扇〔一〕。賞春只怕春寒②〔二〕。捲簾無語對南山〔三〕。已覺綠肥紅淺③〔四〕。

去去惜花心懶〔五〕。踏青閒步江干〔六〕。恰如飛鳥倦知還④〔七〕。澹蕩梨花深院〔八〕。

【校】

① 據《花草粹編》卷四輯。又見於《天機餘錦》卷四。紫芝本、雜俎本、胡輯本未收。詞題,未刻詞本、四印齋本無,《花草粹編》作「春半」,今據《天機餘錦》改。

②「賞」,未刻詞本、四印齋本作「當」。

③「肥」,未刻詞本、四印齋本作「深」。

④「如」,《天機餘錦》作「似」。

【注】

〔一〕 辦取: 備好。 舞裙歌扇: 歌舞者服用的裙和扇。宋賀鑄《河傳》詞:「華堂張燕。向尊前妙選,舞裙歌扇。」

〔二〕「賞春」句: 宋晁沖之《漢宮春》(瀟灑江梅)詞:「無情燕子,怕春寒、輕失花期。」

江城子 賞春①

斜風細雨作春寒〔一〕。對樽前②。憶舊歡③。曾把梨花，寂寞淚闌干〔二〕。芳草斷烟南浦路④〔三〕，和別淚，看青山。　昨宵結得夢夤緣⑤〔四〕。水雲間。悄無言。争奈醒來，愁恨又依然。展轉衾裯空懊惱⑥〔五〕，天易見，見伊難。

〔三〕南山：指杭州南屏山。宋蘇軾《病中獨遊淨慈謁本長老。周長官以詩見寄仍邀遊靈隱因次韻答之》詩：「臥聞禪老入南山，淨掃清風五百間。」

〔四〕綠肥紅淺：宋李清照《如夢令》(昨夜雨疏風驟)詞：「知否。知否。應是綠肥紅瘦。」

〔五〕去去：遠去。宋柳永《雨霖鈴》(寒蟬淒切)詞：「念去去、千里煙波，暮靄沈沈楚天闊。」

〔六〕[踏青]句：唐杜甫《絶句》：「江邊踏青罷，迴首見旌旗。」江干，江邊。

〔七〕[恰如]句：晉陶潛《歸去來辭》：「雲無心以出岫，鳥倦飛而知還。」宋王之道《逍遙堂二首》其一：「出游魚自樂，飛倦鳥知還。」

〔八〕澹蕩：蕩漾和舒貌。此處形容令人心情和暢的春天景物。唐孫逖《丹陽行》：「唯有空城多白雲，春風澹蕩無人見。」梨花深院：宋晏殊《寓意》詩：「梨花院落溶溶月，柳絮池塘淡淡風。」

江城子 賞春①

斜風細雨作春寒〔一〕。對樽前②。憶舊歡③。曾把梨花，寂寞淚闌干〔二〕。芳草斷烟南浦路④〔三〕，和別淚，看青山。　昨宵結得夢夤緣⑤〔四〕。水雲間。悄無言。争奈醒來，愁恨又依然。展轉衾裯空懊惱⑥〔五〕，天易見，見伊難。

【校】

① 又見於《天機餘錦》卷四、《花草粹編》卷七。詞題，未刻詞本、四印齋本、《花草粹編》無，《天機餘錦》作「春」。

②「樽前」，未刻詞本、四印齋本缺。

③「舊」，雜俎本、未刻詞本、胡輯本、四印齋本、《花草粹編》作「淡」。

④「斷」，《天機餘錦》作「前」。

⑤「結」，未刻詞本、四印齋本作「徒」。「貪」，胡輯本作「因」。

⑥「衾裯空」，紫芝本作「衾空□」，《天機餘錦》作「鴛衾空」，《花草粹編》作「翠衾空」，今據雜俎本、未刻詞本、胡輯本、四印齋本改。

【注】

〔一〕斜風細雨：細密的小雨隨風斜落。唐張志和《漁父歌》：「青箬笠，綠蓑衣。斜風細雨不須歸。」宋李清照《念奴嬌》詞：「蕭條庭院，又斜風細雨，重門須閉。」

〔二〕曾把二句：唐白居易《長恨歌》：「玉容寂寞淚闌干，梨花一枝春帶雨。」闌干，交錯雜亂貌。

〔三〕南浦：南面的水邊，常用以借指離別之地。南朝梁江淹《別賦》：「春草碧色，春水淥波。送君南浦，傷如之何？」

〔四〕貪緣：關繫，緣分。

〔五〕展轉：參見《後集》卷四《長宵》詩注〔三〕。衾裯（chóu）：指被褥牀帳等卧具。《詩經·召南·小星》：「肅肅宵征，抱衾與裯，寔命不猶。」

浣溪沙 春夜①

玉體金釵一樣嬌②。背燈初解繡裙腰。衾寒枕冷夜香消③。　　深院重關春寂寂〔一〕，落花和雨夜迢迢〔二〕。恨情和夢更無聊。

【校】

① 又見於《花草粹編》卷二（第二十葉）。未刻詞本無此首，四印齋本據雜俎本輯補。此首又作韓偓詞，見《香奩集》、《花草粹編》卷二（第七葉），異文較多，今具錄於此：「攏鬢新收玉步搖。背燈初解繡裙腰。枕寒衾煖異香焦。　　深院不關春寂寂，落花和雨夜迢迢。恨情殘醉却無寥。」詞題，四印齋本無，《花草粹編》作「春怨」。

② 「玉體」，《花草粹編》作「卸下」。

③ 「消」，雜俎本、胡輯本作「銷」。

④ 「重」，《花草粹編》作「不」。

斷腸詞

減字木蘭花 春怨①

獨行獨坐。獨唱獨酬還獨臥②〔一〕。佇立傷神。無奈春寒著摸人③〔二〕。此情誰見④。淚洗殘妝無一半。愁病相仍〔三〕。剔盡寒燈夢不成⑤〔四〕。

【校】

① 又見於《花草粹編》卷二。 詞題，未刻詞本、四印齋本無，《花草粹編》作「春」。
② 「唱」，雜俎本、未刻詞本、胡輯本、四印齋本作「倡」。
③ 「春」，未刻詞本、四印齋本作「輕」。
④ 「誰」，《花草粹編》作「難」。
⑤ 「寒」，《花草粹編》作「孤」。

【注】

〔一〕獨唱獨酬：自己作詩歌，自己酬和。酬，對答，賡和。

【注】

〔一〕重關：層層的院門、屋門。
〔二〕夜迢迢：夜晚漫長貌。唐許渾《秦樓曲》：「秦女夢餘仙路遙，月窗風簟夜迢迢。」

眼兒媚①

遲遲風日弄輕柔②〔一〕。花徑暗香流。清明過了〔二〕，不堪回首，雲鎖朱樓。

午窗睡起鶯聲巧〔三〕，何處喚春愁。綠楊影裏〔四〕，海棠亭畔③，紅杏梢頭。

【校】

① 又見於《花草粹編》卷四、《詞綜》卷二十五。詞題，胡輯本作「春怨」，《花草粹編》作「春情」。

②「遲遲風日」，紫芝本作「遲遲春日」，《詞綜》作「風日遲遲」，今據雜俎本、未刻詞本、胡輯本、四印齋本、《花草粹編》改。

③「亭」，《詞綜》作「枝」。

【集評】

朱淑真詞「無奈春寒著摸人」，「著摸」二字，孔平仲、彭汝礪詩皆用之。（《蓮子居詞話》卷四）

宋鄧忠臣《奉答張文潛戲贈》詩：「正如天祿秋風夜，剔盡寒燈著《廣騷》。」

〔四〕剔盡寒燈：形容夜不能寐，一直挑燈不眠。剔燈即挑燈，指挑起燈芯，剔除餘燼，使燈更亮。

〔三〕相仍：相繼，連續不斷。

〔二〕著摸：參見《後集》卷二《夏夜有作》詩注〔一〕。

斷腸詞

五二一

鷓鴣天①

獨倚闌干晝日長。紛紛蜂蝶鬪輕狂〔一〕。一天飛絮東風惡,滿路桃花春水香〔二〕。 當此際,意偏長③。萋萋芳草傍池塘〔二〕。千鍾尚欲偕春醉〔三〕,幸有荼蘼與海棠〔四〕。

【注】

〔一〕遲遲:形容白晝漸長而陽光溫暖貌。《詩經·豳風·七月》:「春日遲遲,采蘩祁祁。」弄輕柔:宋無名氏《眼兒媚》詞:「楊柳絲絲弄輕柔。煙縷織成愁。」

〔二〕清明過了:宋歐陽修《洞天春》(鶯啼綠樹聲早)詞:「鞦韆宅院悄悄。又是清明過了。燕蝶輕狂,柳絲撩亂,春心多少。」

〔三〕「午窗」句:唐韋莊《應天長》詞:「綠槐陰裏黃鶯語。深院無人春晝午。」

〔四〕「綠楊」三句:宋宋祁《玉樓春》(東城漸覺風光好)詞:「綠楊煙外曉寒輕,紅杏枝頭春意鬧。」

【校】

① 又見於《花草粹編》卷五。詞題,紫芝本、雜俎本、未刻詞本、四印齋本無,胡輯本誤作「春怨」,《花草粹編》作「春溪」。

清平樂 春暮①

風光緊急。三月俄三十〔一〕。擬欲留連計無及。綠野煙愁露泣〔二〕。

倩誰寄語春宵②〔三〕。城頭畫鼓輕敲〔四〕。繾綣臨岐囑付③〔五〕，來年早到梅梢。

【注】

〔一〕「獨倚」三句：宋呂本中《春日即事二首》其二：「雪消池館初春後，人倚欄干欲暮時。亂蝶狂蜂俱有意，兔葵燕麥自無知。」

〔二〕「萋萋」句：兼用淮南小山、謝靈運詩意。漢淮南小山《招隱士》：「王孫遊兮不歸，春草生兮萋萋。」南朝宋謝靈運《登池上樓》詩：「池塘生春草，園柳變鳴禽。」宋吳芾《遊朱氏園》詩：「萋萋芳草遍池塘，歎惜韶華一半強。」

〔三〕千鍾：千杯。宋歐陽修《朝中措》(平山闌檻倚晴空)詞：「文章太守，揮毫萬字，一飲千鍾。」

〔四〕荼蘼：參見《前集》卷三《荼蘼》詩注〔一〕及〔三〕。

① 「長」，《花草粹編》作「傷」。
② 「水」，《花草粹編》作「雨」。

【校】

① 又見於《天機餘錦》卷四、《花草粹編》卷三。詞題，紫芝本、雜俎本、未刻詞本、四印齋本無，胡輯本誤作「春怨」，今據《天機餘錦》《花草粹編》補。

② 倩，《天機餘錦》《花草粹編》作「憑」。「語」，《花草粹編》作「與」。

③ 「岐囑」，《天機餘錦》作「時祝」。

【注】

〔一〕「三月」句：農曆三月三十日是春季的最後一天。唐賈島《三月晦日贈劉評事》詩：「三月正當三十日，風光別我苦吟身。共君今夜不須睡，未到曉鐘猶是春。」俄，短暫的時間，一會兒。

〔二〕煙愁露泣：煙霧如愁，露水似泣。宋晏殊《鵲踏枝》詞：「檻菊愁煙蘭泣露。羅幕輕寒，燕子雙飛去。」

〔三〕倩：參見《前集》卷二《恨春五首》其三注〔三〕。

〔四〕畫鼓：有彩繪的鼓，此處指置於城樓上用於計時報更的鼓。宋白玉蟾《梧州江上夜行》詩：「雲去雲來幾點星，城頭畫鼓轉三更。」

〔五〕繾綣：深情纏綿。臨岐：面臨歧路，後用爲贈別之辭。岐，通「歧」。宋林表民《次韻王亞夫景存縣尉送春二首》其一：「欲勸東君盡一杯，臨岐無語獨遲回。晚風自有留連意，遞得鶯聲過柳來。」囑付：叮囑。

點絳唇 聞鶯①

黃鳥嚶嚶②,曉來却聽丁丁〔一〕。芳心已逐。淚眼傾珠斛③〔二〕。　　見自無心④,更調離情曲。鴛幃獨⑤。望休窮目⑥〔四〕。回首溪山緑。

【校】

① 又見於《詩淵》二八一八頁,《天機餘錦》卷四。調名,紫芝本作《木蘭花》,《詩淵》《天機餘錦》作《減字木蘭花》,雜俎本作《點絳唇》調下注云「向誤刻《木蘭花》」,今據雜俎本、未刻詞本、胡輯本、四印齋本改。詞題,各本無,今據《詩淵》《天機餘錦》補。
② 「嚶嚶」,《詩淵》作「嬰嬰」。
③ 「傾珠」,《詩淵》《天機餘錦》作「珠傾」。
④ 「心」,《詩淵》《天機餘錦》作「聊」。
⑤ 「鴛幃獨」,紫芝本、雜俎本、胡輯本作「鴛幃猶」,未刻詞本、四印齋本缺,今據《詩淵》《天機餘錦》改。
⑥ 「望休窮目」,未刻詞本、四印齋本缺。

【注】

〔一〕「黃鳥」三句:《詩經·小雅·伐木》:「伐木丁丁,鳥鳴嚶嚶。」嚶嚶,鳥和鳴聲。丁(zhēng)

蝶戀花 送春①

樓外垂楊千萬縷。欲繫青春，少住春還去。猶自風前飄柳絮。隨春且看歸何處。

綠滿山川聞杜宇②〔一〕。便做無情，莫也愁人苦③。把酒送春春不語〔二〕。黃昏却下瀟瀟雨④〔三〕。

【校】

① 又見於《天機餘錦》卷一、《彤管遺編》卷十二、《詞綜》卷二十五。

② 「綠滿」，《彤管遺編》《花草粹編》《名媛彙詩》《古今女史》《詞綜》作「滿目」。

③ 「苦」，《天機餘錦》作「否」，未刻詞本、四印齋本、《彤管遺編》《花草粹編》《名媛彙詩》《古今女

〔一〕 傾珠斛(hú)：傾倒裝滿珍珠的斛，此處比喻淚水之多。斛，量器，古代一斛爲十斗。

〔二〕 鴛幃：繡有鴛鴦的帳幃。

〔三〕 窮目：用盡目力遠望。南朝宋鮑照《代陽春登荆山行》詩：「極眺人雲表，窮目盡帝州。」

丁，象聲詞，伐木聲。

④「瀟瀟」,《天機餘錦》作「瀟湘」,未刻詞本、《花草粹編》作「蕭蕭」。

【注】

〔一〕杜宇：即杜鵑鳥,參見本書《前集》卷一《春霽》詩注〔七〕杜鵑。唐薛能《題嘉陵江驛》詩：「稠樹蔽山聞杜宇,午煙曛日食嘉陵。」

〔二〕「把酒」句：南唐馮延巳《鵲踏枝》(庭院深深幾許)詞：「淚眼問花花不語。亂紅飛過鞦韆去。」

〔三〕「黃昏」句：宋司馬樞《蝶戀花》(妾本錢塘江上住)詞：「燕子銜將春色去,紗窗幾陣黃昏雨。」宋王炎《踏莎行》(木落天寒)詞：「新愁正自上眉峰,黃昏庭院瀟瀟雨。」瀟瀟,小雨貌。

【集評】

哀梨雪藕。(《詞的》卷三)

「欲繫」二句：滿懷妙趣,成片裏出。「猶自」三句：體物無間之言。「把酒」三句：澹情深感。(《草堂詩餘續集》卷下)

傷春只爲多情使,愁悶皆因春色留。(《古今女史‧前集》卷十二)

「莫也愁人意」：「意」字借叶。(《詞綜偶評》)

清平樂 夏日遊湖①

惱煙撩露〔一〕。留我須臾住〔二〕。攜手藕花湖上路。一霎黃梅細雨〔三〕。 嬌癡不怕人猜。隨群暫遣愁懷②。最是分攜時候〔四〕,歸來懶傍妝臺。

【校】

① 又見於《彤管遺編》卷十二、《花草粹編》卷三、《名媛彙詩》卷十七、《古今女史·前集》卷十二。詞題,未刻詞本、四印齋本無。

② 「隨群暫遣愁」,《彤管遺編》《花草粹編》《名媛彙詩》《古今女史》作「和衣倒在人」,四印齋本注「別作『和衣睡倒人』」。

【注】

〔一〕惱煙撩露:形容景物撩撥、擾亂遊人心曲。宋歐陽修《少年遊》(去年秋晚此園中)詞:「拈花嗅蕊,惱煙撩霧,拚醉倚西風。」

〔二〕須臾:片刻,短時間。

〔三〕「一霎」句：謂梅雨季節忽晴忽雨。一霎，時間極短，頃刻之間。黃梅，春末夏初梅子黃熟的時期，我國長江中下游地區連續下雨，空氣潮濕，進入梅雨季節。

〔四〕分攜：分別，離別。宋周邦彥《虞美人》詞：「淡雲籠月松溪路。長記分攜處。」

【集評】

《地驅樂歌》：「枕郎左臂，隨郎轉側。」「摩捋郎鬚，看郎顏色。」《詩歸》謂其千情萬態，可作風流中經史注疏。「和衣傾倒」，謂不可訓。迂哉！（《草堂詩餘別集》卷一）

「嬌癡不怕人猜。和衣倒在人懷」：恣態橫生。（《古今女史·前集》卷十二）

易安「眼波纔動被人猜」，矜持得妙。淑真「嬌癡不怕人猜」，放誕得妙。均善於言情。（《蓮子居詞話》卷二）

菩薩蠻 秋①

秋聲乍起梧桐落②。蛩吟唧唧添蕭索〔一〕。欹枕背燈眠〔二〕。月和殘夢圓。

起來鈎翠箔〔三〕。何處寒砧作〔四〕。獨倚小闌干③。逼人風露寒。

【校】

① 又見於《花草粹編》卷三（第二十九葉）、《林下詞選》卷二（誤作朱秋娘詞）、《欽定詞譜》卷五（誤

作朱敦儒詞）。此詞與南唐盧絳夢中女子所歌之詞略近，今據《花草粹編》卷三（第十葉）具錄於此：「玉京人去秋蕭索。畫簷鵲起梧桐落。欹枕悄無言。月和殘夢圓。背燈唯暗泣。甚處砧聲急。眉黛遠山攢。芭蕉生暮寒。（一作：「獨自倚闌干。衣襟生暮寒。」）」詞題，未刻詞本、四印齋本無。

② 「聲」紫芝本作「風」，今據雜俎本、未刻詞本、胡輯本、四印齋本、《花草粹編》改。

③ 「獨」，未刻詞本、四印齋本作「重」。

【注】

〔一〕蛩吟：蟋蟀鳴叫。唧唧：蟲吟聲。唐釋貫休《輕薄篇二首》其二：「木落蕭蕭，蟲鳴唧唧。」

〔二〕欹枕：參見本書《前集》卷三《聞子規有感》詩注〔五〕。

〔三〕鈎翠箔：用簾鈎把翠簾挂起。後蜀毛熙震《木蘭花》詞：「掩朱扉，鈎翠箔。滿院鶯聲春寂寞。」

〔四〕寒砧：指寒秋的擣衣聲。砧，擣衣石。唐沈佺期《古意呈補闕喬知之》詩：「九月寒砧催木葉，十年征戍憶遼陽。」

又①

山亭水榭秋方半〔一〕。鳳幃寂寞無人伴〔二〕。愁悶一番新。雙蛾只舊顰②〔三〕。

起來臨繡戶。時有疏螢度〔四〕。多謝月相憐。今宵不忍圓。

【校】
① 又見於《花草粹編》卷三。
② 「舊」，《花草粹編》作「暗」。

【注】
〔一〕水榭：建在水邊或水上供人遊憩眺望的亭閣。
〔二〕鳳幛：閨中的帷帳。
〔三〕雙蛾：指美女的兩眉。蛾，蛾眉。南唐馮延巳《菩薩蠻》（畫堂昨夜西風過）詞：「驚夢不成雲。雙蛾枕上顰。」
〔四〕疏螢：稀疏的飛行無定的螢火蟲。宋夏竦《和太師相公秋興十首》其五：「水榭涼生暑氣銷，疏螢點點漏迢迢。」

鵲橋仙 七夕①

巧雲妝晚②〔一〕，西風罷暑③，小雨翻空月墜。牽牛織女幾經秋，尚多少、離腸恨淚〔二〕。

微涼入袂，幽歡生座，天上人間滿意。何如暮暮與朝朝〔三〕，更改却、年

年歲歲。

【校】

① 又見於《花草粹編》卷六。
② 「妝」，《花草粹編》作「弄」。
③ 「罷」，《花草粹編》作「驚」。

【注】

〔一〕巧雲：七夕夜空千變萬化的雲彩。暗寓七夕「乞巧」之意。宋秦觀《鵲橋仙》詞：「纖雲弄巧，飛星傳恨。」
〔二〕「小雨」三句：七夕前後往往下雨，古稱七月六日雨爲洗車雨，七月七日雨爲灑淚雨。牽牛織女，古代神話傳說，七月七日夜晚，喜鵲填天河成橋，織女渡河與牛郎相會。
〔三〕「何如」句：宋秦觀《鵲橋仙》（纖雲弄巧）詞：「兩情若是久長時，又豈在、朝朝暮暮。」

菩薩蠻 木樨①〔一〕

也無梅柳新標格〔二〕。也無桃李妖嬈色②。一味惱人香〔三〕。群花争敢當。

情知天上種③〔四〕。飄落深巖洞。不管月宮寒。將枝比並看。

【校】

① 又見於《詩淵》一一二五頁。清人又誤作朱敦儒詞，《全宋詞》注：「案此首誤入玉海樓藏舊鈔本《樵歌》。」

②「李」，《詩淵》作「杏」。

③「知」，《詩淵》作「和」。

【注】

〔一〕木樨：桂花，又名巖桂。參見本書《前集》卷六《木犀四首》注〔一〕。

〔二〕標格：風範，風度。

〔三〕惱人香：撩人的香氣。惱，引惹，撩撥。宋蔡伸《臨江仙》詞：「仙品不同桃李豔，移來月窟雲鄉。……雨中別有惱人香。」

〔四〕天上種：古代神話傳說，月中有桂樹。唐宋之問《靈隱寺》詩：「桂子月中落，天香雲外飄。」

點絳唇 冬①

風勁雲濃，暮寒無奈侵羅幕〔一〕。髻鬟斜掠〔二〕。呵手梅妝薄〔三〕。　　少飲清歡，銀燭花頻落〔四〕。恁蕭索②〔五〕。春工已覺〔六〕。點破梅香萼③〔七〕。

【校】

① 又見於《花草粹編》卷一。詞題，未刻詞本、四印齋本無。

②「恁」，紫芝本缺，《花草粹編》作「添」，今據雜俎本、未刻詞本、胡輯本、四印齋本補。

③「梅香」，紫芝本作「香梅」，《花草粹編》作「梅花」，今據雜俎本、未刻詞本、胡輯本、四印齋本改。

【注】

〔一〕羅幕：絲羅帳幕。宋毛滂《少年遊》詞：「遙山雪氣入疏簾。羅幕曉寒添。……庭下早梅，已含芳意，春近瘦枝南。」

〔二〕髻鬟：參見本書《後集》卷二《夏枕自詠》詩注〔三〕。掠：梳理。

〔三〕「呵手」句：宋歐陽修《訴衷情》詞：「清晨簾幕卷輕霜。呵手試梅妝。」梅妝，參見本書《後集》卷四《冬日雜詠》詩注〔七〕。

〔四〕「銀燭」句：謂燈花頻落。燈花，燈芯燒焦形成的花狀物。銀燭，銀製的燭臺，借指燈。宋黃庭堅《憶帝京》詞：「銀燭生花如紅豆。」

〔五〕恁(nèn)：如此，這麼。蕭索：蕭條冷落。

〔六〕春工：參見本書《前集》卷一《立春前一日》詩注〔四〕。

〔七〕「點破」句：使梅花香萼綻放。宋無名氏《題陽羨溪亭壁》詩：「梅萼破香知臘盡，柳梢含綠認春歸。」

念奴嬌 催雪

冬晴無雪，是天心未肯，化工非拙〔一〕。不放玉花飛墮地〔二〕，留在廣寒宮闕〔三〕。雲欲同時〔四〕，霰將集處〔五〕，紅日三竿揭〔六〕。六花剪就〔七〕，不知何處施設。　應念隴首寒梅〔八〕，花開無伴，對景真愁絕。待出和羹金鼎手〔九〕，為把玉鹽飄撒〔一〇〕。溝壑皆平，乾坤如畫，更吐冰輪潔〔一一〕。梁園燕客〔一二〕，夜明不怕燈滅。

【注】

〔一〕化工：指自然的造化者。漢賈誼《鵩鳥賦》：「且夫天地為鑪兮，造化為工。陰陽為炭兮，萬物為銅。」

〔二〕玉花：比喻雪花。宋蘇軾《和田國博喜雪》詩：「玉花飛半夜，翠浪舞明年。」

〔三〕廣寒宮闕：參見本書《前集》卷五《秋夜聞雨三首》其二注〔三〕。

〔四〕雲欲同時：雪雲將要密布的時候。《詩經·小雅·信南山》：「上天同雲，雨雪雰雰。」同雲，下雪前密布的濃雲。宋孔武仲《癸酉臘雪》詩：「又見同雲合，朝來雪滿天。」

〔五〕霰將集處：《詩經·小雅·頍弁》：「如彼雨雪，先集維霰。」霰，雪珠，多在下雪前或下雪時降落。宋郭印《時升詠雪效前人體……》詩：「飛霰紛紛集，同雲羃羃重。」

〔六〕三竿：太陽升起已有三根竹竿高，此處形容紅日高照。揭：高舉。

〔七〕六花剪就：天人已將雪花剪好。古人想像雪花是神仙剪水而成。唐陸暢《驚雪》詩：「天人寧許巧，剪水作飛花。」宋虞儔《雪後園中探梅得數枝》詩：「天人戲剪六花飛，却訝江梅開較遲。」六花，雪花結晶六瓣，故名。

〔八〕隴首寒梅：語出南朝陸凱寄范曄梅花詩：「折花逢驛使，寄與隴頭人。江南無所有，聊贈一枝春。」參見本書《前集》卷七《冬日梅窗書事四首》其一注〔二〕。唐宋之問《題大庾嶺北驛》詩：「明朝望鄉處，應見隴頭梅。」

〔九〕和羹：用調味品烹調羹湯，比喻宰臣輔佐君主綜理國政，此處喻指調和陰陽節氣。參見本書《後集》卷四《觀雪偶成》詩注〔四〕。

〔一〇〕玉鹽：玉屑和鹽末，此處比喻雪花。參見《後集》卷一《春遊西園》詩注〔四〕。

〔一一〕吐：顯露，呈現。冰輪：指明月。宋史浩《次韻程泰之尚書》詩：「夜色涼如水，冰輪吐層巔。」

〔一二〕梁園燕客：參與梁園宴飲賦詠的文士。西漢梁孝王建東苑（又稱兔園），廣納賓客，天下名士司馬相如、枚乘、鄒陽均爲座上客。南朝宋謝惠連《雪賦》：「梁王不悦，遊於兔園。乃置旨酒，命賓友，召鄒生，延枚叟，相如末至，居客之右。」唐李商隱《寄令狐郎中》詩：「休問梁園舊賓客，茂陵秋雨病相如。」燕，通「宴」，宴飲。

又 雪①

鵝毛細剪〔一〕,是瓊珠密灑②〔二〕,一時堆積。斜倚東風渾漫漫,頃刻也須盈尺〔三〕。玉作樓臺,鉛鎔天地〔四〕,不見遙岑碧〔五〕。佳人作戲,碎揉些子拋擲③〔六〕。爭奈好景難留,風儔雨儻〔七〕,打碎光凝色。總有十分輕妙態④,誰似舊時憐惜。擔閣梁吟〔八〕,寂寥楚舞⑤〔九〕,笑捏獅兒隻〔一〇〕。梅花依舊,歲寒松竹三益〔一一〕。

【校】

① 又見於《花草粹編》卷十。　詞題,紫芝本、雜俎本、未刻詞本、四印齋本無,胡輯本誤作「催雪」,今據《花草粹編》補。

② 「是」,紫芝本缺,《花草粹編》作「縱」,今據雜俎本、未刻詞本、胡輯本、四印齋本改。　「瓊珠」,《花草粹編》作「輕拋」。

③ 「拋」,《花草粹編》作「相」。

④ 「總」,《花草粹編》作「縱」。　「輕」,紫芝本缺,今據雜俎本、未刻詞本、胡輯本、四印齋本、《花草粹編》改。

⑤ 「寥」,紫芝本、雜俎本、胡輯本、《花草粹編》作「寞」,今據未刻詞本、四印齋本改。

斷腸詞

五三七

【注】

〔一〕鵝毛：比喻大雪。唐司空曙《雪二首》其一：「樂遊春苑望鵝毛，宮殿如星樹似毫。」

〔二〕瓊珠：玉珠，此處比喻雪珠。唐王初《早春詠雪》詩：「句芒宮樹已先開，珠蕊瓊花鬭剪裁。散作上林今夜雪，送教春色一時來。」

〔三〕盈尺：積雪厚度滿尺，是豐年的瑞兆。南朝宋謝惠連《雪賦》：「盈尺則呈瑞於豐年，袤丈則表沴於陰德。」

〔四〕鉛鎔天地：天地如同用鉛水鎔鑄而成。

〔五〕遥岑：遠處陡峭的小山崖。唐韓愈、孟郊《城南聯句》：「遥岑出寸碧，遠目增雙明。」

〔六〕些子：少許，一點兒。拋擲：投擲，扔。

〔七〕風僝(chán)雨僽(zhòu)：風雨折磨。宋辛棄疾《粉蝶兒》詞：「昨日春如，十三女兒學繡一枝枝、不教花瘦。甚無情，便下得，雨僝風僽。向園林、鋪作地衣紅縐。」

〔八〕耽吟：指梁園賦客之吟詠。參見上首詩注〔一二〕。南朝宋謝惠連《雪賦》：「歲將暮，時既昏，寒風積，愁雲繁。梁王不悦，遊於兔園。乃置旨酒，命賓友，召鄒生，延枚叟，相如末至，居客之右。俄而微霰零，密雪下。王乃歌《北風》於衛詩，詠《南山》於周雅，授簡於司馬大夫曰：『抽子秘思，騁子妍辭，俾色揣稱，爲寡人賦之。』」

〔九〕楚舞：楚地之舞。《史記》卷五十五《留侯世家》：「戚夫人泣，上曰：『爲我楚舞，我爲若楚

卜算子 詠梅①

竹裏一枝梅②，映帶林逾靜〔一〕。雨後清奇畫不成③〔二〕，淺水橫疏影④〔三〕。

吹徹《小單于》〔四〕，心事思重省⑤。拂拂風前度暗香〔五〕，月色侵花冷⑥〔六〕。

【校】

① 又見於《全芳備祖・前集》卷一、《詩淵》一一七六頁、《花草粹編》卷二。此詞次蘇軾《卜算子》（缺月挂疏桐）詞韻。詞題，未刻詞本、四印齋本、《花草粹編》作「梅」。

【集評】

詠雪《念奴嬌》云：「斜倚東風渾漫漫，頃刻也須盈尺。」已盡雪之態度。繼云：「擔閣梁吟，寂寥楚舞，空有獅兒隻。」復道盡「雪」字，又覺醞藉也。（《渚山堂詞話》卷二）

〔一〕「歲寒」句：松、竹經冬不凋，梅花迎寒開放，古人稱為歲寒三友。三益，《論語・季氏》：「孔子曰：『益者三友，損者三友。友直、友諒、友多聞，益矣。』」《鶴林玉露》卷五：「東坡贊文與可《梅竹石》云：『梅寒而秀，竹瘦而壽，石醜而文，是為三益之友。』」

〔一〇〕獅兒：雪塑獅子。宋張耒《戲作雪獅絕句》：「六出裝來百獸王，日頭出後便郎當。」

歌。」唐李白《烏栖曲》：「吳歌楚舞歡未畢，青山欲銜半邊日。」

【注】

〔一〕映帶：景物互相襯托。晉王羲之《蘭亭集序》：「又有清流激湍，映帶左右。」林逾靜：南朝梁王籍《入若耶溪》詩：「蟬噪林逾靜，鳥鳴山更幽。」

〔二〕畫不成：極言景物之美難以描模。唐張謂《官舍早梅》詩：「階下雙梅樹，春來畫不成。晚時花未落，陰處葉難生。」宋釋仲殊《減字木蘭花》（誰將妙筆）詞：「一般奇絕。雲淡天低秋夜月。費盡丹青。只這些兒畫不成。」

〔三〕「淺水」句：宋林逋《山園小梅》詩：「疏影橫斜水清淺，暗香浮動月黃昏。」

〔四〕小單于：唐大角曲名。《樂府詩集》卷二十四：「《梅花落》，本笛中曲也。按唐大角曲亦有《大單于》《小單于》《大梅花》《小梅花》等曲，今其聲猶有存者。」唐李益《聽曉角》詩：「無限塞鴻飛不度，秋風卷入《小單于》。」

〔五〕拂拂：散布貌。度暗香：宋王庭珪《西園探梅三首》其三：「風度暗香浮遠水，枝回嫩綠

② 「梅」，未刻詞本、四印齋本作「斜」。
③ 「奇」，《詩淵》作「溪」。
④ 「疏」，《全芳備祖》《花草粹編》作「斜」。
⑤ 「思重省」，《全芳備祖》《詩淵》《花草粹編》作「重思省」。
⑥ 「花」，未刻詞本、四印齋本作「檐」。

五四〇

〔六〕侵花冷：宋梅堯臣《次韻劉原甫社後對雪》詩：「朝霰侵花冷，春英到地消。」

按：本首以下原有《柳梢青》（玉骨冰肌）（凍合疏籬）（雪舞霜飛）三詞，實爲揚无咎作，今刪入《存目詞》。

菩薩蠻 詠梅①

濕雲不渡溪橋冷②〔一〕。嫩寒初破霜風影③〔二〕。溪下水聲長④。一枝和月香⑤〔三〕。

人憐花似舊。花不知人瘦⑥。獨自倚闌干⑦。夜深花正寒。

【校】

① 又見於《花草粹編》卷三、《名媛彙詩》卷十七、《古今女史·前集》卷十二、《歷代詩餘》卷九。《全芳備祖·前集》卷一作蘇軾詞。南宋楊冠卿有同韻《菩薩蠻·雪中呈李常門》（玉妃夜宴瑶池冷）詞。詞題，未刻詞本、四印齋本、《花草粹編》《歷代詩餘》作「梅」。

② 「渡」，《全芳備祖》作「動」；《歷代詩餘》作「斷」。

③ 「嫩」，紫芝本、未刻詞本作「娥」，雜俎本、四印齋本作「蛾」，今據《全芳備祖》《花草粹編》、《名

【注】

〔一〕濕雲：低垂欲雪（雨）的雲。宋蘇軾《次韻王覬正言喜雪》詩：「聖人與天通，有詔寬獄市。好語夜喧街，濕雲朝覆砌。」

〔二〕嫩寒：輕寒。宋楊仲約《梅林分韻得舊字》詩：「踟躕馬上語，嫩寒入衣袖。天公惜梅花，破臘開未就。」霜風：刺骨寒風。

〔三〕和月香：宋林逋《山園小梅》詩：「疏影橫斜水清淺，暗香浮動月黃昏。」宋孔夷《水龍吟》（歲窮風雪飄零）詞：「疏影沉波，暗香和月，橫斜浮動。」

①「溪」，《全芳備祖》《花草粹編》《名媛彙詩》《古今女史》作「橋」。

②「月」，《花草粹編》《名媛彙詩》《古今女史》《歷代詩餘》作「雪」。

③「不知人」，《全芳備祖》《名媛彙詩》《古今女史》《歷代詩餘》作「比人應」。

④「獨自倚」，《全芳備祖》《名媛彙詩》《古今女史》《歷代詩餘》作「莫憑小」。

媛彙詩》、《古今女史》、《歷代詩餘》，胡輯本改。「破霜風影」，雜俎本、胡輯本作「破霜鈎影」，未刻詞本、四印齋本作「破雙鈎影」，《全芳備祖》《歷代詩餘》作「透東風影」，《花草粹編》《名媛彙詩》《古今女史》作「透東風景」。

【集評】

玄慧：○不犯梅事，超！○「人」「花」三句傷神。○緒長。（《草堂詩餘續集》卷上

詠梅云：「濕雲不渡溪橋冷。嫩寒初破霜風影。溪下水聲長。一枝和月香。」別闋云：「拂拂風前度暗香，月色侵花冷。」梨花云：「粉淚共、宿雨闌珊，清夢與、寒雲寂寞。」凡皆清楚流麗，有才士所不到，而彼顧優然道之，是安可易其為婦人語也。（《渚山堂詞話》卷二）

月華清 梨花①

雪壓庭春②，香浮花月，攬衣還怯單薄〔一〕。欹枕徘徊〔二〕，又聽一聲乾鵲〔三〕。粉淚共、宿雨闌干〔四〕，清夢與、寒雲寂寞。除却。是江梅曾許〔五〕，詩人吟作。　　長恨曉風飄泊③。且莫遣香肌，瘦減如削④〔六〕。深杏夭桃〔七〕，端的為誰零落⑤〔八〕。況天氣、妝點清明，對美景、不妨行樂。拚着〔九〕。向花前時取⑥，一杯獨酌〔一〇〕。

【校】

① 據《花草粹編》卷十輯。又見於《詩淵》一一九九頁，《歷代詩餘》卷六十六。
② 「庭」，《詩淵》作「夜」，《歷代詩餘》作「亭」。
③ 「曉」，《詩淵》作「晚」。
④ 「瘦」，《詩淵》作「銷」。
⑤ 「的」，《詩淵》作「立」。

斷腸詞

五四三

⑥「花前時取」，《花草粹編》《詩淵》無「前」字，《歷代詩餘》作「花時喚取」，今據未刻詞本、四印齋本補。

【注】

〔一〕「攬衣」句：《古詩十九首·明月何皎皎》：「憂愁不能寐，攬衣起徘徊。」唐白居易《長恨歌》：「攬衣推枕起徘徊，珠箔銀屏迤邐開。」

〔二〕欹枕：參見本書《前集》卷三《聞子規有感》詩注〔五〕。

〔三〕乾鵲：即喜鵲。其性好晴，其聲清亮，故名。《西京雜記》卷三：「陸賈曰：『乾鵲噪而行人至，蜘蛛集而百事喜。』」唐李商隱《北禽》詩：「知來有乾鵲，何不向雕陵。」

〔四〕闌干：交錯雜亂貌。唐白居易《長恨歌》：「玉容寂寞淚闌干，梨花一枝春帶雨。」

〔五〕江梅：參見本書《前集》卷七《冬日梅窗書事四首》其四注〔一〕。

〔六〕瘦減如削：形容人消瘦骨立。唐元稹《三月二十四日宿曾峰館夜對桐花寄樂天》詩：「是夕遠思君，思君瘦如削。」

〔七〕深杏夭桃：豔麗的杏花、桃花。宋柳永《六么令》(淡煙殘照)詞：「溪邊淺桃深杏，迤邐染春色。」《詩經·周南·桃夭》：「桃之夭夭，灼灼其華。」宋黃庭堅《踏莎行》詞：「臨水夭桃，倚牆繁李。」

〔八〕端的：到底，究竟。爲誰零落：唐嚴惲《落花》詩：「盡日問花花不語，爲誰零落爲誰開。」

生查子①

年年玉鏡臺〔一〕，梅蕊宮妝困〔二〕。今歲未還家②，怕見江南信〔三〕。酒從別後疏③，淚向愁中盡。遙想楚雲深〔四〕，人遠天涯近〔五〕。

【校】

① 據《樂府新編陽春白雪·前集》卷一輯。又見於《詞綜》卷二十五。紫芝本、雜俎本、未刻詞本、胡輯本調下注：「世傳大曲十首，朱淑真《生查子》居第八，調入大石，此曲是也。集中不載，今收入此。」《詞林萬選》卷四、《花草粹編》卷一誤作朱敦儒詞，《天機餘錦》卷三、楊金本《草堂詩餘·前集》卷下、《古今女史·前集》卷十二、《林下詞選》卷一、《歷代詩餘》卷四誤作李清照詞。

② 「未還家」，《歷代詩餘》作「不歸來」。

③ 「酒」，《天機餘錦》《花草粹編》作「歡」。

【注】

〔一〕玉鏡臺：女子梳妝臺的美稱。《世說新語·假譎》載：「溫公（嶠）喪婦。從姑劉氏家值亂離

斷腸詞

五四五

散，唯有一女，甚有姿慧。姑以囑公覓婚。公密有自婚意，答曰：『佳婿難得，但如嶠比云何？』姑云：『喪敗之餘，乞粗存活，便足慰吾餘年。何敢希汝比！』卻後少日，公報姑云：『已覓得婚處，門地粗可，婿身名宦，盡不減嶠。』因下玉鏡臺一枚，姑大喜。既婚，交禮，女以手披紗扇撫掌大笑曰：『我固疑是老奴，果如所卜！』」

〔二〕宮妝：宮中女子的妝飾。此處用壽陽公主梅花妝事，參見本書《後集》卷四《冬日雜詠》詩注〔七〕。

〔三〕江南信：參見本書《前集》卷七《冬日梅窗書事四首》其一注〔二〕。

〔四〕楚雲：楚天之雲，指遙遠的楚地。唐釋皎然《送顏處士還長沙觀省》詩：「天寒漢水廣，鄉遠楚雲深。」

〔五〕人遠：句：宋劉過《蝶戀花》（寶鑑年來微有暈）詞：「懶照容華，人遠天涯近。」

【集評】

［今歲］三句：曲盡無聊之況。（《古今女史·前集》卷十二）

［淚向］句：是至情，是至語。（同上）

斷句

王孫去後無芳草①〔一〕。

【校】

① 據《花草粹編》卷二朱秋娘《采桑子・集句》(王孫去後無芳草)詞輯。又見於《彤管遺編》卷十二。

【注】

〔一〕「王孫」句：漢淮南小山《招隱士》：「王孫遊兮不歸，春草生兮萋萋。」唐白居易《賦得古原草送別》詩：「又送王孫去，萋萋滿別情。」宋李重元《憶王孫》詞：「萋萋芳草憶王孫。柳外樓高空斷魂。杜宇聲聲不忍聞。」

存目詞

柳梢青 詠梅

其一

玉骨冰肌。爲誰偏好，特地相宜。一味風流，廣平休賦，和靖無詩。　　倚窗睡起春遲。困無力、菱花笑窺。嚼蕊吹香，眉心點處，鬢畔簪時。

其二

凍合疏籬。半飄殘雪，斜卧枝低。可便相宜，煙藏修竹，月在寒溪。　　亭亭竚立移時。拚瘦損、無妨爲伊。誰賦才情，畫成幽思，寫入新詞。

其三

雪舞霜飛。隔簾疏影，微見橫枝。不道寒香，解隨羌管，吹到屏幃。　　箇中風味誰知。睡乍起、烏雲甚欹。嚼蕊妝英，淺顰輕笑，酒半醒時。

按：此《柳梢青》三詞長期誤入《斷腸詞》，實爲揚无咎作，見於《逃禪詞》。今依《全宋詞》列爲存目。

生查子 元夕

去年元夜時，花市燈如晝。月上柳梢頭，人約黃昏後。　　今年元夜時，月與燈

依舊。不見去年人,淚濕春衫袖。

按:此爲歐陽修詞,見《歐陽文忠公集》卷一百三十一《近體樂府》,自《詩詞雜俎》本《斷腸詞》始,方據楊慎《詞品》卷二誤輯爲朱淑真詞。

絳都春 梅花

寒陰漸曉,報驛使探春,南枝開早。粉蕊弄香,芳臉凝酥瓊枝小。雪天分外精神好。向白玉堂前應到。化工不管,朱門閉也,暗傳音耗。　輕渺。盈盈笑靨,稱嬌面、愛學宮妝新巧。幾度醉吟,獨倚欄干黃昏後。月籠疏影橫斜照。更莫待、《單于》吹老。便須折取歸來,膽瓶插了。

按:此詞見《增修箋注妙選群英草堂詩餘·後集》卷下、《天機餘錦》卷四,不署撰人姓名。《名媛彙詩》卷十七、《古今女史·前集》卷十二誤作朱秋娘(字希真)詞,《花草粹編》卷十誤作朱淑真詞。

阿那曲 春宵

夢回酒醒春愁怯。寶鴨煙消香未歇。薄衾無奈五更寒，杜鵑叫落西樓月。

按：此首即本書《前集》卷三《春宵》詩，《古今詞統》卷一誤收爲朱淑真詞。

采桑子

王孫去後無芳草，綠遍香階。塵滿妝臺。粉面羞搽淚滿腮。教我甚情懷。

去時梅蕊全然少，等到花開。花已成梅。梅子青青又帶黃，兀自未歸來。

按：此詞《彤管遺編》卷十二、《花草粹編》卷二錄爲朱秋娘集句詞，僅首句爲朱淑真作，《欽定詞譜》卷五誤以全篇爲朱淑真詞。

酹江月 詠竹

愛君嘉秀，對雲庵親植，琅玕叢簇。結翠筠稍津潤膩，葉葉竿竿柔綠。漸胤兒

孫，還生過母，根出蟠蛟曲。瀟瀟風夜，月明先透篩玉。傲雪欺霜，虛心直節，妙理皆非俗。天然孤淡，日增物外清福。

雅稱野客幽懷，閑窗相伴，自有清風足。終不凋零材異衆，豈似尋常花木。

按：《詩淵》第二二九九頁錄此詞，不署撰人，冀勤《朱淑真集注》輯爲朱淑真詞。實爲金末全真道士譚處端所作，見《水雲集》卷中。

附錄

存目文

璿璣圖記

若蘭名蕙,姓蘇氏,陳留令道質季女也。年十六,歸扶風竇滔。滔字連波,仕苻秦爲安南將軍,以若蘭才色之美,甚敬愛之。滔有寵姬趙陽臺,善歌舞,若蘭苦加捶楚,由是陽臺積恨,讒毀交至,滔大恚憤。時詔滔留鎮襄陽,若蘭不願偕行,竟挈陽臺之任。若蘭悔恨自傷,因織錦字爲回文,五彩相宣,瑩心眩目,名曰《璿璣圖》,亘古以來所未有也。乃命使齎至襄陽,感其妙絕,遂送陽臺之關中,具輿從迎若蘭於漢南,恩好踰初。其著文字五千餘首,世久湮沒,獨是圖猶存。唐則天常序圖首,今已魯魚莫辨矣。

初,家君宦游浙西,好拾清玩,凡可人意者,雖重購不惜也。一日家君宴郡倅衙,偶於壁間

見是圖，償其值，得歸遺予。於是坐卧觀究，因悟璿璣之理，試以經緯求之，文果流暢。蓋璿璣者，天盤也；經緯者，星辰所行之道也；中留一眼者，天心也。極星不動，蓋運轉不離一度中，所謂居其所而斡旋之。處中一方，太微垣也，乃疊字四言詩。其二方，紫微垣也，乃四言回文。二方之外四正，乃五言回文。四維乃四言回文。三方之外四正，乃交首四言詩，其文則不回也。四維乃三言回文。三方之經以至外四經，皆七言回文詩，可周流而讀者也。紹定三年春二月望後三日，錢唐幽棲居士朱氏淑真書。

按：《璿璣圖記》見於清人王士禎《池北偶談》卷十五，稱「辛亥冬，於京師見宋朱女郎淑真手書《璿璣圖》一卷，字法妍嫵」。然此文與魏端禮《斷腸集序》及朱淑真詩作所反映的生平不合，顯係偽托之作，今錄以備考。

明戴冠《和朱淑真〈斷腸詞〉》

憶秦娥 正月六日夜月

西樓曲。黃昏一片斜欹玉。斜欹玉。天涯目斷,遠山輕蹙。 姮娥今夜新妝束。清輝是處人爭逐。人爭逐。東風初轉,新正纔六。

浣溪沙 春

紅杏牆頭已放英。日長睡起暖風輕。踏青時近繡鞋成。 芳草連天歸路遠,落花滿院爲愁扃。一宵燈火對誰明。

生查子 春

宿靄閉深閨,釀得相思惡。昨夜海棠開,應笑人蕭索。 却怨曉風寒,不管春衫薄。無限惜花心,含淚看花落。

謁金門 春半

春事半。九十光陰誰限。聞道南園紅綠遍。人愁春不管。　　羞見遊蜂競暖。忍聽梁間語燕。翠幔東風無力卷。章臺人已遠。

西江月 賞春

剪就桃花新扇。惱人天氣猶寒。曉來對鏡畫春山。黛綠任他濃淺。　　欲待問花情嬾。無言獨倚闌干。樓空人去幾時還。煙鎖綠楊深院。

江城子 春

東風料峭弄餘寒。共花前。結新歡。猶記當年，攜手繞闌干。咫尺天台迷舊路，回首處，是空山。　　誰知翻是惡姻緣。夢魂間。不堪言。愁腸斷處，夜雨正瀟然。流水落花無處覓，離別易，見時難。

浣溪沙 春怨

風暖雕梁燕語嬌，不堪頻顰削春腰。麝煤慵爇覺香消。　　宿雨閉門人悄悄，寒燈入夜恨

朱淑真集校注

點絳唇 聞鶯

簧口綿蠻,風和處處聞啼木。聲聲相逐。喚起愁千斛。

正是傷心,心事縈心曲。一川花柳奪人目。明日紅愁綠。

按:調名原誤作「減字木蘭花」,今依律改。

蝶戀花 送春

翠柳拖煙金縷縷。柳底黃鸝,抵死催春去。雪散平隄風送絮。眼前多少銷魂處。紗窗幾點梨花雨。芳草萋萋連玉宇。歲歲今朝,長是愁人苦。銀燭背然無笑語。

清平樂 夏日遊湖

翠荷擎露。好景留人住。拍岸煙波迷去路。那更輕風細雨。紅妝出水休猜。愁人對此開懷。兩兩蘭舟爭發,歡娛疑到陽臺。

把門敲。可是東君情薄,任他墮盡柔梢。

五五八

減字木蘭花 春

黃昏獨坐。倦來獨擁重衾臥。減盡精神。枕簟寒生惱殺人。

過半。心事仍仍。錦字機中織未成。

迅迢。思君不見倍無聊。

眼兒媚 春半

溪邊楊柳弄春柔。花片逐東流。韶光漸老,東君欲去,腸斷西樓。

滿院鎖閒愁。海棠如訴,丁香似泣,豆蔻垂頭。

鷓鴣天 春深

春恨撩人覺晝長。鞦韆背立弄疏狂。隔年不見青鸞翼,帳裏空餘寶鴨香。

堪傷。風吹柳絮過橫塘。如何春在花先瘦,試遣黃鸝問海棠。

清平樂 春暮

韶華箭急。屈指春無十。去路欲追追不及。但見風悲雨泣。

千金買得良宵。落花又

附錄 明戴冠《和朱淑真〈斷腸詞〉》

菩薩蠻 秋

辭枝紅葉風前落。滿林商意增離索。夜冷恨孤眠。何時鏡再圓。　蝦鬚縈錦箔。四壁蛩聲作。含淚俯欄干。霜風吹鬢寒。

又 秋

空山木落驚秋半。珊瑚枕上無人伴。觸目物華新。修眉長是顰。　怕愁扃外户。暗把良宵度。腸斷有誰憐。天邊月自圓。

鵲橋仙 七夕

半開月鏡，輕傳霜粉，風起雲鬟斜墜。鵲橋今夜赴佳期，見了却、頻頻墮淚。　相逢未久，相思又繼，難訴離腸別意。也知去了有來時，争奈是、經年動歲。

菩薩蠻 木犀

移來蟾窟清奇格。不隨桃李争春色。暮雨散天香。芬芳不可當。　仙人偏好種。偃蹇白雲洞。秋氣入巖寒。折來和月看。

乙亥

秦伯伐晉，濟河焚舟，取王官及郊，晉人不出，遂自茅津濟，封殽尸而還。遂霸西戎，用孟明也。君子是以知秦穆之為君也，舉人之周也，與人之壹也；孟明之臣也，其不解也，能懼思也；子桑之忠也，其知人也，能舉善也。《詩》曰「于以采蘩，于沼于沚，于以用之，公侯之事」，秦穆有焉。「夙夜匪解，以事一人」，孟明有焉。「詒厥孫謀，以燕翼子」，子桑有焉。

郿之役

晉先且居、宋公子成、陳轅選、鄭公子歸生伐秦，取汪及彭衙而還，以報彭衙之役。卿不書，為穆公故，尊秦也，謂之崇德。

襄仲如齊

襄仲如齊拜葬也。

五〇

興盡歸來欲曙天，夢斷羅浮冷。

柳梢青 梅

誰識芳肌。西湖橋畔，雪夜偏宜。疏影橫斜，暗香浮動，尚憶林詩。

有多少、凡花未窺。紙帳低垂，紗窗半掩，人未眠時。

又 梅

傍竹依籬。風吹影亂，雪壓枝低。寂寞黃昏，香飄繡戶，蕊散冰谿。

臘裏、傳春是伊。記得當年，廣平作賦，何遜題詩。

又 梅

霧鎖煙飛。春歸庾嶺，先到南枝。冷落冰魂，月生滄海，人在香幃。

更不問、枝斜影欹。攜手窗前，相看今夜，却憶當時。

菩薩蠻 梅

娟娟霜月侵肌冷。窗紗夜靜模真影。相見恨偏長。隔簾聞暗香。

孤標莫怨非時，向含真我與君知。

相逢莫恨遲遲。

莫言人似舊。人比

附錄 明戴冠《和朱淑真〈斷腸詞〉》

五六一

花尤瘦。寂寞苦相干。花寒人也寒。

始予得朱淑真《斷腸詞》於錢塘處士陳逸山，閱之，喜其清麗，哀而不傷。癸亥歲除之夕，因乘興通和之，且繫以詩。蓋欲益白朱氏之心，非與之較工拙也。已而攜之下，以呈大復先生，間有一二字爲所許者。比來漸覺玩物喪志，欲遂棄之。竊歎當時好事，故不忍焉。況歷今寒暑幾易，而所就莫加於前，抑又何也？乃題而藏之篋底，以懲曠廢。或者他日苟有所進，亦得以正其謬盩云耳。弘治乙丑九月望後三日題。

明戴冠《戴氏集》卷十一

題詠

題朱淑真《斷腸集》

兔絲引蔓倚蓬蒿，縱得春風只共高。一旦死生雖有托，百年懷抱竟無聊。新詩釋悶腸堪斷，香骨埋泉恨未消。若比采鸞才更逸，此身終得遇文簫。

明史謹《獨醉亭集》卷中

題朱淑真《梅竹圖》

右《梅竹圖》并題,為女子朱淑真之蹟。觀其筆意詞語之皆清婉,似夫女子之所為也。夫朱氏乃宋時能文之女子,誠閨中之秀,女流之傑者也。惜乎恃其才贍,擬古人閨怨數篇,難免哀傷嗟悼之意。不幸流落人間,遂為好事者命其集曰《斷腸詩》,又謂其下嫁庸夫,非其佳配而然,不亦冤矣哉!嗚呼!人之一念,不以自防,則身後之禍,遂致如此。若夫程明道先生之母訓,女子惟教識字讀書,不可教之吟作,可為萬世良法焉。是圖乃吳山青蓮里陸允章家者,厥父士昂,厥祖孟和,謂其遠祖所蓄,為真蹟無疑。孟和、士昂隱居耕讀,不妄人也,其言蓋可信。允章求志,因不固辭。

明杜瓊《杜東原雜著》

題朱淑真畫竹

繡閣新篇寫斷腸,更分殘墨寫瀟湘。垂枝亞葉清風少,錯向東門認綠楊。

明沈周《石田先生集》卷十一

題朱淑貞像

花蕊開殘小院秋，鑑湖春色水東流。垂楊送盡鶯鶯老，不得同依燕子樓。

明林俊，見《石倉十二代詩選·明次集》卷四十九

讀朱淑貞吊林和靖二絕因用韻偶成

婺女纏分處士星，楚波宋焰有餘清。何緣紅粉孤山吊，技癢千名豈令名。

十二欄干腸斷時，鸞凰失意却緣詩。不將化石心應老，猶向詩人吊古祠。

明趙完璧《海壑吟稿》卷七

香閨七吊詩·朱淑真

朱粉慵調倦理妝，知音難遇有情郎。可憐一片西湖月，只向深閨照斷腸。

明徐燉《慢亭集》卷十四

自是清才繼玉瀾，鶯釵劃損綠琅玕。桃墩總有傷心淚，勒斷筋弦不忍彈。《斷腸集》，朱淑真，

錢唐下里人,世居桃村,工爲詩。嫁爲市井民妻,不得志歿。宛陵魏仲恭端禮輯其集,名曰《斷腸》。錢唐鄭元佐加注,分爲十卷刊行,有臨安王唐佐傳,今失之。世所傳二卷,田藝衡序者,繆也。《四朝詩集》云:淑真,海寧人,文公姪女。《玉瀾堂集》,朱槹,字逢年,文公叔父。少負才,不得志,晚年節愈厲而詩益高,因夢名堂曰「玉瀾」,尤延之爲序。

斷腸吟

朱淑真,錢塘人也。幼警慧,早失父母,適夫村陋。淑真抑抑不得志,自傷非偶,作詩多憂怨之音。宛陵魏端輯其所遺詩詞,名之曰《斷腸集》。

我欲留春春不住,我欲送春春不去。可知不忍覷春光,爲覷春光易斷腸。楊柳絲絲繫恨,梨花片片銷魂。掩重門,怕黄昏。冷流蘇,濕淚痕。夜雨零鈴聲聲滴,愁人兩耳聽不得。曉風苔砌滿落紅,斷腸百結啼鵑血。

清吴焯,見《南宋雜事詩》卷二

半亭荷氣惱人香,戀戀西湖只自傷。魏子編詩王立傳,《斷腸集》裏斷人腸。《四朝詩集》:朱

清楊淮《古豔樂府》

淑真，海寧人，文公姪女。據《遊覽志》，又爲錢唐人。父母無識，嫁市井民家，抱恚而死。臨安王唐佐爲立傳，宛陵魏端禮輯其詩詞曰《斷腸集》。「半亭明月色，荷氣惱人香」，淑真《遊湖》句也。

清陳若蓮《西湖雜詠》

拋卷

朱淑真，浙人，才色清麗罕比。所偶非倫，賦《斷腸詩》十卷以自悼。臨安王唐佐爲傳，述其始末。淑真有《傷春》詩云「閣淚拋書卷」云云，其怨抑之態可見矣。

賦命終如造物何，悶拋緗卷蹙雙蛾。世間但有生華筆，嘉耦常稀怨耦多。

清邵驎《歷代名媛雜詠》

詠朱淑真

蘭閨擅清才，秀慧由夙賦。拈韻成妙辭，倚聲傳麗句。白璧苟無疵，彤管足流譽。奈何柳梢月，化作桑間露。極目送春歸，猶托隨風絮。難繫是春情，劇惜爲情誤。

清周日灝《女史百詠》

百美新詠·朱淑貞

良宵人去掩蓬門,照眼燈花總斷魂。寂寞寒窗眠不得,柳梢挂月自黃昏。

顏希源《百美新詠圖傳》

朱淑真

密約黃昏試晚妝,已拚身付野鴛鴦。身名不愛詩名愛,集得新編號《斷腸》。

靳光宸,見《百美新詠圖傳》

題朱淑真《斷腸詞》

幽棲一卷《斷腸詞》,家世文公擅淑姿。誰把廬陵真本誤,柳梢月上約人時。

清潘際雲《清芬堂集》卷四

寶康巷懷朱淑真

朱淑真,錢塘下里人,世居桃村。工為詩。嫁為市井民妻,不得志沒。宛陵魏仲恭端

西湖詠魏夫人

清 陳文述《西泠閨詠》卷七

禮輯其集，名曰《斷腸》，錢塘鄭元佐加注。有臨安王唐佐傳，今失之。《四朝詩集》云海寧人，文公姪女也。《西湖遊覽志》云：寶康巷，元時詩婦朱淑真居此。

小巷紅低近夕陽，舊家蘿屋問斜廊。簪花錦上機絲冷，《漱玉詞》邊茗椀涼。楊柳夜煙魂待月，醽醁春夢影留香。才人誤嫁真淒絕，不解吟詩亦斷腸。

與淑真同時，有魏夫人者，曾子宣內子也，亦能詩。淑真醉中援筆賦五絕句云：「管弦催上錦裀時，體態輕盈祇欲飛。若使明皇當日見，阿蠻無計誤楊妃。」又云：「香袂穩襯半鉤月，往來淩波雲影滅。絃催拍緊促將遍，兩袖翻然作迴雪。」又云：「柳腰不被春拘管，鳳轉鸞回霞袖緩。舞徹《伊州》力不禁，筵前撲簌花飛滿。」又云：「占斷京華第一春，清歌妙舞實超群。只愁到曉人星散，化作巫山一段雲。」又云：「燭花影裏粉姿閒，一點愁侵兩點山。不怕帶他飛燕妒，無言逐拍省弓彎。」不惟詞旨豔麗，而舞態之妙，亦可想見也。見《西湖志餘》。

彩雲仙隊舞霓裳，翥鳳翔鸞各擅場。婀娜柳腰宮袖緩，玲瓏花態羽衣香。祇應南岳同攜

題朱淑貞《斷腸集》

白蠹成灰吊玉臺,輕寒微雨怨花開。錢塘山水真清麗,五百年中有此才。

深情如此合傷春,閣淚拋詩酒盞親。飛絮滿城鶯滿樹,斷腸時節斷腸人。

輕風薰薰雨絲絲,真是人間絕妙詞。我欲將花呼小影,酴醿春夢海棠詩。

新詞歐九擅風流,花市春燈照月遊。卻有怨情無蕩思,莫教更唱柳梢頭。

錦字迴文事有無,簪花妙筆未模糊。聰明也有蘇娘意,手寫璇璣一幅圖。

清陳文述《頤道堂詩外集》卷七

題查伯葵撰《李易安論》後(其二)

宛陵新序寫烏絲,微雨輕寒本事詩。一樣沉冤誰解雪,《斷腸集》裏上元詞。「去年元夜」一詞本歐公作,後人誤編入《斷腸集》,遂疑淑真為佚女,與此正同,亦不可不辨也。

同前

手,莫向西泠更斷腸。飛雪新詞援筆就,一尊催上月華涼。

同前

蕊生長姒《百美詩》於李易安、朱淑貞尚沿舊說詩以辨之(其二)

手編一卷斷腸吟,彩鳳隨鴉恨太深。怪殺廬陵好詞筆,誤人傳誦到如今。

清史靜,見《國朝閨秀正始續集》卷十

論詞絕句二十首(其十六)

說盡無憀六一詞,黃昏月上是何時。《斷腸集》裏誰編入,也動人間萬種疑。

清宋翔鳳《洞簫樓詩紀》卷三

題李清照《漱玉集》、朱淑真《斷腸集》

《雲麓漫抄》載清照投綦處厚啓,語甚不經。幾令後人疑清照晚節不終,後見陳雲伯《頤道堂集》有《題查伯葵〈易安論〉後》云:「談孃善訴語何誣,卓女琴心事本無。賴有琵琶查十八,清商一曲慰羅敷。」又楊升庵《詞品》載淑真《生查子》一闋有「月上柳梢頭,人約黃昏後」之句,遂令後人疑淑真為佚女,不知此詞是歐公所作,見《廬陵集》。後見潘人龍《清

芬堂集》有題句云:「幽樓一卷《斷腸詞》,家世文公擅淑姿。誰把廬陵真本誤,柳梢月上約人時。」前謗皆爲一雪。因閱二家詞,爲並志之。

金石摩挲笑語親,歸來堂上絶纖塵。秋深一曲《聲聲慢》,不見當年鬭茗人。

人間鴉鳳本非倫,閣淚抛書怨句新。寬盡帶圍愁不解,一生刻意爲傷春。「閣淚抛書卷」「帶圍寬褪小腰身」,皆淑真傷春句也。

「桑榆暮景」投綦啓,「人約黃昏」元夜詞。似此沉冤難盡雪,生才不幸是蛾眉。

清方熊《繡屏風館詩集》卷六

南宋宮閨雜詠一百首(其六十五)

吹花弄粉慣傷春,冰雪聰明迥絶塵。不用斷腸嗟薄命,賞音曾有魏夫人。朱淑真《斷腸集・傷春》詩:「吹花弄粉新來懶,惹恨供愁近日添。」《西湖遊覽志餘》:「與淑真同時有魏夫人,亦能詩。嘗置酒邀淑真,命小鬟隊舞。因索詩,以『飛雪滿群山』爲韻。」

清趙棻《濾月軒集・詩續集》卷下

寶康巷訪朱淑真故居

春夢醺醲小影殘,斷腸容易返魂難。看花曲榭朱闌朽,墮淚閒庭碧蘚寒。豈向柳梢窺素

月，可憐霜裏隕芳蘭。風鬟憔悴吳江冷，一樣傷心李易安。

清汪端《自然好學齋詩鈔》卷四

書朱淑真詞後

情長情短總無情，怨曲紅牙按不成。未必玉顏皆薄命，生來只悔太聰明。

清蔡邦甸《晚香亭詩鈔》

西江作論古五首(其二)

歐陽集裏《生查子》，辯定幽閨朱淑真。更憶桑榆配駔儈，多應屈煞女才人。長洲吳氏力辯李易安改嫁之誣。

清王文瑋《志隱齋詩鈔》卷三

論詞絕句一百首(其九十七)

幽棲居士惜芳時，人約黃昏更莫疑。未必《斷腸》《漱玉》似，送春風雨總憐伊。

清譚瑩《樂志堂詩集》卷六

訪朱淑真墓不得湖上遇雨悵然感懷遂弔以詩仍用人字韻

楊柳猶思朱淑真,臨風對月總含顰。紅顏枉說能傾國,青塚依然誤託身。斜日樓臺空夕照,斷腸詩句太傷神。黃昏此日瀟瀟雨,想見當年淚眼人。

清李光炘《龍川先生詩鈔》

鳳凰臺上憶吹簫 寶康巷訪朱淑真故居

元代詞人,武林詩婦,此間曾辟香階。五百年塵劫,舊迹煙埋。笑我癡心卜宅,余曾卜居此巷。尋故址、踏遍蒿萊。今安在,琉璃匣硯,翡翠鈿釵。 疑猜。《生查》一曲,儈夫不知音,派作春懷。是紅閨采伴,約踏燈街。莫以蛇杯弓影,生扭做、巫峽陽臺。千秋後,文人特筆,雪洗清才。

清王景彝,見《武林坊巷志》卷二十一引《鐵花吟社詩存》

附錄　題詠

五七三

題林下詞（其二）

柳梢月上約人時，黶思空教放誕疑。留得宛陵《斷腸集》，漫嗟彩鳳逐鴉嬉。

清汪芑《茶磨山人詩鈔》卷四

評論

女子誦書屬文者，史稱東漢曹大家氏。近代易安、淑真之流，宣徽詞翰，一詩一簡，類有動於人，然出於小聰狹慧，拘於氣習之陋，而未適乎情性之正。比大家氏之才之行足以師表六宮一時文學而光父兄者，不得並議矣。

元楊維禎《東維子集》卷七《曹氏雪齋弦歌集序》

女人詠史：宋朱淑真，錢塘民家女也。能詩詞，偶非其類，而悒悒不得志，往往形諸語言文字間。所著有《斷腸詩》有詩云：「鷗鷺鴛鴦作一池，誰知羽翼不相宜。東君不與花為主，何事休生連理枝。」後村劉克莊嘗選其詩，若「竹搖清影罩紗窗，兩兩時禽噪夕陽，謝却海棠十卷傳於世，王唐佐為之傳。

飛盡絮，困人天氣日初長」之句，爲世膾炙。嘗賦《詠史》詩云：「筆頭去取萬千端，後世從他恣意瞞。王伯謾分心與迹，到成功處一般難。」非婦人可造。當時趙明誠妻李氏號易安居士，詩詞尤獨步，縉紳咸推重之。其「綠肥紅瘦」之詞及「人與黃花俱瘦」之語傳播古今，又「寵柳嬌花」爲詞話所賞識。晦庵朱子云：「今時婦人能文，只有李易安與魏夫人。」李有《詠史》詩云：「兩漢本繼紹，新室如贅疣。所以嵇中散，至死薄殷周。」中散非湯武得國，引之以比王莽，如此等語，豈女子所能！以是方之，淑真似不及也。然易安晚年失節汝舟，而爲其所薄，至與綦處厚手劄言「猥以桑榆之晚景，配兹駔儈之下才」，而淑真怨形流蕩，至云「欲將一舟傷心淚，寄與南樓薄倖人」。雖有才致，全德寡矣。

明徐伯齡《蟫精雋》卷十四

聞之前輩，朱淑真才色冠一時，然所適非偶，故形之篇章，往往多怨恨之句，世因題其藁曰《斷腸集》。大抵佳人命薄，自古而然，斷腸獨斯人哉？古婦人之能詞章者，如李易安、孫夫人輩，皆有集行世。淑真繼其後，所謂代不乏賢。其詞曲頗多，予精選之得四五首。詠雪《念奴嬌》云「斜倚東風渾慢慢，頃刻也須盈尺」，已盡雪之態度，繼云「擔閣梁吟，寂寥楚舞，空有獅兒嬌」，復道盡雪事，又覺醞藉也。詠梅云「濕雲不渡溪橋冷。嫩寒初破霜風影。溪下水聲長。一枝和月香」，別闋云「拂拂風前度暗香，月色侵花冷」，梨花云「粉淚共、宿雨闌珊，清夢與、寒雲寂寞」，凡皆清楚流麗，有才士所不到而彼顧優然道之。是安可易其爲婦人語也！

明陳霆《渚山堂詞話》卷二

孟淑卿,姑蘇人,訓導澄之女。有才辨,工詩。自以配不得志,號曰荆山居士。嘗論宋朱淑貞詩曰:「作詩須脫胎化質,僧詩無香火氣乃佳,女子鉛粉亦然。朱生故有俗病,李易安可與語耳。」爲士林所稱。

明徐禎卿《異林》

自漢以下女子能詩文者,若唐山夫人、曹大家,立言垂訓,詞古學正,不可尚已。蔡文姬、李易安失節可議。薛濤倚門之流,又無足言。朱淑貞者,傷於悲怨,亦非良婦。竇滔之妻,亦篤於情者耳。此外不多見矣。

明董穀《碧里雜存》卷上

易安名清照,尚書李格非之女,適宰相趙挺之子明誠。嘗集《金石錄》千卷,比諸六一所集更倍之矣。所著有《漱玉集》,朱晦庵亦亟稱之。後改適人,頗不得意,此詞「物是人非事事休」正詠其事。水東葉文莊謂「李公不幸而有此女,趙公不幸而有此婦」。詞固不足錄也,結句稍可誦,朱淑真「可憐禁載許多愁」祖之,豈良輩相傳心法耶?

明張綖《草堂詩餘別錄》

朱淑真元夕《生查子》云:「去年元夜時,花市燈如畫。月上柳梢頭,人約黃昏後。不見去年人,淚濕春衫袖。」詞則佳矣,豈良人家婦所宜邪?又其《元夕》詩云:「火樹銀花觸目紅。極天歌吹暖春風。新歡入手愁忙裏,舊事經心憶夢中。但願暫

成人繾綣，不妨長任月朦朧。賞燈那得工夫醉，未必明年此會同。」與其詞意相合，則其行可知矣。

明田汝成《西湖遊覽志》卷十三《衙巷河橋》

大瓦巷北通保康巷，元時詩婦朱淑真居此。

明楊慎《詞品》卷二

朱淑真者，錢唐人。幼警慧，善讀書，工詩，風流蘊藉。早年父母無識，嫁市井民家。其夫村惡，遽除戚施，種種可厭。淑真抑鬱不得志，作詩多憂愁怨恨之思，時牽情於才子，竟無知音，悒悒抱恚而死。父母復以佛法并其平生著作茶毗之。今所傳者，不過百中之一耳。臨安王唐佐為之立傳，宛陵魏端禮為之輯其詩詞，名曰《斷腸集》。其詩云：「靜看飛蠅觸曉窗，宿醒未醒倦梳妝。強調朱粉西樓上，愁裏春山畫不長。」又云：「門前春水碧於天，坐上詩人逸似仙。彩鳳一雙雲外落，吹簫歸去又無緣。」又題《圓子》云：「輕圓絕勝雞頭肉，滑膩偏宜蟹眼湯。縱有風流無處說，已輸湯餅試何郎。」蓋謂其夫之不才，匹配非偶也。張行中題其詩集云：「女子風流節義虧，文章驚世亦何如。蘋蘩時序寧無預，詩酒情懷却有餘。愁對鶯花春苑寂，苦吟風月夜窗虛。丈夫莫羨多才思，宋女不聞曾讀書。」

淑真詩詞多柔媚，獨《清晝》一絕、《送春》一詞頗疏俊可喜。詩云：「竹搖清影罩幽窗，兩兩

時禽噪夕陽。謝却海棠飛盡絮,困人天氣日初長。」詞云:「樓外垂楊千萬縷。欲繫青春,少住春還去。猶自風前飄柳絮。隨春且看歸何處。　滿目山川聞杜宇。便做無情,莫也愁人意。把酒送春春不語。黃昏却下瀟瀟雨。」

「與淑真同時,有魏夫人者,亦能詩。嘗置酒以邀淑真,命小鬟隊舞,因索詩,以『飛雪滿群山』為韻。淑真醉中援筆賦五絕云:『管絃催上錦裀時,體態輕盈衹欲飛。若使明皇當日見,阿蠻無計怳楊妃。』又云:『香茵穩襯半鉤月,往來凌波雲影滅。絃催緊拍促將遍,兩袖翻然作回雪。』又云:『柳腰不被春拘管,鳳轉鸞回霞袖緩。舞徹《伊州》力不禁,筵前撲歛花飛滿。』又云:『占斷京華第一春,清歌妙舞實超群。只愁到曉人星散,化作巫山一段雲。』不惟詞旨豔麗,而舞態之妙,裏粉姿閒,一點愁侵兩點山。不怕帶他飛燕妒,無言逐拍省弓彎。』

明田汝成《西湖遊覽志餘》卷十六《香奩豔語》

李清照《如夢令》(昨夜雨疏風驟)詞:「寫出婦人聲口,可與朱淑真並擅詞華。

明李攀龍,見《草堂詩餘雋》卷二

按:《草堂詩餘雋》李攀龍評語多出於偽托,今錄存以供參考。

朱淑真，錢塘人。幼警慧，工詩書，風流蘊藉。蚤歲不幸，父母不能擇伉儷，乃嫁為市井民家妻。其夫村惡，蓬除戚施，種種可厭。淑真抑鬱不得志，作詩多憂怨之思，以寫其不平之憤。時牽情於才子，竟無知音，悒悒抱恚而死。父母復以佛法并其生平著作茶毗之，今所傳者，不過十一耳。臨安王唐佐立傳。宛陵魏端禮輯之，名曰《斷腸集》，敘曰「清新婉麗，蓄思含情，能道人意中事」云。

明田藝蘅《詩女史》卷十

朱淑真，錢塘之下里人也，世居桃村。俗尚侈大，其父惟事敦朴，素不罹都市之慘。淑真賦性幽閒，天資穎悟，幼治女紅，暇時即取詩書習焉。及笄，文義通曉，舉筆如注，風流蘊藉，表表人寰。時流莫不嘖嘖稱羨。不幸父母不能擇伉儷，乃嫁為市井民家妻。其夫村惡，蓬篨戚施，種種可厭。淑真遂落落寡合，寄居尼庵，日勤再生之說。時亦牽情於才子，恨無知音然，終抑鬱不得志，悒悒抱恚而死。父母復以佛法并其平生著作茶毗之。宛陵魏端禮不忍置之無聞，廣輯其所傳，不過十一，以其作詩多憂怨之思，抒寫胸中不平之憤，題名曰《斷腸集》。亦可謂淑真知己矣。臨安王唐佐立傳，今廢。余素閱淑真之詩筆，不能盡紀其妙，要知所作諸篇，清新婉麗，蓄思含情，能道人意中事云。邑人田藝蘅撰。

明田藝蘅《紀略》，見二卷本《斷腸全集》

按：《四庫全書總目》卷一百七十四《斷腸集》提要云：「前有田藝蘅《紀略》一篇，詞頗鄙俚，似出依托。至謂淑真『寄居尼庵，日勤再生之說，時亦牽情於才子』，尤爲誕語。」所指即此篇，今錄存以供參考。

李清照《如夢令》(昨夜雨疏風驟)詞：李易安詞華可與朱淑真埒。

明李廷機，見《新刻注釋草堂詩餘評林》卷三

按：《草堂詩餘評林》李廷機評語多出於僞托，今錄存以供參考。

淑真姓朱，浙人也。文章幽態，才色清麗，實閨門之罕。因匹偶之非，勿遂素志，嘗賦斷腸哀怨之詩以自解鬱鬱不樂之恨。臨安王唐佐爲傳以述其始末。吳中士大夫集其詩二百餘篇，宛陵魏仲恭爲之序。予摘其尤者，得數十首，以著之於編。

七言如楊仲猷：「雲生萬壑投龍去，月滿千山放鶴歸。」李昉：「一院有花春晝永，八方無事詔書稀。」錢惟演：「日上廢陵煙漠漠，春歸空苑水潺潺。」鄭獬：「水光翠繞九重殿，花氣濃熏萬壽杯。」宋祁：「草色引開盤馬地，簫聲催暖賣餳天。」丁謂：「鸞鷟鳳輦穿花過，魚畏龍顏上釣

明酈琥《彤管遺編》卷十一

遲。」歐陽修：「道左旌旗諸將列，馬前弓劍六番迎。」王安石：「淮岑日對朱欄出，江岫雲齊碧瓦浮。」王安國：「朝日衣冠辭魏闕，春風旗鼓過秦淮。」梅堯臣：「吳娃結束迎新守，府吏趨蹌拜上官。」蘇軾：「分光御燭星辰爛，拜賜宮壺雨露香。」王安石：「淮岑日對朱欄出，江岫雲齊碧瓦浮。」

張耒：「幽花避日房房斂，翠樹含風葉葉涼。」王安禮：「照海旌幢秋色裏，激天鼓吹月明中。」

萬里：「四川全國牙旗底，萬里長江羽扇中。」姜光彥：「陪祠已冠三公位，分陝猶爲百辟師。」楊

游：「小聚數家秋靄裏，平坡千頃夕陽西。」范至能：「燭天燈火三更市，搖月旌旗萬里舟。」呂居

仁：「江回夜雨千崖黑，霜着高林萬葉紅。」趙汝愚：「江月不隨流水去，天風常送海濤來。」朱淑

真：「水光激浪高翻雪，風力吹沙遠漲煙。」皆七言近唐句者，此外不多得也。

明胡應麟《詩藪·外編》卷五

田氏《香奩豔語志餘》，淫風也，便欲刪之矣。頃觀《女史》，乃知蘇小小南齋詩目，商玲瓏元白晝郵，蒨桃之事萊公，洪妓之從舟客，琴操、朝雲之依端明，瑤池金界，並有名籍。而周韶、胡楚、龍靚、小娟者，皆薛校書、魚玄機之儔。倘定其情，何慚班管，綴之花上，爰比露桃。人有言「朱淑貞那復不如一妓」語，以彼自有茶毗不盡斷腸詩，故當不同此曹嫵媚。

明虞淳熙，見《萬曆錢塘縣志·外紀·紀談》

朱淑真，武林人，負詩名。然閱其《斷腸詩集》多陳氣，唯七言絕句如《春日雜書》云「春來春去幾經過，不似今年恨最多。寂寂海棠枝上月，照人清夜欲如何」，《中秋聞笛》云「誰家橫笛弄

凄清,喚起離人枕上情。自是斷腸聽不得,非干吹出斷腸聲」,才情亦不凡。

明姚旅《露書》卷四

淑真,浙中海寧人,文公姪女也。文章幽豔,才色娟麗,閨閣所罕見者。因匹偶非倫,弗遂素志,賦《斷腸集》十卷以自解。臨安王唐佐爲傳以述其始末。吳中士大夫集其詩二百餘篇,宛陵魏仲恭爲之序。

《詩詞雜俎》本《斷腸詞》卷首《紀略》

「月上柳梢頭,人約黃昏後」,朱淑真《元夕》詞也。有云:「詞則佳矣,豈良人婦所宜爲邪?」

清沈雄《古今詞話·詞品》卷下《句法》

「嬌癡不怕人猜,和衣倒在人懷」,朱希真句。

同前

朱淑真曾爲《阿那曲》云:「夢迴酒醒春愁怯。寶鴨煙銷香未歇。薄衾無奈五更寒,杜鵑叫落西樓月。」時有作《西樓月》調者。宋人有《雙調鷄叫子》。

清沈雄《古今詞話·詞辨》卷上《阿那曲(鷄叫子)》

朱淑真賦元夕《生查子》有云:「月到柳梢頭,人約黃昏後。」《詞品》曰:「詞則佳矣。豈良人婦所宜道耶?但其《元夕》詩『但願暫成人繾綣,不妨長任月朦朧』,與詞相合,其行可知。」

清沈雄《古今詞話·詞辨》卷上《生查子(懶卸頭)》

《女紅志餘》曰：錢塘朱淑真自以所適非偶，詞多幽怨。每到春時，下幃趺坐。人詢之，則云：「我不忍見春光也。」宛陵魏端禮爲輯其詞曰《斷腸集》。

清沈雄《古今詞話·詞評》卷上

朱淑真，錢塘人，宛陵魏端禮輯其詩，名曰《斷腸集》。按朱自書所作蘇若蘭《璇璣圖記》名作淑貞，號幽棲居士，紹定間人。《玉鏡陽秋》云：「唐宋以還閨媛篇什流傳之多，無過淑真者。然筆墨狼藉，苦不易讀，枳棘不芟，菁華且翳，世本濫收，亦奚以爲也？」故僕於唐宋以還閨媛詩刪錄之嚴，亦無過淑真者。詞自宋人語，即不盡工者，亦多可存。

清王士祿《宮閨氏籍藝文考略》

辛亥冬，於京師見宋朱女郎淑貞手書《璿璣圖》一卷，字法妍嫵。有記云：「若蘭名蕙，姓蘇氏。……」予向見《斷腸集》，不載此文。紹定三年春二月望後三日，錢唐幽棲居士朱氏淑貞書。」首有「璿璣變幻」四小篆，後有小朱印。諸家撰閨秀詩筆者，皆未之載。宋桑世昌澤卿、明雲間張玄超之象撰《回文類聚》，亦未收此。家考功兄輯《然脂集》三百餘卷，多徵奧僻，因錄一通歸之。後有仇英實父補圖四幅，亦極妙。按張萱、周昉、李伯時輩皆有《織錦回文圖》，英此圖殆有所本也。

清王士禎《池北偶談》卷十五

嘗讀耶律文正詩「花落餘香著莫人」，蓋本朱淑真詞「無奈春寒著摸人」語。適讀宋彭器

《居易錄》

宗柟案：「著莫」等字，宋元人詩中未易縷舉，就愚所憶及者，如孔平仲《懷蓬萊閣》云：「深林鳥語留連客，野徑花香著莫人。」《飲夢錫官舍出文君西子小小畫真》云：「一樽美酒留連客，千載香魂著莫人。」味此二聯，則其義亦曉然矣。孔與彭鄱陽亦同是元祐、紹聖間人也。

資汝礪《鄱陽集》有《湖湘道中見梅花》絕句云：「滴葉開花妙入神，酥盤憶看北堂春。瀟湘此日堪腸斷，隨處幽香著莫人。」乃前此矣。唐人唯元白集中多用此等字，未暇考《長慶集》也。

清王士禎《帶經堂詩話》卷十五

順治辛卯，有雲間客扶乩於片石居，有士以休咎問，乩書曰：「非余所知。」士問：「仙來何處？」書曰：「兒家原住古錢唐，曾有詩編號《斷腸》。」士問：「仙爲何氏？」書曰：「猶傳小字在詞場。」士不知《斷腸集》誰氏作也，見曰「兒家」，意其女郎也，曰：「仙得非蘇小小乎？」書曰：「漫把若蘭方淑女。」士曰：「然則李易安乎？」書曰：「須知清照異真娘。朱顏說與任君詳。」士方悟爲朱淑真。故隨問隨答，即成《浣溪紗》一闋。隨復拜祝，再求珠玉。乩又書曰：「轉眼已無桃李。」又見荼蘼綻蕊。偶爾話三生，不覺日移階晷。去矣。去矣。歎息春光似水。」乩遂不動。或疑客之所爲，知之者謂客止知扶乩，非知文者。

錢塘朱淑真所從非偶，詩多嗟怨，名《斷腸集》。嘗元夜賦《生查子》詞云：「去年元夜時，花

清陸次雲《湖壖雜紀·片石居》

市燈如畫。月上柳梢頭，人約黃昏後。今年元夜時，月與燈依舊。不見去年人，淚濕春衫袖。」楊升庵《詞品》云：「詞則佳矣，豈良人婦所宜邪？」

清徐釚《詞苑叢談》卷三

杜詩「江間波浪兼天湧，塞上風雲接地陰」，宋朱淑真云「水光激浪高翻雪，風力吹沙遠漲煙」，其峭拔驚奇，亦堪步趨少陵矣。

清仇兆鰲《杜詩詳注・補注》卷下

朱淑真：淑真，號幽棲居士，錢塘人。世居桃村，工詩。嫁為市井民妻，不得志歿。宛陵魏仲恭輯其詩，名曰《斷腸集》。

清厲鶚《宋詩紀事》卷八十七

按：淑真實錢塘人，以為海寧者謬。宋海寧為鹽官縣，而海寧則休寧縣也。文公姪女之說，尤屬荒誕不經。高儒《百川書志》與此小異，《志》謂《斷腸集》十卷、《後集》八卷，而諸家皆不云有《後集》八卷。然此集已有二百餘首矣。兔牀記。

清吳騫，書「汲古閣所刻《斷腸詞》」《紀略》後，見藝芸書舍抄本《新注朱淑真斷腸詩集》

朱淑真，浙人，才色清麗，罕有比者。所偶非倫，賦《斷腸詩》十卷以自解。臨安王唐佐為傳，述其始未。吳中士夫集其詩二百餘篇，宛陵魏仲恭為之序。○詩有雅致，出筆明暢而少深思，由其怨懷多觸，遣語容易也。然以閨閣中人能耽筆硯，著作成帙，比諸買珠覓翠徒好眉嫵

者，不其賢哉？所作刪餘，尚存三十餘首，可謂富矣。

清陸昶《歷朝名媛詩詞》卷八

朱淑真，見前，有《斷腸集詞》。○淑真詩好，詞不如詩。愛其「黃昏却下瀟瀟雨」句，又詞好於詩也。惜其《生查子》「月上柳梢」語作人話柄，不足取耳。

同前，卷十一

朱淑真詞「無奈春寒著摸人」，「著摸」二字，孔平仲、彭汝礪詩皆用之。

清吳衡照《蓮子居詞話》卷四

《漱玉》《斷腸》二詞，獨有千古，而一以「桑榆晚景」一書致誚，一以「柳梢月上」一詞貽譏。其實改嫁本非聖賢所禁，《生查子》一後人力辨易安無此事，淑真無此詞，此不過爲才人開脫。關亦未見定是淫奔之詞。此與歐公「簌錢」一事，今古曉曉辨論，殊可不必。不若竹垞翁之直截痛快曰：「吾寧不食兩廡豚，不刪《風懷二百韻》也！」

清梁紹壬《兩般秋雨盦隨筆》卷三

次雲出所藏元人李易安小像索題，余爲賦二絕句云：「漱玉聲疑響珮環，春殘幽恨苦相關。傷心柳絮泉頭水，種出蘼蕪綠遍山。」「月上新詞最斷腸，纏綿兒女意堪傷。不應易安有《春殘》詩，人比黃花瘦，却道全無晚節香。」嘗謂朱淑真菊花詩「寧可抱香枝上老，不隨黃葉舞秋風」實鄭所南自題畫菊「寧可枝頭抱香死，何曾吹落北風中」二語所本，志節皦然，即此可見。《斷腸》一集，

特以兒女纏綿,寫其幽怨。「月上柳梢」詞見歐陽公集,明人選本嫁名淑真,致蒙不潔之名,亟應昭雪。易安何等女子,況未亡時年已垂暮,汝舟之適,亦恐近誣。

清沈濤《瑟榭叢談》卷下

德州盧雅雨鹺使見曾作《金石錄序》,力辨李易安再適之誣。謂:「德父歿時,易安年四十六矣,又六年,始爲是書作跋,是時年已五十有二。匪夏姬之三少,等季隗之就木。以如是之年而猶嫁,嫁而猶望其才地之美,和好之情亦如德父昔日,至大失所望而後悔之,又不肯飲恨自悼,輒諜諜然形諸簡牘。此常人所不肯爲,而謂易安之明達爲之乎?觀其洊經喪亂,猶復愛惜巋然者,如《四朝聞見錄》之於朱子,《東軒筆錄》之於歐陽公,比比皆是。」又謂:「『去年元夜』一二不全卷軸,如護頭目,如見故人,其惓惓德父不忘若是,安有一旦忍相背負之理?此子興氏所謂好事者爲之,或造謗如《碧雲騢》之類,其又可信乎?」陳雲伯大令亦云:「宋人小說往往污衊賢者,如《四朝聞見錄》之於朱子,《東軒筆錄》之於歐陽公,比比皆是。」
「去年元夜」詞非朱淑真作,信矣。李易安再適趙汝舟事,詳趙彥衛《雲麓漫鈔》,諸家皆沿其說。盧氏獨力爲辨雪,其意良厚,特錄之,以俟論世者取裁焉。

清陸以湉《冷廬雜識》卷四

朱淑真以《生查子》一詞,傳者疑其失德。然《池北偶談》曰:「是詞見《歐陽文忠公集》一百三十一卷。」然則非朱氏之作明矣。淑真又有《采桑子》,皆集唐宋女郎詩句,見《花草粹編》,此尤集

句之雅談歟?按:淑真所集,校以四十四字體,上下兩結句後皆多一五字句,凡五十四字。考之諸家譜律,俱不載《采桑子》有此體,且「黃」來」同押,尤爲可疑,當博詢知者。而《湖壖雜記》載一事,頗屬異聞,今錄之:「順治辛卯,有雲間客扶乩於片石居,有女仙降,或問『仙來何處?』書曰:『兒家原住在錢唐,曾有詩編號《斷腸》。』問『仙爲何氏?』書曰:『猶傳小字在詞場。』或不知《斷腸集》誰氏作也,乃又問曰:『得非蘇小小乎?』書曰:『漫把若蘭方淑女。』或曰:『然則李易安乎?』書曰:『須知清照異真娘。朱顏說與任君詳。』或方悟爲朱淑真。故隨問隨答,即成《浣溪紗》一闋。隨復拜祝,再求珠玉。乩又書曰:『轉眼已無桃李。偶爾話三生,不覺日移階嶜。去矣。去矣。歎惜春光似水。』乩遂不動。或疑客之所爲,然客非知文者。」此與蘇小小降乩和馬浩瀾詩相似,浩瀾事見《本事詩》。鮑墳鬼唱,又何止一曲《黃金縷》也,豈其精靈固有以自永者哉?更按:淑真,諸書俱云號幽棲居士,錢塘人,世居桃村,而《詞林紀事》引《四朝詩集》以爲海寧人,文公姪女,未審孰是。

清謝章鋌《賭棋山莊詞話》卷十二

吾家舊藏元刊朱淑真《斷腸集》,爲道古樓故物,吳縣黃蕘圃主政有跋。道光丙午,先君與孫次公、于辛伯、李壬叔諸先生作消寒會,嘗以此命題。于詩仿樊榭論詞體,極工,詩云:「愁絕黃昏月上時,文人詞誤女郎詞。任伊銜却千秋恨,我怪小長蘆釣師。」蓋淑真《元夜·生查子》詞實六一居士作,後人誤編爲朱詞,遂妄議其不貞。竹垞《詞綜》亦未能更正。得此詩,可以雪其冤矣。先大父《青芝塢吊朱淑真墓·金縷曲》詞亦本此意,末四句云:「『人約黃昏』歐九語,到

如今、好事猶妝點。楊柳月,總能辨。」

又海寧朱淑貞,乃文公族姪女,有《斷腸詞》,亦清婉作。傳乃因誤入歐陽永叔《生查子》一首「月上柳梢頭,人約黃昏後」云云,遂誣以桑濮之行,指爲白璧微瑕。此詞今尚見六一集中,奈何以冤淑真。宋兩女才人著作所傳,乃均造謗以誣之,遂爲千載口食。而心地歆斜者,則不信辨白之據,喜聞污衊之言,尤不知是何心肝矣。

清蔣學堅《懷亭詩話》卷一

陳雲伯辨小説之非:陳雲伯大令云:「宋人小説往往污衊賢者,如《四朝聞見録》之於朱子,《東軒筆録》之於歐陽公,比比皆是。」又謂:「『去年元夜』一詞本歐陽公作,後人誤編入《斷腸集》,遂疑朱淑真爲洪女,皆不可不辨。」案:「去年元夜」一詞,當是永叔少年筆墨。漁洋辨之於前,雲伯辨之於後,俱有挽扶風教之心。余謂古人托興言情,無端寄慨,非必實有其事。此詞即爲朱淑真作,亦不見是洪女,辨不辨皆可也。

清胡薇元《歲寒居詞話》

朱淑真不亞於易安⋯⋯朱淑真詞風致之佳,情詞之妙,真不亞於李易安。宋婦人能詩詞者不少,易安爲冠,次則朱淑真,次則魏夫人也。

清陳廷焯《詞壇叢話》同前

朱淑真詞，才力不逮易安，然規模唐五代，不失分寸。如「年年玉鏡臺」及「春已半」等篇，殊不讓和凝、李珣輩。惟骨韻不高，可稱小品。

清陳廷焯《白雨齋詞話》卷二

徐湘蘋工詞。國朝閨秀工詞者，自以徐湘蘋爲第一。李紉蘭、吳蘋香等相去甚遠。湘蘋工爲詞者，前則李易安，後則徐湘蘋。明末葉小鸞，較勝於朱淑真，可爲李、徐之亞。

同前，卷五

《踏莎行》云：「碧雲猶疊舊河山，月痕休到深深處。」既超逸，又和雅，筆意在五代北宋之間。閨秀工爲詞者，前則李易安，後則徐湘蘋。

香山《長相思》：香山《長相思》云：「暮雨瀟瀟郎不歸，空房獨守時。」香山此詞絕佳，惟上半闋詞近鄙褻。絕不費力，自然淒警。若「黃昏卻下瀟瀟雨」朱淑真詞。便見痕跡。

同前，卷五

魏夫人去易安尚遠：宋閨秀詞，自以易安爲冠。朱子以魏夫人與之並稱。魏夫人祇堪出朱淑真之右，去易安尚遠。

同前，卷六

宋婦人能詞者，自以易安爲冠。淑真才力稍遜，然規模唐五代，不失分寸，轉爲詞中正聲。

清陳廷焯《詞則·大雅集》卷四

歐陽永叔《生查子·元夕》詞，誤入朱淑真集。升庵引之，謂非良家婦所宜。《欽定四庫全書提要》辨之詳矣。魏端禮《斷腸集序》云：「蚤歲父母失審，嫁爲市井民妻，一生抑鬱不得志。」升庵之說，實原於此。今據集中詩余藏《斷腸集》，鮑淥飲手校本，巴陵方氏碧琳瑯館景元鈔本。又從《宋元百家詩》《後村千家詩》《名媛詩歸》暨各撰本輯補遺一卷。及它書考之。淑真自號幽棲居士，錢塘人。《四庫提要》，或曰海寧人，文公姪女。《古今女史》。居寶康巷，《西湖遊覽志》：在湧金門內，如意橋北。或曰錢塘下里人，世居桃村。《全浙詩話》。幼警慧，善讀書。《遊覽志》。文章幽黷，《女史》。工繪事，《杜東原集》有朱淑真《梅竹圖》題跋。《沈石田集》有《題淑真畫竹》詩。曉音律。本詩《答求譜》云：「春醞醹處多傷感，那得心情事管弦。」父官浙西。紹定三年二月，淑真作《璚璣圖記》，有云：「家君宦遊浙西，好拾清玩。本凡可人意者，雖重購不惜也。」《池北偶談》。其家有東園、西園、西樓、水閣、桂堂、依綠亭諸勝。本詩《晚春會東園》云：「紅點苔痕綠滿枝，舉杯和淚送春歸。倉庚有意留殘景，杜宇無情戀晚暉。蝶趁落花盤地舞，燕隨柳絮入簾飛。醉中曾記題詩處，臨水人家半掩扉。」《春遊西園》云：「閒步西園裏，春風明媚天。蝶疑莊叟夢，絮憶謝娘聯。踏草翠茵軟，看花紅錦鮮。徘徊林影下，欲去又依然。」《西樓納涼》云：「小閣對芙蕖，囂塵一點無。水風涼枕簟，雪葛爽肌膚。」《夏日遊水閣》云：「澹紅衫子透肌膚，夏日初長板閣虛。獨自憑闌無箇事，水風涼處讀殘書。」《納涼桂堂》云：「微涼待月畫樓西，風遞荷香拂面吹。先自桂堂無暑氣，那堪人唱雪堂詞。」《夜留依綠亭》云：「風傳宮漏到湖邊，夜不喧，風傳宮漏到湖邊。」案各詩所云，如長日讀書，夜涼待月，確是家園遊賞情景。淑真它作，多思親念遠之意，此獨不然。《依綠亭》云：「風傳宮漏到湖邊。」當是寓錢塘作，不在于歸後也。夫家

姓氏失考,似初應禮部試,本詩《賀人移學東軒》云:"一軒瀟灑正東偏,屏棄囂塵聚簡篇。美璞莫辭雕作器,涓流終見積成淵。謝班難繼予慚甚,顏孟堪希子勉旃。鴻鵠羽儀當養就,飛騰早晚看沖天。"《送人赴禮部試》云:"春闈報罷已三年,又向西風促去鞭。屢鼓莫嫌非作氣,一飛當自卜沖天。賈生少達終何遇,馬援才高老更堅。大抵功名無早晚,平津今見起菑川。"案二詩似贈外之作。本詩《春日書懷》云:"從宦東西不自由,親幃千里淚長流。"《寒食詠懷》云:"江南寒食更風流,絲管紛紛逐勝遊。春色眼前無限好,思親懷土自多愁。"案二詩言親幃千里,思親懷土,當是于歸後作。《舟行即事》其六云:"歲暮天涯客異鄉,扁舟今又渡瀟湘。"《題斗野亭》云:"地分吳楚界,人在斗牛中。"案《舟行即事》其二云:"白雲遙望有親廬。"其四云:"目斷親幃瞻不到。"其七云:"庭闈獻壽阻傳杯。"又《秋日得書》云:"已有歸寧約。"足為于歸後遠離之確證。與曾布妻魏氏為詞友。《御選歷代詩餘·詞人姓氏》淑真從宦,常往來吳、越、荊、楚間。本詩《舟行即事》其二云:"從宦江南者。本詩《春日書懷》云:"從宦東西不自由,親幃千里。"其後官江南者。本詩《春日書懷》云:"從宦東西不自由。"其後官江南。嘗會魏席上,賦小鬟妙舞,以"飛雪滿群山"為韻,作五絕句。又宴謝夫人堂,有詩,今並載集中。淑真生平大略如此。

舊說悠謬,其證有三。其父既曰宦遊,又嘗留意清玩,東園諸作,可想見其家世,何至下嫁庸夫,一證也。市井民妻,何得有從宦東西之事,二證也。案本詩《江上阻風》云:"撥悶喜陪尊有酒,供廚不慮食無錢。"《酒醒》云:"夢回酒醒嚼孟冰,侍女貪眠喚不應。"《睡起》云:"侍兒全不知人意,猶把梅花插一枝。"淑真詩凡言起居服御,絕類大家口吻,不同市井民妻。若近日《西青散記》所載賀雙卿詩詞,則誠村僻小家語矣。魏、謝大家,豈友齟婦,三證也。

淑真之詩,其詞婉而意苦,委曲而難明。當時事迹別無記載可考,以意揣之,或者其夫遠

宦，淑真未必皆從，容有竇滔陽臺之事，未可知也。本詩《恨春》云：「春光正好多風雨，恩愛方深奈別離。」《初夏》云：「待封一掬傷心淚，寄與南樓薄倖人。」《梅窗書事》云：「清香未寄江南夢，偏惱幽閨獨睡人。」《惜春》云：「願教青帝長爲主，莫遣紛紛點翠苔。」《愁懷》云：「鷗鷺鴛鴦作一池，須知羽翼不相宜。東君是與花爲主，一任多生連理枝。」案《愁懷》一首，大似諷夫納姬之作。近有才婦諷夫納姬詩云：「荷葉與荷花，紅綠兩相配。鴛鴦自有群，鷗鷺莫入隊。」政與此詩謀合。《遊覽志餘》改後二句作「東君不與花爲主，何似休生連理枝」，以爲淑真厭薄其夫之佐證，何樂爲此，其心殆不可知。它如思親、感舊諸什，意各有指。以證《斷腸》之名，案淑真歿後，端禮輯其詩詞，名曰《斷腸集》，非淑真自名也。尤爲非是。

《生查子》詞，今載《廬陵集》第一百三十一卷。《四庫提要》。宋曾慥《樂府雅詞》，明陳耀文《花草粹編》並作永叔。愷錄歐詞特慎，《雅詞序》云：「當時或作豔曲，謬爲公詞，今悉刪除。」此闋適在選中，其爲歐詞明甚。余昔斠刻汲古閣未刻本《斷腸詞》，跋語中詳記之。茲復箸於篇。

清況周頤《蕙風詞話》卷四

曩余撰詞話辨朱淑真《生查子》之誣，多據集中詩比勘事實。沈匏廬先生《瑟榭叢談》云：「淑真菊花詩『寧可抱香枝上老，不隨黃葉舞秋風』實鄭所南自題畫菊『寧可枝頭抱香死，何曾吹落北風中』二語所本，志節皦然，即此可見。」其論亦據本詩，足補余所未備，亟記之。

同前

朱淑真詞，自來選家列之南宋，謂是文公姪女，或且以爲元人，其誤甚矣。淑真與曾布妻魏

氏爲詞友。曾布貴盛，丁元祐以後，崇寧以前，以大觀元年卒。淑真爲布妻之友，則是北宋人無疑。李易安時代猶稍後於淑真。即以詞格論，淑真清空婉約，純乎北宋。易安筆情近濃至，意境較沈博，下開南宋風氣。非所詣不相若，則時會爲之也。《池北偶談》謂淑真《璿璣圖記》作於紹定三年，紹定當是紹聖之誤。紹定理宗改元，已近南宋末季，浙地隸輦轂久矣。《記》云「家君宦遊浙西」，臨安亦浙西，詎容有此稱耶？按：臨安府屬浙西路，直至宋末未改。

同前

《玉臺名翰》，原題《香閨秀翰》，檇李女史徐範所藏墨迹。範爲白榆山人貞木女兄，跛足，不字，自號蹇媛。凡晉衛茂漪、唐吳采鸞、薛洪度、宋胡惠齋、張妙靜、元管仲姬、明葉瓊章、柳如是八家。尚有長孫后、朱淑真、沈清友、曹比玉四家，已佚。卷尾當湖沈彩跋，彩字虹屏，陸烜妾。亦殘缺，餘皆完好。向藏嘉興馮氏石經閣。道光壬辰，宜興程朗岑大令璋借勒上石。亂後逸亭金氏得之。余頃得幖本甚精。並朱淑真書殘石別藏某氏者，亦得拓本。正書二十行，不全，字徑三分。淑真書銀鈎精楷，摘録《世説》「賢媛」一門，涉筆成趣，無非懿行嘉言，而謂駔婦能之乎？「柳梢月上」之誣，尤不辯自明矣。

同前

余考定淑真爲北宋人，證據如右。唯與本詩「風傳宮漏到湖邊」句稍稍矛盾，宋未南渡，湖邊無宮漏也。竊意昔者朱淑真一人，朱秋娘字希真别是一人，錢塘下里人，世居桃村，又别一

人。希真有詞傳世,彼下里人或亦通曉詞翰,致相牽混。三人之中,必有一人早歲逝世,却非淑真。淑真詩戛然成帙,不似早逝致力未深者。高宗定都臨安,上距崇寧改元僅三十稔,約計淑真是時亦只中年以後,與李易安卜居金華之年等耳。「風傳宮漏」之句,或者作於是時,蓋從宦東西,晚復歸杭耳。改前說。如謂淑真少日,湖邊已有宮漏,則與曾布妻魏爲友非事實矣。

清況周頤《蕙風集》卷三

李清照朱淑真論

嗟夫！息嫣有同穴之稱,乃謂桃花不語,遼后著《回心》之什,竟蒙片月奇冤。謠諑興則娥眉見嫉,譸張幻而蠅璧易污。長舌厲階,實文人之好事；聖讖珍行,致淑媛以厚誣。黑白既淆,貞淫莫辨。竟使深閨扼腕,抱讀遺編；願教彤管揚輝,昭爲信史。趙宋詞女,李朱名家,漱玉則居臨柳絮,斷腸則家在桃村。市古寺之殘碑,品茶對酌,賀東軒之移學,舉案同心。槧鉛逐逐,隨宦青萊；絲管紛紛,勝遊吳楚。阿婆白髮,已過大衍之年；怨女歸寧,莫寄傷心之淚。奚至桑榆晚景,更易初心；花市元宵,徘徊密約乎？大抵玉壺頒金之案,已肇妒才；花枝連理之詩,難言幽恨。露華桂子,招衆口以爍金；細雨斜風,憶前歡而入夢。負盛名以致謗,因清怨而生疑。於是妄改綦崇禮之謝啓,雜竄《廬陵集》之豔詞。李心傳《要

錄》，病在疏訛；楊升庵品詞，失於稽考。西蜀去浙數千里，傳聞不免異辭，有明後宋三百年，持論未曾檢點。且也張汝舟歷官清要，奚言駔儈下才，王唐佐傳述始終，誤作市井民婦。當君臣播越之時，安事文書催再醮；彼夫婦乖離而後，何心詞賦約幽期。實際可徵，疑團自破。所惜者：妄增數舉，姓氏偶同；爲主東君，爵里俱逸。胡元任《叢話》，變俗諺爲丹青；魏仲恭序言，仗耳食爲口實。好惡支離，是非顛倒耳。然原心定論，據事探幽，編集雖零落不完，詩詞尚昭彰若揭。贈韓胡二使者，嫠婦猶稱；宴謝魏兩夫人，貴遊可數。寒窗敗几，已醒曉夢疏鐘；鷗鷺鴛鴦，似嘆小星奪月。願過淮水，猶存愛國之忱；仰望白雲，時起思親之念。忠孝已根其天性，綱常必熟於懷來。安敢別抱琵琶，偷貽芍藥，花殊旌節，樹異女貞哉？推原其故，或出有因。衣冠王導，斥將杭作汴之非；早晚平津，有稱夫爲人之異。姦黠者轉羞成怒，輕薄者飛短流長。胡惠齋摘文之忌，不知道高毀來；《生查子》大曲所傳，遂致移花接木。磽磽易缺，哆哆能張，毒生蠆尾，影射蜮沙。謗霜閨於身後，語涉無根，疑靜女於生前，冤幾不白。豈弗悖歟？吁可怪已！

清薛紹徽《黛韻樓文集》卷下

蔣子貞藏元刊《斷腸集》

海寧蔣子貞，名學堅，藏元刊朱淑真《斷腸集》，爲道古樓故物，有年矣，卷末有黃蕘圃跋。

道光丙午,其尊人與孫次公,于辛伯、李壬叔作消寒會,嘗以此命題。于詩仿樊榭論詞體,極工,詩云:「愁絕黃昏月上時,文人詞誤女郎詞。任伊銜却千秋恨,我怪小長蘆釣師。」蓋淑真元夜《生查子》詞,實六一居士作,後人誤編爲淑真詞,遂妄議其不貞,朱竹垞《詞綜》亦未更正,得此詩,可雪其冤矣。

清徐珂《清稗類鈔·鑑賞類》

序跋

後序 宋孫壽齋

嘗聞齊大非偶,《春秋》所譏,《左傳》:齊侯以女姜妻鄭太子忽,辭曰:「齊大,非我耦也。」女謀佳匹,古人所尚。《晉·王濬傳》:徐邈有女才淑,擇佳匹方嫁。三昧斯言,誠非虛語。然天下之事,得其對者,至於罕見,而非其配者,嘗總於前者。何也?豈非歸咎於彼此緣分乎?是以世有捧心之容而獲潘令之貌者,難其人。《晉·潘岳傳》:岳美姿儀,少年遊洛陽,婦人多以果擲之滿車。而逢故人於豫

章者，亦千載之遇。《後漢》：陳蕃爲豫章太守，故人徐稚來訪，特設一榻。每思至此，可爲太息。有如朱淑真稟嘲風詠月之才，負《陽春》《白雪》之句，凡觸物而思，因時而感，形諸歌詠，見於詞章，頃刻立就。一唱三歎，聽之者多，和之者少，可謂出羣之標格矣。非惟斯人之懷不可遏，誦此篇章於愚，亦不能自默矣。夫何耦非其佳，而匹非其良，使人有齊人之譏而形非匹之誚者，深爲可惜。姑書數語，附於卷末，詩人所謂「我思古人，實獲我心」，愚於此亦然。時嘉泰壬戌正月中瀚，滏陽孫壽齋書。

見鐵琴銅劍樓藏舊鈔本《新注朱淑真斷腸詩集》

朱淑貞引 明潘是仁

朱淑貞者，宋之女郎，生而穎慧，稍長喜近楮研，曹大家、謝道蘊流亞也。惜其蘂砧非匹，含思含情，悒悒不遂。使爾雎鳩相叶，如徐淑、秦嘉也者，互爲愛慕，其唱和奚啻倍蓰？即不然，當時得遇善誘之吉士，臨邛卓氏，無俟新寡，斷腸詩化作消魂句矣。如紅顏薄命何！吾於淑貞不能無遺憾云。潘是仁識。

見萬曆刻本《宋元詩·斷腸詩集》

刻《斷腸詞》跋 明毛晉

淑真詩集膾炙海內久矣。其詩餘僅見二闋於《草堂集》,又見一闋於十大曲中,何落落如晨星也。既獲《斷腸詞》一卷,凡十有六調,幸覩全豹矣。先輩拈出《元夕》詩詞,以爲白璧微瑕,惜哉!湖南毛晉識。

見《詩詞雜俎》本《斷腸詞》

刻《漱玉詞》跋 明毛晉

黃叔暘云《漱玉集》三卷,馬端臨云別本分五卷,今一卷。……庚午仲秋,余從選卿覓得宋詞廿餘種,乃洪武三年抄本。訂正已,閱數名家中,有《漱玉》《斷腸》二册,雖卷帙無多,參諸《花庵》《草堂》《彤管》諸書,已浮其半。真鴻寶也!急合梓之,以公同好。……湖南毛晉識。

見《詩詞雜俎》本《漱玉詞》

校補《斷腸詞》序 清許玉瑑

己丑四月,春闈被放,十上既窮,益無聊賴。適夔笙舍人以校補汲古閣未刊本宋朱淑真《斷

腸詞》一卷刊成，屬爲之序，并旁搜他書所見淑真軼事，以證升庵《詞品》所論之誣。乃慨然曰：風雨而思君子，顧領而懷美人，風騷所謳，寓言八九。淑真，一弱女子耳，數百年後，猶爲之顧惜名節，訂訛匡謬。足使孤花之秀，墜蒂而餘芳；幺絃之激，繞梁而猶響。抑何幸哉！宋代閨秀，淑真、易安並稱雋才，同被奇謗。而《漱玉》一編，既得盧抱孫諸君辨誣於先，又得幼霞同年重刊於後。《斷腸詞》則曙星孤懸，缺月空皎。《四庫提要》論定以後，迄無繼者。譬之姬姜，依然憔悴，雖有膏沐，尚淪風塵。乃白璧同完，新鋼疊發。此難得者一也。顧水流不停，雲散無迹，世罕善本，亦恝而置之耳。去冬假歸案頭，將乞幼霞補刊二一，以存其舊。兵燹以後，散在市塵，眠餐爲常熟翁大農年丈所得，特任剞劂。依其篇第，存《玉臺》之遺；廣其搜羅，補《白華》之逸。此難得者二也。《斷腸詞》就《紀略》所著，原有十卷，至陳振孫《書錄解題》僅存一卷。片玉易碎，單行艮難。夔笙與幼霞居同里閈，近復合并。誠與《漱玉詞》都爲一編，流傳藝苑，則二女同居，翔華表之鶴；百尺並峙，囀出谷之鶯。此難得者三也。雖然，由顯而晦，由屈而伸，無倖致之理，實賴有表章之人。藉非然者，投暗之珠，輒遭按劍；屢獻之璞，終於墜淵。《漱玉》歟？《斷腸》歟？雖潔比羊脂，啼盡鵑血，亦孰得而見也？況物論之顛倒哉？遂泚筆而序之如此。吳縣許玉瑑。

見《四印齋所刻詞》本《斷腸詞》

六〇〇

校補《斷腸詞》跋 清況周頤

右校補汲古閣未刻本朱淑真《斷腸詞》一卷。詞學莫盛於宋，易安、淑真，尤爲閨閣雋才，而皆受奇謗。國朝盧抱孫、俞理初、金偉軍三先生並爲易安辨誣。吾鄉王幼遐前輩（鵬運）刻《漱玉詞》，即以理初先生易安事輯附焉。顯微闡幽，庶幾無憾。淑真《生查子》詞，欽定《四庫全書提要》辨之綦詳。宋曾慥《樂府雅詞》，明陳耀文《花草粹編》並作永叔。慥録歐詞特慎，《雅詞》序云：「當時或作豔曲，謬爲公詞，今悉刪除。」此闋適在選中，其爲歐詞明甚。毛刻《斷腸詞》校讎不精，跋尾又襲升庵臆説，青蠅玷璧，不足以傳賢媛。此本得自吳縣許鶴巢前輩（玉琢），與《雜俎》本互有異同，訂誤補遺，得詞三十一闋，鈔付手民。書成，與四印齋《漱玉詞》合爲一集，亦詞林快事云。光緒己丑端陽臨桂況周儀夔笙識於都門寓齋。

見《四印齋所刻詞》本《斷腸》

刻《斷腸詩集》跋 清丁丙

宋朱淑真《斷腸詞》，著録於文淵閣，毛晉刊於汲古閣。其詩集二卷，《四庫》則列之附存，田藝蘅撰《傳略》於前。獨錢塘鄭元佐注《斷腸詩集》十卷、《後集》七卷，刻本向未之見。《天一閣

附録 序跋

六〇一

影印《新注朱淑真斷腸詩集》跋　徐乃昌

影印元槧本《朱淑真斷腸詩注》前集十卷，後集八卷。是書天一閣舊藏，爲海内孤本。昔黃蕘圃爲沈綺園刻《唐宋婦人集》，未得此書復刻，引爲憾事。今以元刻影印，中間誤字及損蝕處，悉仍原本，不敢任意改補以致失真，識者諒之。

見徐乃昌影印本《新注朱淑真斷腸詩集》

《新式標點朱淑真斷腸詩詞》序　朱惟公

宋朱淑真，海寧人，居寶康巷，《西湖遊覽志》云：「在湧金門内，如意橋北。」或曰：「錢塘下里人，世居桃村。」幼警慧，善讀書，文章幽豔，曉音律，工繪事。《杜東原集》有朱淑真《梅竹圖題

跋》,《沈石田集》有《題淑真畫竹詩》。其家有東西園、西樓、水閣、桂堂、依綠亭諸勝。父官浙西,嗜古玩,夫姓失考。《賀人移學東軒》《送人赴試禮部》二詩,似贈外之作。其後官江南,淑真從宦,常往來吳、越、荆、楚間。舊云「下嫁市井庸夫」,説殊悠謬,不足信。以意揣之,其夫殆一俗吏,或恒遠宦於外,淑真未必皆從,容有寶滔陽臺之事,未可知也。故《恨春》云:「春光正好多風雨,恩愛方深奈別離。」《初夏》云:「待封一掬傷心淚,寄與南樓薄倖人。」《惜春》云:「願教青帝長爲主,莫遣紛紛點翠苔。」皆爲此發。它作多思親感舊之什,語頗悽怨,意各有指。殁後,宛陵魏端禮輯其詩詞,名曰《斷腸集》,非淑真自題也。然集中詩句用「斷腸」二字,竟有數處之多。如《恨春》云:「梨花細雨黃昏後,不是愁人也斷腸。」《秋夜有感》云:「哭損雙眸斷盡腸,怕黃昏後到昏黄。」《長宵》云:「魂飛何處臨風笛,腸斷誰家搗夜砧?」《悶懷》云:「針綫懶拈腸自斷,梧桐葉葉剪風刀。」又云:「芭蕉葉上梧桐雨,點點聲聲有斷腸。」《中秋聞笛》云:「自是斷腸聽不得,非干吹出斷腸聲。」《九日》云:「去年九日愁何限?重上心來益斷腸。」《傷別》云:「逢春觸處須縈恨,對景無時不斷腸。」《謁金門》云:「滿院落花簾不捲,斷腸芳草遠。」以此爲名,誰曰不宜?
《生查子》一闋,《樂府雅詞》《花草粹編》並作歐陽永叔撰,亦見本集,世辨已詳,無庸複贅。
《元宵》七律一首,升庵《詞品》以爲與元夕《生查子》詞意相合,其行可知云云。甚矣,升庵之不學也!孔子稱賜「始可與言詩」,孟子曰:「説詩者不以文害辭,不以辭害意。」詩果未易言,未易説,索解人不可得,況知音乎?以予觀之,淑真此篇,祇云「但願」「不妨」,俱是恍惚假設之詞,並

附錄 序跋

六〇三

無可摘,豈得遽爲罪案,厚誣古人?因欲以辭求之,則《黃花》云:「寧可抱香枝上老,不隨黃葉舞秋風。」又云:「勁直忠臣節,孤高列女心。四時同一色,霜雪不能侵。」等作,何並忘却不一讀耶?《春晝偶成》云:「却嗟流水琴中意,難向人前取次彈。」作者蓋早恨流俗之難與言,知音之不易得,古今同歎,又何言乎!趙棻女士《南宋宮閨雜詠》云:「吹花弄粉慣傷春,冰雪聰明迴絕塵。不用斷腸嗟薄命,賞音曾有魏夫人。」按魏夫人曾布之室,布、鞏弟,同登進士。生死有知,可以無憾,故仲恭序云:「聊以慰其芳魂於九泉寂寞之濱,未爲不遇也。」彼楊慎、毛晉輩,未善讀書,不值一哂,何足論此?

僕本恨人,性嗜苦吟,於是集幾韋編三絕矣。讀之稍愁,爲摘錄一二。如《恨春》云:「鶯鶯燕燕休相笑,試與單棲各自知。」《元夜遇雨》云:「危樓十二闌干曲,一曲闌干一曲愁。」湖上閑望》云:「不必西風吹葉下,愁人滿耳是秋聲。」《秋夜牽情》云:「益悔風流多不足,須知恩愛是愁根。」《約遊春不去》云:「若到舊家遊冶處,只應滿眼是春愁。」《暮春》云:「情知廢事因詩句,氣習難除筆硯緣。」《圍爐》云:「大家莫惜今朝醉,一別參差又幾時。」《梅窗書事》云:「病起眼前俱不喜,可人唯有一枝梅。」《傷別》云:「眉頭眼底無他事,須信離情一味嚴。」《寄別》云:「人自多愁春自好,天應不語悶應同。」《睡起》云:「腰瘦故知閑事惱,淚多只爲別情濃。」《自責》云:「添得情懷轉蕭索,始知怜悧不如癡。」《春園小宴》云:「牽情自覺詩豪健,痛飲惟憂酒力

微。」《對秋有感》云：「可憐宋玉多才子，只爲多情苦愴情。」《長春花》云：「縱使牡丹稱絕豔，到頭榮悴片時間。」《韓信》云：「漂母人亡石空在，不知還肯念王孫？」《謁金門》云：「十二闌干閑倚遍，愁來天不管。」《江城子》云：「天易見，見伊難。」此數聯，予最愛誦，願與讀是集者，共賞味之。但惜魏氏元輯及《武林往哲遺書》、振綺堂、別下齋、小玲瓏山館、碧琳瑯館諸刊本，未獲細校一過，注文殘缺，亦未遑補正爲恨。如藏有善本者，辱以見教，至幸！

民國二十二年十一月中澣，南匯朱惟公謹識。

見《新式標點朱淑真斷腸詩詞》

書目題識

《朱淑貞詩集》，一部一册，闕。

明楊士奇《文淵閣書目》卷十

《斷腸詩》十卷：女子朱淑貞撰。錢唐鄭元佐注。

明高儒《百川書志》卷十五

附錄 書目題識

六〇五

朱淑真集校注

朱淑真《斷腸集》。　　明晁瑮《晁氏寶文堂書目》卷上

閨閣集《朱淑真詩》二百篇，歸安人。　　明陳第《世善堂藏書目錄》

《朱淑真詩集》：淑真，歸安人，文章幽態，才色清嚴。因匹偶之非，勿遂素志，嘗賦斷腸哀怨詩自解。沒後，臨安王唐佐爲傳，以述其始末。吳中士大夫拾其詩二百餘篇梓之，宛陵魏仲恭爲之序。

　　　　　　　　　　　　明王圻《續文獻通考》卷一八三《經籍考》

朱淑真《斷腸集》。朱淑真《斷腸後集》。……朱淑真《斷腸詞》。

　　　　　　　　　　　　　　　　明董其昌《玄賞齋書目》卷七

朱淑貞詩四本。

　　　　　　　　　　　　　　　　明趙琦美《脉望館書目》

按：李丹、武秀成論文《一部僞中之僞的明代私家書目——董其昌〈玄賞齋書目〉辨僞探》指出該書删改自錢曾藏書目，毫無價值。今錄存以供參考。

六〇六

朱淑真《斷腸前後集》(十六卷),四冊。

　　　　　　　　　　　　　　　　　　　　明祁承爜《澹生堂藏書目》

朱淑真《斷腸詞》一卷,一冊。

　　　　　　　　　　　　　　　　　　　　清錢謙益《絳雲樓書目》卷四

朱淑真《斷腸詩集》十卷《續集》八卷。……朱淑真《斷腸詞》一卷。

　　　　　　　　　　　　　　　　　　　　清倪燦《宋史藝文志補》

朱淑真《斷腸詞》一卷(述·詞)。

　　　　　　　　　　　　　　　　　　　　清曾《虞山錢遵王藏書目錄彙編》卷七

余聞朱淑真詩久矣,而欲讀其詩本不得。後於劉後村《千家詩》中見其數首,已歎觀止。丁亥,見鈔本鄭元佐所注《斷腸全集》,批閱之,覺其一生抑鬱之氣皆露於筆端,既憫其遇人不淑,復憐其詩筆可傳,故以重價得之。然《斷腸集》必傳無疑,而讀《斷腸集》而斷腸者,亦復不少。嗚呼!天地間「情」之一字何累人有若是之甚耶!

康熙七年蒲月上浣,識於夢雲室中。

　　　　　　　　　　　　　　　　　　　　清無名氏,見《弢園叢書》本《斷腸集》卷首

朱淑真《斷腸集》二卷:淑真,錢塘女子,自號幽棲居士。

　　　　　　　　　　　　　　　　　　　　清嵇璜等《欽定續文獻通考》卷一九五《經籍考》

朱淑真《斷腸詞》一卷：淑真見「別集類」。陳振孫《書錄解題》載有是編，世久不傳。今本爲毛晉所刊，其《生查子》一闋有「月上柳梢頭，人約黃昏後」句，晉跋遂指爲「白璧微瑕」。然此闋見歐陽修《廬陵集》中，不知何以竄入，晉不考正，亦誣甚矣。

同前，卷一九八《經籍考》

《斷腸集》二卷（浙江鮑士恭家藏本）：宋朱淑真撰。淑真，錢塘女子，自號幽棲居士。嫁爲市井民妻，不得志以没。宛陵魏端禮輯其詩爲《斷腸集》，即此本也。其詩淺弱，不脱閨閣之習，世以淪落哀之，故得傳於後。前有田藝蘅《紀略》一篇，詞頗鄙俚，似出依托。至謂淑真寄居尼庵，日勤再生之説，時亦牽情於才子，尤爲誕語。殆因世傳淑真《生查子》詞附會之。其詞乃歐陽修作，今載在《六一詞》中，曷可誣也！（語詳詞曲類《斷腸詞》條下。）王士禎記康熙辛亥見淑真紹定二年手書《璿璣圖記》一篇，備錄其文於《池北偶談》中，且稱《斷腸集》不載此文，諸家撰閨秀詩筆者皆未之及云云。然流傳墨迹，千僞一真，此文出淑真與否，無從考證，疑以傳疑，姑存是一説可矣。

清永瑢等《四庫全書總目》卷一七四《集部·別集類存目》

《斷腸詞》一卷（江蘇周厚堉家藏本）：宋朱淑真撰。淑真，海寧女子，自稱幽棲居士。是集前有《紀略》一篇，稱爲文公姪女。然朱子自爲新安人，流寓閩中，考年譜世系，亦別無兄弟著籍海寧，疑依附盛名之詞，未必確也。《紀略》又稱其「匹偶非倫，弗遂素志，賦《斷腸集》十卷以自解」。其詞則僅《書錄解題》載一卷，世久無傳。此本爲毛晉汲古閣所刊，後有晉跋，稱

詞僅見二闋於《草堂集》,又見一闋於十大曲中,落落如晨星,後乃得此一卷,爲洪武間鈔本,乃與《漱玉詞》並刊。然其詞止二十七闋,則亦必非原本矣。楊慎《升庵詞品》載其《生查子》一闋,有「月上柳梢頭,人約黃昏後」語,晉跋遂稱爲「白璧微瑕」。然此詞今載歐陽修《廬陵集》第一百三十一卷中,不知何以竄入淑真集內,誣以桑濮之行。慎收入《詞品》,既爲不考,而晉刻《宋名家詞》六十一種,《六一詞》即在其內,乃於《六一詞》漏注互見《斷腸詞》,已自亂其例。於此集更不一置辨,且證實爲「白璧微瑕」,益鹵莽之甚。今刊此一篇,庶免於厚誣古人,貽九泉之憾焉。

《斷腸詞》一卷:宋朱淑真撰。淑真所適非偶,故多幽怨之音。舊與李清照《漱玉詞》合刊,《廬陵集》一百三十一卷中,編錄者妄行採入,世遂疑淑真爲佚女,誤莫甚矣! 同前,卷一九九《集部・詞曲類》

《斷腸集》十卷《後集》四卷(舊抄本,鮑淥飲手校):宋朱淑真著。鮑氏手跋曰:「計詩二百五十七首。潘訒叔本共佚九十二首。」 清永瑢等《四庫全書簡明目錄》卷二十《集部・詞曲類》

《斷腸集》:詩三卷,宋閨秀朱淑真撰。先君子手寫本,並附錄《百川書志》、《詩女史》、《名 清鮑廷博,見《皕宋樓藏書志》卷八十五

附錄 書目題識

六〇九

媛詩歸》、《宋詩紀事》、汲古閣校刊題語、《巖居幽事》各條於前。又記云：某按，《名媛詩歸》選淑真古近體詩凡一百七十餘首。

《斷腸詞》一卷：宋朱淑真撰。

清吳壽暘《拜經樓藏書題跋記》卷五

斷腸集二卷（鈔本）：《斷腸集》舊本不之見。此二卷本，嘉興金鬯庭寄余，將以付梓者。適晤鮑丈淥飲，云有十卷本，因從鮑借得取校，知多所異，然未敢據也。此雖二卷，有田藝蘅序，似出於明時本。而鮑本之分卷既多未妥，且詞中有校語云據毛刻增入，似出毛後矣。未敢信，聊記其異而已。潘本係選本，亦見過，併存其面目。復翁記。

鮑云：此與潘訒叔本不同。

清孫星衍《孫氏祠堂書目·內編》卷四

卷一標題春景　卷二〇〇〇〇　又標題花柳
卷四標題夏景　卷五標題秋景　卷六〇〇〇〇　卷七標題冬景
卷八標題吟賞　卷九標題閨怨　又標題雜題　卷十標題詞
又《後集》四卷
卷一〇〇春景　卷二〇〇夏景　卷三〇〇秋景　卷四〇〇冬景

清黃丕烈，見《蕘圃藏書題識》卷十

松江友人沈綺雲欲刻唐宋婦人詩四種爲一集，最後謀及《斷腸詩集》。所得如金響庭、鮑淥飲、吳槎客三家本，皆傳鈔本而非刻本，意不欲梓，爲其非古本也。嘉禾友人戴松門爲余言平湖錢夢廬藏有元刻，苦難借出，遂錄副見示。識爲鄭元佐注本，《前集》十卷，《後集》僅四卷而余言止，蓋與《百川書志》所載本同，而逸《後集》之半矣。惜缺序文并卷一前之兩葉半，通卷亦有闕文，故沈梓僅有唐之魚、薛，宋之楊后，朱淑眞詩仍缺如也。今春，海寧陳仲魚過訪，談及是書，云硤石蔣君夢華亦有元刊注本，許爲我借出助勘。頃果以書畀余，竭一二日力，手校一過，乃知此與錢本同出一原，此稍有所修補，故誤字特多。間有一二字此較勝於彼者，未知傳寫錯謬，抑錢本原誤，未見刻本，不敢臆斷也。然錢本缺失，時賴此補全，此爲勝於錢本之處。而此係補修之本，非特少《後集》，即《前集》卷中時有脫葉闕文，硬以煞尾卷數終之，此爲謬妄，非錢本又不足以正其誤也。余好爲古書分析原修面目，故敢於還書之日，著其梗概如此，以質諸夢華先生，并以告仲魚之與余同嗜者。此書係寒中故物，未經後人點污，不敢代爲校改，唯識之卷尾餘紙，倘欲借錢本以補此本之不足，則余有副本在，不妨還假足之。如沈綺雲有意續雕，豈非四美具乎？余且藉是以畢求古之願焉。嘉慶十七年歲在壬申秋九月重陽前三日，黃丕烈書於求古居。

清黃丕烈，見國家圖書館藏明刻遞修本《新注朱淑真斷腸詩集》

《斷腸集注》十卷：舊鈔，一冊。

清陳揆《稽瑞樓書目》

附錄 書目題識

六一一

《斷腸集》十卷《後集》一卷（舊鈔本）：宋朱淑真撰。錢塘鄭元佐注。詩爲淳熙九年通判平江軍事宛陵魏端禮所輯并序。元佐未詳，其注亦詳贍。末有嘉泰二年孫壽齋後序。

《編注朱淑真斷腸詩集》十卷《後集》四卷（手鈔本）：頃鈔得此集注本，復從医中尋得康熙間鹽官鄒氏鈔本，卷分上下，而無注，編次稍有不同，字句亦微異。多出《牡丹》《長春花》《黃花》《秋深偶作》《暮秋》《賞雪》《圍爐》第一首，凡七首。據以補入。別有《送春詞》《夏日遊湖》二首，系《蝶戀花》《清平樂》詞，故不當入詩，就校於汲古閣所刊《斷腸詞》本。其《春興》二首，乃太白《宮中行樂詞》第四首也，不知何緣誤編入之。既校存異本，並附其目於卷末。咸豐丁巳八月十二日雨夜雙聲閣識。

宋人注宋人集，如李璧注《荆公集》，王、施之注《蘇集》，任、史之注《黃集》《陳後山詩》，皆風行海內，後世奉爲圭臬，傳本極多。去年見宋刻《簡齋集》，係宋人注本，已絕無僅有。昨無意中又得《斷腸集》鄭元佐注，共十八卷，真希世之珍也。世有好事者能爲之任剞劂之力，亦翰墨因緣。同治壬戌冬日徐康子晉記。

朱淑真《斷腸集》，吳孟舉《宋詩鈔》存其目而遺其詩，世亦少刻本。余館金閶，居停尤氏，購

清瞿鏞《鐵琴銅劍樓藏書目錄》卷二十一

清勞權，見《勞氏碎金》卷中

清徐康，見汪氏藝芸書舍影元鈔本

舊書得鈔本一部，錢塘鄭元佐所注，惜鈔胥甚劣，乖謬紛如。王君紫詮欲借鈔以登鄴架，而其中訛字無從校正，余姑爲臆度而改之。注中之訛者尤多，則全刪焉。蓋淑真所作大抵風花雪月之篇，非文人學士廣引典實者可比，注語亦屬空談，非於淑真平生事迹有所稽考，故去之爲宜。目錄所云題贊已失，而《傳略》亦寥寥數言。其夢雲室一序，不知何許人，原本有吳星甫印章，意即其人歟？余囑兄子滌甫鈔是編，并囑尤生佩萱摹其像，自錄《四庫全書》提要二則於卷首，而補其題贊，即以正諸紫詮云。

光緒九年癸未冬十月，淞濱老圃楊引傳識。

清楊引傳，見《弢園叢書》本《斷腸集》

范氏天一閣藏有刊本朱淑真詩集八卷，錢塘鄭元佐注，宋魏仲恭序。世間所傳鈔本即從此出，其作十卷者，大抵由鈔胥率意分析歟？甦補刪去鄭注極當，然字裏行間謬誤尚多，惜無別本可校，姑仍之，以待他日。

光緒乙酉仲夏小暑後一日，天南遯叟識。

清王韜，見《弢園叢書》本《斷腸詞》

歸安陸存齋觀察藏有舊鈔本，爲鮑淥飲手校，尚有《後集》四卷。鮑氏跋曰：「計詩二百五十七首，潘訒叔本共佚九十二首。」核之此本，數適相符，想猶是淥飲舊校本也。遯叟再識。

附錄 書目題識

六一三

光緒丁亥秋八月五日,時年六十矣。

同前

《新注朱淑真斷腸詩集》九卷《後集》七卷(精鈔本,羅鏡泉藏書):錢塘鄭元佐注。謹案《四庫存目》:「《斷腸集》二卷,宋朱淑真撰。其詩淺弱,不脱閨閣之習。世以淪落之故,得傳於後。前有田藝蘅《記略》一篇,似出依托。」此乃天一閣傳鈔之本。前有宋通判平江軍事魏仲恭撰序云:「比往武林,見旅邸中往往傳誦朱淑真詞。淑真蚤歲不幸,父母失審,不能擇伉儷,乃嫁爲市井民妻。一生抑鬱不得志,故詩中多有憂愁怨恨之語。每臨風對月,觸目傷懷,皆寓於詩,悒悒而終。父母并其詩一火焚之,今所傳者,百不一存。時在淳熙壬寅二月望日。」鄭元佐又加注釋。羅鏡泉以智鈔自天一閣中,并爲校正。有「江東羅氏所藏」一印。

《斷腸詞》一卷(舊鈔本):宋朱氏淑真。淑真,海寧人,文公侄女也。文章幽豔,才色娟麗,實閨閣中所罕見者。因匹偶非倫,弗遂素志,賦《斷腸集》十卷以自解。臨安王唐佐爲傳,宛陵魏仲恭爲序。毛晉得其詞凡十有六調,刻與李易安并傳。跋稱《元夕》,以爲白璧微瑕。豈知《元夕》詞乃歐陽文忠作,不知何人妄行編入,誤甚。

清丁丙《善本書室藏書志》卷三十一

同前,卷四十

六一四

《斷腸集》二卷：宋朱淑真撰。抄本。

《斷腸前集注》十卷《後集注》七卷：國朝鄭元佐撰。羅氏抄本。《武林往哲遺著》本。

《書衎齋先生所藏元刊斷腸集後》：吾浙數藏書，祁范實稱首。先後煙雲空，文獻今何有。吾鄉寒中子，搜奇慕小西。籤帖架疊多，縹緗几堆厚。物聚久必散，十載龍蛇走。流落等毫芒，片石皆彝卣。此書極難得，忽落吾祖手。寶比掌中珠，朝夕摩挲久。既重先人傳，宜思後人守。不見道古樓，風雨颯窗牖。

清丁立中《八千卷樓書目》卷十五

《家藏名人遺迹甚多兵燹後零落殆盡閒中雜憶愴然於懷各以詩詠之》其三：天生蘭蕙姿，遇人何不淑。詩册久流傳，字字成痛哭。想見鏡臺前，手寫千毫禿。元刊朱淑真《斷腸集》

清蔣學堅《懷亭詩錄》卷一

此書元刊本，前歸道古樓馬氏，後歸硖石蔣氏，陳仲魚、黃蕘圃皆經眼，蕘圃並爲之跋，推許甚至。卷五題下標陰文「前集」二字，他卷所無。卷六止二葉，「彈指西風壓衆芳」首句下即以前集之六煞尾，不知詩未全也，此則蕘圃所謂謬妄者。弟一卷詩弟一葉，以序接首篇詩之後，則裝

同前，卷三

手之誤，當改正。書不易見，邕威世講其寶之。丙午九日繆荃孫識。

此書後集七卷，亦平生所未見。

光緒丙午重陽前三日仁和吳昌綬觀。

> 繆荃孫，見國家圖書館藏明刻遞修本《新注朱淑真斷腸詩集》

> 吳昌綬，見國家圖書館藏明刻遞修本《新注朱淑真斷腸詩集》

《斷腸全集》二卷：宋朱淑真撰。清抄本。一册。
  《斷腸全集》二卷：宋朱淑真撰。抄本。一册。
《新增朱淑真斷腸詞》一卷：宋朱淑真撰。抄本。胡慕椿補輯。
《斷腸全集》二卷〔宋朱淑貞撰〕抄本〔清初抄本〕
《斷腸全集》二卷〔宋朱淑貞撰〕舊抄本
前有田藝蘅《記略》一篇。
《斷腸全集》二卷〔宋朱淑貞撰〕
  黑格抄本。行款與舊抄本同，皆半葉九行，行二十一字。

> 李盛鐸《木犀軒藏書題記及書錄》

> 《北京大學圖書館藏李氏書目》

《新注朱淑真斷腸詩集》九卷《後集》七卷：宋鄭元佐撰。元佐，錢塘人。案《四庫》著錄《斷腸詞》一卷，以淑真爲海寧女子，其《斷腸集》列入《存目》，僅二卷，以爲錢塘女子，前各有田藝蘅

《紀略》一篇，蓋由後人掇拾。此則錄自天一閣傳鈔之本，前有淳熙九年魏錫禮序，末有嘉泰二年孫壽齋後序，爲江南圖書館所藏。魏序稱「比往武林，見旅邸中往往傳誦朱淑眞詞。淑眞不幸父母失審，不能擇伉儷，乃嫁爲市民妻。一生抑鬱不得志，皆寓於詩，悒悒而終。父母并其詩一火焚之，今所傳者百不一存」云云。詳其語意，淑眞似錢塘人。故田汝成《西湖遊覽志》載淑眞事迹，大率本魏序，而直著其爲錢塘人。藝蕪爲汝成子，其《紀略》乃以爲海寧人，此篇自是依托。《提要》於《集》下易之，是也；於詞下沿之，非也。其詩淺顯，無待詮釋，元佐殆哀其淪落，爲之注以表章之歟？陸氏《藏書志》載是《集》十卷，《後集》四卷，不言有注。瞿氏《藏書志》載元佐注本，而《集》作十卷，《後集》作一卷，疑傳寫之誤也。

《斷腸集》二卷：淑眞，錢塘女子，自號幽棲居士，嫁爲市井民妻，不得志以没。宛陵魏端禮輯其詩爲《斷腸集》，即此本也。其詩淺弱，不脫閨閣之習，世以淪落哀之，故得傳於後。前有田藝蕪《紀略》一篇，詞頗鄙俚，似出依托，至謂「淑眞寄居尼庵，日勤再生之請，時亦牽情於才子」，尤爲誕語。

瞿氏《目錄》有舊鈔本十卷《後集》一卷，云：「錢塘鄭元佐注。元佐未詳。其注亦詳贍，末有嘉泰二年孫壽齋後序。」玉縉案：陸氏《藏書志》《後集》作四卷，並載鮑氏跋云：「計詩二百五十七首，潘訒叔本，共佚九十二首。」吳氏《拜經樓藏書題跋記》有是集云：

胡玉縉《續四庫提要三種·四庫未收書目提要續編》

「詩三卷,先君子手寫本,並附錄《百川書志》、《詩女史》、《名媛詩歸》、《宋詩紀事》、汲古閣《校刊題語》、《巖居幽事》各條於前。」又記云:「某案《名媛詩歸》選淑真古近體詩,凡一百七十餘首。」吳焯《南宋雜事詩》自注云:「朱淑真,錢唐下里人,世居桃村,工爲詩,嫁爲市井民妻,不得志歿,宛陵魏仲恭端禮輯其集,名曰《斷腸》,錢唐鄭元佐加注,分爲十卷刊行,有臨安王唐佐傳,今失之,世所傳二卷田藝蘅序者繆也。」玉縉案:陳撰《玉几山房聽雨錄》同,無「今失之」句,失者吳失之耳。丁國鈞《荷香館瑣言》下云:「《斷腸集》,首有魏仲恭序,言『淑真父母失審,不勝擇伉儷,嫁爲市井民家妻,一生抑鬱,故詩多憂愁怨恨之語』云云。余讀其詩,雖時涉哀怨,然詞意絶不類小家村婦,且其《春日書懷》云:『從宦他鄉不自由,親闈千里淚長流』,又有《寄大人》二律,首云:『去家千里外,飄泊若爲心』。詩誦《南陔》句,琴歌《陟岵》音。承顔故國遠,舉目白雲深。欲識歸寧意,三年數歲陰。』味詩意,淑真嫁後,隨夫遠宦甚明,安得如序言父母失審嫁爲民妻乎?《四庫提要》疑田藝蘅序出依托,洵爲定論,今并疑魏序亦淺人僞撰,否則序中所言,未有與詩意絶不相肖者也。宜興程璋刻《玉臺名翰》中有淑真精楷數百字,極雋雅,自署古歙朱淑貞,然則淑貞本徽人,相傳爲文公姪女者當自可信。《斷腸詞·記略》指爲浙中海寧人,文公姪女云云,當是隨夫或父官浙,遂家浙中耳。《池北偶談》載淑貞《璿璣圖記》,有『家君遊宦浙西,好拾清玩』語,末署錢塘幽棲居士書,可證也。歐陽公《生査子》詞誤入

《斷腸詞》一卷：淑真,海寧女子。

案《別集存目·斷腸集》下稱淑真錢塘女子,前後矛盾,且依《提要》通例,當云淑真有《斷腸集》已著錄。(陳漢章謹案:況周儀《玉楝詞話》以爲錢塘人,世居桃村。○鄭翼謹案:況氏《證璧集》疑桃村別是一人,與此異,蓋《詞話》署名周儀,爲光緒間作,後以避諱改周頤,而集刊於甲子,遠在其後,当以後説爲準。)

胡玉縉《四庫全書總目提要補正》卷五十五
謹案:況著《證璧集》據《詞人姓氏錄》,淑真與曾布妻魏氏友善,且《斷腸》之名,身後它人所題,疑桃村者別是一人,餘與此略同,然所引書不盡同。)

此集,楊用修首爲辨白,《四庫提要》亦聲其誣,惟集中尚有《元夜》三律,末首詞意放誕,與集中諸作絕不類,當亦他人之作誤雜入者,可意決焉。」(況阮庵中翰詞集後有辨淑真一文,極詳核,久不記憶,比因閲《斷腸詞》略有辨正一二,無心剿説,或不免也。○鄭翼

胡玉縉《四庫全書總目提要補正》卷六十
《斷腸集》四卷(明潘是仁刻本):宋朱淑真《斷腸集》四卷。《四庫全書總目·集部·別集類存目》作二卷,浙江鮑士恭家藏本。《提要》云:「淑真,錢唐女子,自號幽棲居士。嫁爲市井民妻,不得志以没。宛陵魏端禮輯其詩爲《斷腸集》,即此本也。前有田藝衡《紀略》一篇,詞頗

鄙俚，似出依托。至謂淑真『寄居尼庵，日勤再生之請，時亦牽情於才子』，尤爲誕語。殆因世傳淑真《生查子》詞附會之，不知其詞乃歐陽修作，今在《六一詞》中，曷可誣也。」今按：《四庫全書·詞曲類·斷腸詞》提要亦詳辨其事。此明潘是仁刻《宋元名家詩》之一，僅留此及《花蕊夫人詩集》二種，從子定侯得之舊書肆中，執以詢余。時插架有浙人丁丙所刊《武林往哲遺著》，中有《新注朱淑真斷腸詩集》十卷《後集》七卷，爲錢唐鄭元佐注。前有序，題「通判平江軍事魏仲恭撰」，即《四庫提要》所稱之魏端禮也。序稱其「早歲不幸，父母失審，不能擇伉儷，乃嫁爲市井民家妻。一生抑鬱不得志，故詩中多有憂愁怨恨之語」，並無論其不潔之事。田藝衡，明時人，何從而得其詳耶？《提要》斥爲僞托，誠哉是言！此本不載田藝衡之文，卷數亦與《四庫》存目本不同，當是別有所本。古書日少一日，即此明本，亦足珍也。

葉德輝《郋園讀書志》卷八

《斷腸集》十卷，一册。汲古閣藏。元朱淑貞。

《斷腸詩集》四卷：宋朱氏淑貞著。亦明潘是仁刻《宋元名家詩》之一。《郋園讀書志》并著錄。

王禮培《復壁藏書書目》

《新注朱淑真斷腸詩集》十卷《後集》八卷：錢唐鄭元佐注。元刊本。每半葉十行，行二十字。高五寸七分，廣三寸九分。黑口，雙邊。口上作「真詩」或作「朱詩」。《後集》作「朱後」或作

「朱詩後」，或作「朱后幾」。首有淳熙壬寅二月望日宋通判平江軍事魏仲恭序。

徐乃昌《積學齋藏書記》

〔補〕《新注朱淑真斷腸詩集》十卷《後集》八卷：宋朱淑真撰，鄭元佐注。○明初刊本，十行二十字，黑口，四周雙闌。友人徐君乃昌藏。況夔生云以校丁氏刊《武林往哲遺箸》本，殊有勝異處，蓋丁氏刻本所據即此本，而缺葉脫文甚多，往往誤連之。

〔補〕《新注朱淑真斷腸集》十卷《後集》七卷：宋朱淑真撰，鄭元佐注。

〔補〕《新注朱淑真斷腸詩集》十卷《補遺》一卷《後集》七卷：宋朱淑真撰，鄭元佐注。○清光緒二十三年丁氏嘉惠堂刊《武林往哲遺著》本。

〔補〕《斷腸全集》二卷，宋朱淑真撰。○清寫本，九行二十一字。前有田藝蘅序，知從明萬曆本出。鈐汪氏傳書樓印。四庫存目。

傅增湘《藏園訂補邵亭知見傳本書目》卷十三

〔斷腸詞〕一卷，宋朱淑真撰。○《詩詞雜俎》本。
〔補〕○明鈔《宋元名家詞》七十種本，版心鐫「紫芝漫鈔」四字，爲毛扆舊藏本。
〔補〕《朱淑真斷腸詞》一卷：宋朱淑真撰。○清錢曾述古堂寫本，八行十八字，版心下有「述古堂」三字。

同前，卷十六

《新注朱淑真斷腸詩集》十卷《後集》八卷(宋鄭元佐注)：明初本，十行二十字，黑口雙闌。況夔生言以丁刻本校殊勝，蓋丁抄本出於此，而缺葉甚多，往往誤連之。(徐乃昌積學齋藏書，甲寅歲見。)

《新注朱淑真斷腸詩集》十卷《後集》七卷(宋鄭元佐注)：清彭元瑞知聖道齋寫本。(癸丑)

《斷腸集》上下卷(宋朱淑真撰)：舊寫本，九行二十一字。前有田藝蘅序。鈐有「汪氏傳書樓珍藏書畫之印」。(癸未)

傅增湘《藏園群書經眼錄》卷十四

《斷腸集》十卷：宋朱淑真撰，有刊本。

〔附錄〕《東湖叢記》有《新注朱淑真斷腸詩集》十卷、《後集》八卷，題錢唐鄭元佐注。(詒讓補)

〔續錄〕清鈔本二卷。

清邵懿辰、邵章《增訂四庫簡明目錄標注》卷十六

《斷腸詞》一卷：宋朱淑真撰。此本由掇拾而成，其元夜《生查子》一首本歐陽修作，在《廬陵集》一百三十一卷中。編錄者妄行採入。

〔續錄〕西泠詞萃本。四印齋刊本。汲古閣刊本，係《詩詞雜俎》本。《武林先哲遺書》全集本。有《斷腸詩集》十卷、《續

集》八卷。光緒十五年況儀周儀第一生修梅花館校刊本。《漱玉詞》合刊。李氏木犀軒鈔本,《新增朱淑真斷腸詞》一卷,崑山胡慕椿輯補本。

同前,卷二十

《新注朱淑真斷腸詩詞·前集》十卷《後集》八卷(元刊本):錢塘鄭元佐注。魏仲恭序(淳熙壬寅)。每半葉十行,行二十字。原闕《前集》,近人景鈔補足。《後集》元時舊刊,亦多明代補版。有「王氏北堂」「蕙鈴」「昌平王氏北堂藏書」「乾隆四十七年遂初堂初氏記」「頤園鑑藏書畫之印」「休寧朱之赤珍藏圖書」「慶彰」「麟」諸印。

王國維《傳書堂藏善本書志》

鄭元佐注朱淑真《斷腸詩集》,世絕罕秘,得見於諸藏家書目者,多系傳鈔。而《後集》尤少足本。獨天一閣有元刊《朱淑真詩集》八卷,近日流出。積學齋曾有校本,頗多脫誤。予曾獲汪閬源鈔校本,《前集》十卷,《後集》八卷,已較他本爲完善,茲又獲此元刊《後集》八卷,雖間有誤字,而據以正補鈔本者尚多。知積學齋主徐丈積餘曾據范氏所藏元本校錄,遂馳書求假,旋承寄示。《後集》止有七卷,蓋因六、七卷間脫去兩葉,遂并爲一卷。乃又易卷八爲七,且書中脫謬尤甚。予雖未獲見范氏原本,敢決其非元刊也。范氏所藏既如此,則此元刊可以孤本傲海內矣。汪氏鈔本有徐康手跋,已謂爲希世之珍,則元刊本雖止《後集》,亦當作甲觀矣。予所見舊籍,有朱之赤藏印者,皆宋元明刊之精罕者,見於諸藏家所記亦然。可知朱氏選藏之不苟,此

書弓三、弓八尾葉皆有「休寧朱之赤珍藏圖書」小印，其珍重如此。乙卯冬月獲於京師。寒雲識。

《斷腸集》十八卷：舊抄朱淑真《斷腸詩集》十卷《後集》七卷《詞》一卷，前有「崑山慎軒氏胡慕椿補錄」一行。前有小像，題一絕，署「白石翁」，像後有《紀略》。目錄及詞前有「錢唐丁氏刻本，以前除元槧外，有明一代未見傳刻，僅有抄本而已。予所見者除丁刻外，有天一閣藏元刊本，趙素門手校抄本，知聖道齋藏舊抄本，并此而四。合觀諸本，均不免訛誤滿紙，有錢唐丁氏刻本可以補正丁刻。甚哉校書之難，非多見佳本，不能稱爲盡善也」。此本雖錄在趙、彭二本之後，然其原本劇佳，則可斷定。嘗以丁本粗校，可補正丁刻之處極多。舉其大端，如卷二《惜春》一首，丁本列入《補遺》，謂「校某本補此首，因有詩無注，故不能列入本卷」。此書不獨詩列本卷，且注亦完全（此外尚有二三首亦如此，校時看出，今不能指數矣）。他本或亦有此首，而皆無注，惟知聖道齋本與此同。至卷端之小像，《紀略》，則各本均未見，足徵此本之善矣。各本均無詞無目，此本有之，皆胡氏補錄，本非其舊，詞恐自汲古閣本逐錄（校汲古本多同，然亦有小異）。觀卷中遇宣宗廟諱皆作御名，則胡氏爲道光時人，其字迹時代，亦稱是也。丁巳仲夏十日，上虞

《斷腸集》十八卷：舊抄朱淑真《斷腸詩集》近從也。丁刻乃合振綺堂等各藏書家諸舊本參校，自謂盡善，然不可讀之處仍復不少（予所見各本均可以補正丁刻。甚哉校書之難，非多見佳本，不能稱爲盡善也）。

袁克文，見國家圖書館藏明初刻遞修本《新注朱淑真斷腸詩集》

此書爲江陰何秋輦同年所藏。秋輦逝後，其子邕威亦相繼下世。其家不能守，盡舉所有歸於涵芬樓。諸家所藏，都屬鈔本。此爲元人舊刻，古色古香，至堪珍重。友人徐君積餘藏有後集，版刻相同，葉號亦復銜接。假此景印，俾成全璧。藉竟沈、黃二君之志，甚可喜也。於其歸還之日，書此識之。丙寅秋日，海鹽張元濟。

羅振常誌於蟫隱廬。

新注朱淑真斷腸集詩十卷附一卷（抄本）：

朱淑真《斷腸詞》，毛晉刻入《詩詞雜俎》，凡二十七首，《西泠詞萃》因之。毛氏又另有抄本，許鶴巢所得，況夔笙校補刊行，爲三十一首，附入《四印齋詞刻》。唯其詩名《斷腸詩集》者絕少刊本，即卷數亦人人殊。田藝蘅《紀略》謂係十卷，《四庫存目》則曰二卷，丁氏八千卷樓所藏抄本同，未言有注。其有注者，八千卷樓之另一種，前有田之《紀略》，《藏書志》所稱羅鏡泉抄自天一閣者，爲《斷腸前集注》十卷《後集注》七卷。瞿氏鐵琴銅劍樓所藏亦舊抄本，爲《前集注》十卷《後集注》一卷，附有孫壽齋後序，均鄭元佐注，與此本同。《瞿志》言「注亦詳贍」，惟於元佐言「未詳」。《丁目》則以元佐爲清人，尚待證耳。至陸氏皕宋廔則《後集》爲四卷，《前集》與各家同，附載鮑渌飲跋，爲鮑氏知不足齋抄本，有注與否，《陸

張元濟，見國家圖書館藏明刻遞修本《新注朱淑真斷腸詩集》

志》亦未言及。今陸書已流至海外,而瞿、丁兩家之書仍在江南,此本既無《後集》,又不知與瞿、丁、陸之《前集》同否。待我南旋,當校同異。至所自出,則胡慕春之序只言重價購得抄本,而源流未詳,又無可推求也。丁卯上元日,世宜記。

附集之詞,胡慕春自署己名,號爲補緝,然首數與汲古全同,即按語亦錄自毛氏。其微異者,以時令分類及《蝶戀花》附注異文。至詞跋全錄毛晉而竄以己名,則其陋可笑矣。又記。

陳世宜,見《上海圖書館善本題跋輯錄》

自楊升庵謂《生查子》詞非良家婦所宜,而淑真幾爲世詬病,此二語不幸爲後來王實甫《西廂記》傳奇襲之耳,柳梢月上,當時所約,安知不是閨友耶?今《四庫提要》辨明爲歐陽公作,便可不必置喙。魏端禮序此集,稱其父母失審,不能擇伉儷,乃嫁爲市井民妻。魏距淑真歿時未久,其言當可信。亡友況夔笙中書乃力爲翻案,謂其家有園亭,有婢僕,與官家眷屬往來,斷非市井民妻。不知所謂市井民者,謂其非士族,且不知書耳,市井之家,何嘗無園亭?何嘗不與官家往來?又據集中有送人赴禮部試詩,謂其夫似初應禮部試後官江南,又容有竇滔陽臺之事,生出種種附會。假使集中有賀人狀元及第、賀人入閣詩,亦謂其夫爲狀元、宰相耶?《池北偶談》明言淑真《璿璣圖記》作於紹定三年,又疑紹定爲紹聖之誤,謂淑真爲北宋人,時代尚在李易安之先,此皆夔笙之偵,亦即夔笙好處也。

積餘年丈得元槧《斷腸詩注》，前後十八卷，爲黃蕘圃當日所刻《唐宋婦人集》時所未見本，既爲跋尾，復系一詩，詩曰：「佳槧玄機可並論，舊雕《漱玉》歉無存。書塵妬煞黃蕘老，搜遍千元少一元。」戊辰九月，如皋冒廣生題記。

冒廣生，見徐乃昌舊藏元槧本《新注朱淑真斷腸詩集》（實爲明刻遞修本）

《新注朱淑眞斷腸詩集》十卷《後集》七卷（《武林往哲遺著》本）：宋朱淑眞撰，鄭元佐注。

斷腸全集二卷：舊抄本。宋朱淑眞撰。田藝蘅序。蕘翁假鮑氏藏潘訒叔本校並補篇。

黃氏手跋曰：「《斷腸集》舊本不之見，此二卷本，嘉興金鑾庭寄余，將以付梓者。適晤鮑丈淥飲，云有十卷本，因從鮑假得取校，知多所異，然未敢據也。蓋此雖二卷，有田藝蘅序，似出於明時本，而鮑本之分卷既多未妥，且詞中有校語云據毛刻增入，似出毛後矣，未敢信，聊記其異而已。潘本係選本，亦見過，併存其面目。復翁記。」

郘百耐《雲間韓氏藏書題識彙錄》

《新注朱淑眞斷腸詩集》十卷《後集》七卷（《武林往哲遺著》本）：宋朱淑眞撰，鄭元佐注。其詩二卷，見《存目》，爲浙江鮑士恭藏本。《提要》謂即宛陵魏端臨所輯。此本首載魏仲恭序，端臨即仲恭之字。惟卷數與《存目》多寡懸殊，疑元佐作注時所重編也。《提要》又云「前有田藝蘅《紀略》一篇，詞頗鄙俚，似出依托」此本無之。則《提要》指爲依托爲不誣。淑眞詞爲向來所艷稱，而此本不載，魏序云淑眞詞往往爲好事傳誦，又云并其詩爲父母一火焚之，今所傳者，百不一存。又云姑書其大概爲別引，乃名其詩爲《斷腸

朱淑真集校注

集》。繹其語意，似《斷腸詞》先有傳本，仲恭特表彰其詩，而集名《斷腸》，亦仲恭所題也。光緒中，杭州丁丙以羅鏡泉鈔本刊入叢書，與《天一閣書目》刊本八卷卷數不合（閣書散佚，無從考其異同）。又從潘是仁刊本、馬氏小玲瓏山館、汪氏振綺堂、蔣氏別下齋諸鈔本，各得詩數首，以補羅本之闕。案淑真有才而所適非人，抑鬱以死，世人哀之，爐餘斷句，搜輯流傳，鄭氏且爲作注。詞中《生查子》一闋，見於《六一詞》，可證其誣。詩之存者多於詞，其中有無依托，則不可知。要之，編出宋人，流傳有緒。此本與《四庫存目》所見卷數不同，又有增注，固當補爲著録也。鄭元佐，字明德。此編所署籍貫爲錢塘，《杭州府志·人物傳》列之寓賢，謂遂昌人，家於錢塘，及見咸淳諸老。元至正中，官江浙儒學提舉。

夏孫桐，見《續修四庫全書總目提要（稿本）》

按：此提要誤以鄭元佐爲元人鄭元祐，文末數語不足據。

《斷腸詩詞集》四卷：《斷腸詩》錢塘鄭元佐注本分類編次，與此不同，字句尤多違異，内增出數十首。亦有此本獨存，爲鄭注所無者。久病乍瘉，無以自遣，取八千卷樓刻本手校一過，前後三日竣事。鄭本訛誤頗多，此本足以勘正。丁氏當日曷不臚列各本異同，爲校勘記附之，一任其訛誤難讀也。

六二八

十九年六月二十三日夜半，王獻唐記於山東圖書館。三卷後有缺葉，俟覓本抄補之。

校後二年，又見鄭注舊抄本，次序與丁刻稍異，字句亦然。適有遠遊，未暇取校，書亦爲人索還，今又二年矣。

二十三年十月再記。

王獻唐《雙行精舍書跋輯存續集》

《新注朱淑真斷腸詩集》十卷《後集》八卷：宋朱淑真撰。鄭元佐注。清汪氏藝芸書舍抄本。徐康跋。一册。

冀淑英《自莊嚴堪善本書目》

引用書目

新注朱淑真斷腸詩集八卷後集八卷 續修四庫全書影印明初刻遞修本

新注朱淑真斷腸詩集十卷 國家圖書館藏明刻遞修本(有黃丕烈跋)

新注朱淑真斷腸詩集十卷後集八卷 中國臺北「國家圖書館」藏明刻遞修本

斷腸詩集四卷 國家圖書館藏明萬曆潘是仁刻宋元詩本

新注朱淑真斷腸詩集十卷後集三卷雜錄詩一卷 國家圖書館藏清抄本(鈐有「鐵琴銅劍樓」藏書印)

斷腸全集二卷 南京圖書館藏清抄本

新注朱淑真斷腸詩集十卷後集七卷補遺一卷 國家圖書館藏清藝芸書舍抄本

斷腸詩集十卷補遺一卷 上海圖書館藏彄園叢書本

斷腸詞一卷 中華再造善本影印宋元名家詞本(紫芝漫抄本)

清光緒丁丙刻武林往哲遺著本

斷腸詞一卷　叢書集成初編影印詩詞雜俎本　中華書局一九八五年

斷腸詞一卷　上海圖書館藏汲古閣未刻詞二十六種本

斷腸詞一卷　四印齋所刻詞　上海古籍出版社一九八九年

斷腸詞一卷　南京圖書館藏清抄本

斷腸詞一卷　清光緒丁丙刻西泠詞萃本

斷腸詞一卷　上海圖書館藏弢園叢書抄本

新式標點朱淑真斷腸詩詞　朱鑑標點　大達圖書供應社一九三五年

朱淑真集　張璋、黃畬校注　上海古籍出版社一九八六年

朱淑真集注　冀勤輯校　中華書局二〇〇八年

周易正義　十三經注疏本　中華書局一九八〇年

尚書正義　十三經注疏本　中華書局一九八〇年

毛詩正義　十三經注疏本　中華書局一九八〇年

毛詩草木鳥獸蟲魚疏　叢書集成初編影印古經解彙函本　中華書局一九八五年

韓詩外傳集釋　許維遹校釋　中華書局一九八〇年

周禮注疏　十三經注疏本　中華書局一九八〇年

引用書目

禮記正義　十三經注疏本　中華書局一九八〇年
春秋左傳正義　十三經注疏本　中華書局一九八〇年
論語注疏　十三經注疏本　中華書局一九八〇年
孟子注疏　十三經注疏本　中華書局一九八〇年
爾雅注疏　十三經注疏本　中華書局一九八〇年
史記　縮印百衲本二十四史　商務印書館一九五八年
漢書　縮印百衲本二十四史　商務印書館一九五八年
後漢書　縮印百衲本二十四史　商務印書館一九五八年
三國志　縮印百衲本二十四史　商務印書館一九五八年
晉書　縮印百衲本二十四史　商務印書館一九五八年
宋書　中華書局一九七四年
梁書　中華書局一九七三年
陳書　中華書局一九七二年
北齊書　中華書局一九七二年
隋書　中華書局一九七三年

南史　中華書局一九七五年

北史　中華書局一九七四年

舊唐書　中華書局一九七五年

新唐書　中華書局一九七五年

新五代史　中華書局一九七四年

宋史　中華書局一九七七年

資治通鑒　中華書局二〇一一年

通志　影印萬有文庫十通本　中華書局一九八七年

國語　四部叢刊初編影印明刊本

戰國策　四部叢刊初編影印元刊本

清稗類鈔　徐珂編撰　中華書局一九八四年

列女傳　四部叢刊初編影印明刊本

百美新詠圖傳　天津圖書館藏清嘉慶刻本

馬氏南唐書　四部叢刊續編影印明刊本

歲時廣記　叢書集成初編排印十萬卷樓本　中華書局一九八五年

太平寰宇記　中華書局二〇〇七年

方輿勝覽　中華書局二〇〇三年

吳郡圖經續記　叢書集成初編排印琳琅秘室叢書本　中華書局一九八五年

咸淳臨安志　中華再造善本影印國家圖書館藏宋刻本

嘉靖惟揚志　天一閣藏明代方志選刊

萬曆錢塘縣志　叢書集成續編影印武林掌故叢書本　上海書店一九九四年

西湖遊覽志餘　中華再造善本影印明嘉靖刻本

武林坊巷志　浙江古籍出版社二〇一八年

荊楚歲時記　中華書局二〇一八年

夢粱錄　全宋筆記第八編　大象出版社二〇一七年

湖壖雜紀　四庫全書存目叢書影印清康熙刻本　齊魯書社一九九六年

通典　影印萬有文庫十通本　中華書局一九八四年

續文獻通考　明王圻撰　四庫全書存目叢書影印明萬曆刻本　齊魯書社一九九五年

續文獻通考　清嵇璜等撰　景印文淵閣四庫全書　臺灣商務印書館一九八六年

文淵閣書目　明代書目題跋叢刊影印讀畫齋叢書本　書目文獻出版社一九九四年

引用書目

六三五

百川書志　上海古籍出版社二〇〇五年

晁氏寶文堂書目　上海古籍出版社二〇〇五年

世善堂藏書目録

玄賞齋書目　明代書目題跋叢刊影印知不足齋叢書本　書目文獻出版社一九九四年

脉望館書目　明代書目題跋叢刊影印民國抄本　書目文獻出版社一九九四年

絳雲樓書目　明代書目題跋叢刊影印涵芬樓秘笈本　書目文獻出版社一九九四年

澹生堂藏書目　續修四庫全書影印清抄本　上海古籍出版社二〇〇二年

宋史藝文志補　續修四庫全書影印清光緒刻本　上海古籍出版社二〇一五年

虞山錢遵王藏書目録彙編　瞿鳳起編　中華書局一九六五年

四庫全書總目　影印清乾隆浙江刻本　中華書局一九六五年

拜經樓藏書題跋記　清人書目題跋叢刊影印清道光刻本　中華書局一九九五年

唫香僊館書目　上海古籍出版社二〇〇五年

孫氏祠堂書目　上海古籍出版社二〇〇八年

蕘圃藏書題識　國家圖書館藏古籍題跋叢刊影印清繆荃孫刻本　北京圖書館出版社二〇一二年

稽瑞樓書目　叢書集成初編排印湣喜齋叢書本　中華書局一九八五年

鐵琴銅劍樓藏書目録　上海古籍出版社二〇〇〇年

增訂四庫簡明目録標注　清邵懿辰撰，邵章續録　上海古籍出版社一九七九年

勞氏碎金　叢書集成續編影印丁丑叢編本　上海書店一九九四年

藏園訂補邵亭知見傳本書目　清莫友芝撰；傅增湘訂補，傅熹年整理　中華書局二〇〇九年

善本書室藏書志　續修四庫全書影印清光緒刻本　上海古籍出版社二〇〇二年

八千卷樓書目　續修四庫全書影印一九二三年鉛印本　上海古籍出版社二〇〇二年

皕宋樓藏書志　清人書目題跋叢刊影印十萬卷樓刻本　中華書局一九九〇年

北京大學圖書館藏李氏書目　北京大學一九五七年

木犀軒藏書題記及書録　李盛鐸著，張玉範整理　北京大學出版社一九八五年

續四庫提要三種　胡玉縉撰，吳格整理　上海書店出版社二〇〇二年

四庫全書總目提要補正　胡玉縉撰，王欣夫輯　上海書店出版社一九九八年

郋園讀書志　上海古籍出版社二〇一〇年

積學齋藏書記　上海古籍出版社二〇一四年

藏園群書經眼録　中華書局一九八三年

傳書堂藏書志　王國維撰，王亮整理　上海古籍出版社二〇一四年

雲間韓氏藏書題識彙錄　鄒百耐纂；石菲整理　上海古籍出版社二〇一三年

善本書所見錄　羅振常撰　上海古籍出版社二〇一四年

自莊嚴堪善本書目　冀淑英纂　天津古籍出版社一九八五年

孔子家語　四部叢刊初編影印明覆宋刊本

荀子集解　中華書局一九八八年

新序校釋　石光瑛校釋；陳新整理　中華書局二〇〇一年

法言義疏　汪榮寶撰　中華書局一九八七年

管子校注　黎翔鳳撰；梁運華整理　中華書局二〇〇四年

韓非子集解　中華書局一九九八年

救荒本草　國家圖書館藏明嘉靖刻本

重修政和經史證類備用本草　中華再造善本影印蒙古定宗四年刻本　北京圖書館出版社二〇〇四年

本草綱目　中華再造善本影印明萬曆刻本

太玄集注　中華書局一九九八年

太玄本旨　景印文淵閣四庫全書　臺灣商務印書館一九八六年

引用書目

庚子銷夏記 江村銷夏錄　上海古籍出版社二〇一一年

古今畫鑑　叢書集成初編排印學海類編本　中華書局一九八五年

夢溪筆談校證　胡道靜校證　上海古籍出版社一九八七年

陳氏香譜　景印文淵閣四庫全書　臺灣商務印書館一九八六年

宋景文公筆記　全宋筆記第一編　大象出版社二〇〇三年

茶錄　叢書集成初編排印百川學海本　中華書局一九八五年

侯鯖錄 墨客揮犀 續墨客揮犀　中華書局二〇〇二年

廣群芳譜　商務印書館一九三五年

冷齋夜話 風月堂詩話 環溪詩話　中華書局一九八八年

容齋隨筆　中華書局二〇〇五年

能改齋漫錄　上海古籍出版社一九七九年

老學庵筆記　中華書局一九七九年

鶴林玉露　中華書局一九八三年

志雅堂雜鈔 雲烟過眼錄 澄懷錄　中華書局二〇一八年

淮南子集釋　何寧撰　中華書局一九九八年

六三九

輟耕録　中華書局一九五九年

蟫精雋　國家圖書館藏明抄本

露書　四庫全書存目叢書影印明天啓刻本

池北偶談　中華書局一九八七年

兩般秋雨盦隨筆　續修四庫全書影印清道光刻本　齊魯書社一九九五年

瑟榭叢談　續修四庫全書影印清道光刻本　上海古籍出版社二〇〇二年

冷廬雜識　中華書局一九八四年

野客叢書　中華書局一九八七年

世説新語校箋　徐震堮著　中華書局一九八四年

明皇雜録　中華書局一九九四年

雲溪友議　四部叢刊續編影印鐵琴銅劍樓藏明刊本　商務印書館一九三四年

開元天寶遺事十種　丁如明輯校　上海古籍出版社一九八五年

澠水燕談録　歸田録　中華書局一九八一年

青箱雜記　中華書局一九八五年

邵氏聞見後録　中華書局一九八三年

六四〇

引用書目

紺珠集　國家圖書館藏明天順刻本

清異録　全宋筆記第一編　大象出版社二〇〇三年

類説　影印明天啓刻本　文學古籍刊行社一九五五年

博物志校證　范寧校證　中華書局一九八〇年

西京雜記　四部叢刊初編影印明嘉靖刻本

拾遺記　齊治平校注　中華書局一九八一年

西陽雜俎　四部叢刊初編影印明萬曆刻本

博異志集異記　中華書局一九八〇年

獨異志宣室志　中華書局一九八三年

重彫足本鑑誡録　中華再造善本影印宋刻本　北京圖書館出版社二〇〇四年

龍城録　叢書集成初編影印百川學海本　中華書局一九九一年

太平廣記　中華書局一九六一年

青瑣高議　全宋筆記第二編　大象出版社二〇〇六年

雲齋廣録　鴛渚誌餘雪窗談異　中華書局一九九七年

異林　叢書集成初編排印唐宋叢書本　中華書局一九九一年

六四一

碧里雜存　叢書集成初編影印鹽邑志林本　中華書局一九八五年

宋本藝文類聚　上海古籍出版社二〇一三年

初學記　中華書局一九六二年

蒙求　續修四庫全書影印遼刻本

白氏六帖事類集　影印宋刻本　文物出版社一九八七年

太平御覽　影印宋刻本　中華書局一九六〇年

事物紀原　叢書集成初編排印惜陰軒叢書本　中華書局一九八五年

錦繡萬花谷　景印文淵閣四庫全書　臺灣商務印書館一九八六年

新編古今事文類聚　影印明萬曆刻本　中文出版社一九八九年

全芳備祖　農業出版社一九八二年

古今合璧事類備要　景印文淵閣四庫全書　臺灣商務印書館一九八六年

新編通用啓劄截江網　靜嘉堂文庫藏宋末刻本

韻府群玉　靜嘉堂文庫藏元刻本

天中記　國家圖書館藏明萬曆刻本

萬姓統譜　國家圖書館藏明萬曆刻本

山堂肆考　景印文淵閣四庫全書　臺灣商務印書館一九八六年

老子校釋　朱謙之撰　中華書局一九八四年

莊子集釋　清郭慶藩撰　中華書局一九六一年

列子集釋　楊伯峻撰　中華書局一九七九年

抱朴子內篇校釋（增訂本）　王明著　中華書局一九八五年

列仙傳　影印明正統道藏本　上海古籍出版社一九九〇年

楚辭章句　上海古籍出版社二〇一七年

陶淵明集箋注　袁行霈撰　中華書局二〇〇三年

補注杜詩　景印文淵閣四庫全書　臺灣商務印書館一九八六年

杜詩詳注　清仇兆鰲注　中華書局一九七九年

白居易詩集校注　謝思煒撰　中華書局二〇〇六年

歐陽文忠公集　中華再造善本影印宋周必大刻本　北京圖書館出版社二〇〇五年

集注分類東坡先生詩　四部叢刊初編影印宋刊本

施顧注東坡先生詩　中華再造善本影印宋刻本　北京圖書館出版社二〇〇四年

引用書目

六四三

蘇軾文集　中華書局一九八六年

山谷詩集注　宋任淵等注　上海古籍出版社二〇〇三年

淮海集箋注　徐培均箋注　上海古籍出版社一九九四年

渭南文集　中華再造善本影印宋嘉定刻本　北京圖書館出版社二〇〇四年

客亭類稿　景印文淵閣四庫全書　臺灣商務印書館一九八六年

周益文忠公集　靜嘉堂文庫藏宋刻本

秋澗集　景印文淵閣四庫全書　臺灣商務印書館一九八六年

梅花字字香　中華再造善本影印元至大刻本　北京圖書館出版社二〇〇二年

東維子文集　四部叢刊初編影印鳴野山房抄本

獨醉亭集　景印文淵閣四庫全書　臺灣商務印書館一九八六年

杜東原雜著　國家圖書館藏清抄本

石田先生集　國家圖書館藏明萬曆刻本

戴氏集　四庫全書存目叢書影印明嘉靖刻本　齊魯書社一九九七年

海壑吟稿　四庫提要著錄叢書影印明萬曆刻本　北京出版社二〇一〇年

幔亭集　國家圖書館藏明萬曆刻本

古盬樂府　叢書集成續編影印昭代叢書本　上海書店一九九四年

西湖雜詠　清陳若蓮撰　叢書集成續編影印武林掌故叢編本　上海書店一九九四年

清芬堂集　天津圖書館藏清嘉慶刻本

西泠閨詠　叢書集成續編影印武林掌故叢編本　上海書店一九九四年

頤道堂詩外集　清代詩文集彙編影印清嘉慶刻本　上海古籍出版社二〇一〇年

洞簫樓詩紀　清代詩文集彙編影印清道光刻本　上海古籍出版社二〇一〇年

繡屏風館詩集　清代詩文集彙編影印清道光刻本　上海古籍出版社二〇一〇年

瀘月軒集　清代詩文集彙編影印清同治刻本　上海古籍出版社二〇一〇年

自然好學齋詩鈔　清閨秀集叢刊影印清同治刻本　國家圖書館出版社二〇一四年

晚香亭詩鈔　清代詩文集彙編影印清光緒石印本　上海古籍出版社二〇一〇年

志隱齋詩鈔　清代詩文集彙編影印清刻本　上海古籍出版社二〇一〇年

樂志堂詩集　清代詩文集彙編影印清咸豐刻本　上海古籍出版社二〇一〇年

茶磨山人詩鈔　清代詩文集彙編影印清光緒刻本　上海古籍出版社二〇一〇年

懷亭詩録　清代詩文集彙編影印清光緒刻本　上海古籍出版社二〇一〇年

黛韻樓遺集　清代詩文集彙編影印清宣統刻本　上海古籍出版社二〇一〇年

蔣學堅集　蔣通、楊焄點校　浙江古籍出版社二〇二二年

文選　唐李善注　上海古籍出版社一九八六年

六臣注文選　四部叢刊初編影印宋刊本

玉臺新詠　影印明寒山趙氏刊本　文學古籍刊行社一九五五年

才調集　四部叢刊初編影印述古堂影宋鈔本

文苑英華　影印宋刊殘本、明隆慶刊本　中華書局一九六六年

文粹　四部叢刊初編影印明嘉靖刊本

樂府詩集　中華書局一九七九年

萬首唐人絶句　影印明嘉靖刻本　文學古籍刊行社一九五五

分門纂類唐宋時賢千家詩選校證　李更、陳新校證　人民文學出版社二〇一四年

合璧影印中日分藏珍本分門纂類唐宋時賢千家詩選　北京大學出版社二〇一二年

瀛奎律髓彙評　李慶甲集評　上海古籍出版社一九八六年

唐宋千家聯珠詩格校證　卞東波校證　鳳凰出版社二〇〇七年

詩淵　續修四庫全書影印明抄本　上海古籍出版社二〇〇二年

詩女史　四庫全書存目叢書影印明嘉靖刻本　齊魯書社一九九七年

彤管遺編　四庫未收書輯刊影印明隆慶刻本　北京出版社二〇〇〇年

石倉十二代詩選　四庫提要著録叢書影印明崇禎刻本　北京出版社二〇一〇年

引用書目

古今名媛彙詩　四庫全書存目叢書影印明泰昌刻本　齊魯書社一九九七年

名媛詩歸　四庫全書存目叢書影印明刻本　齊魯書社一九九七年

古今女史　國家圖書館藏明崇禎刻本

宮閨氏籍藝文考略　藝文一九三六年第一期

全唐詩（增訂本）　中華書局一九九九年

南宋雜事詩　四庫提要著錄叢書影印清雍正刻本　北京出版社二○一○年

歷朝名媛詩詞　國家圖書館藏清乾隆刻本

國朝閨秀正始續集　清道光紅香館刻本

本事詩　續本事詩　本事詞　上海古籍出版社一九九一年

詩話總龜　人民文學出版社一九八七年

石林詩話　叢書集成初編影印百川學海本　中華書局一九九一年

茗溪漁隱叢話　人民文學出版社一九六二年

後村詩話　中華書局一九八三年

詩藪　上海古籍出版社一九七九年

帶經堂詩話　人民文學出版社一九六三年

六四七

宋詩紀事　上海古籍出版社一九八三年

漱玉詞　叢書集成初編影印詩詞雜俎本　商務印書館一九三七年

增修箋注妙選群英草堂詩餘　續修四庫全書影印明洪武刻本　上海古籍出版社二〇〇二年

天機餘錦　中國臺北「國家圖書館」藏明抄本

詞林萬選　國家圖書館藏明汲古閣刻本

草堂詩餘別集　上海圖書館藏明抄本

花草粹編　國家圖書館藏明萬曆刻本

新刻注釋草堂詩餘評林　國家圖書館藏明萬曆刻本

詞的　四庫未收書輯刊影印清萃閔堂抄本　北京出版社二〇〇〇年

草堂詩餘續集　天津圖書館藏明翁少麓刻本

草堂詩餘別集　天津圖書館藏明翁少麓刻本

古今詞統　續修四庫全書影印明崇禎刻本　上海古籍出版社二〇〇二年

林下詞選　續修四庫全書影印清康熙刻本　上海古籍出版社二〇〇二年

詞綜　影印清康熙裘杼樓刊本　中華書局一九七五年

歷代詩餘　影印清康熙內府刻本　上海書店一九八五年

詞則　上海古籍出版社一九八四年

碧雞漫志校正　岳珍校正　巴蜀書社二〇〇〇年

渚山堂詞話　詞品　人民文學出版社一九九八年

詞苑叢談　詞話叢編　中華書局一九八六年

古今詞話　影印康熙寶翰樓刻本　上海書店一九八七年

詞綜偶評　國家圖書館藏清乾隆刻本

蓮子居詞話　續修四庫全書影印清嘉慶刻本　上海古籍出版社二〇〇二年

賭棋山莊詞話　續修四庫全書影印清光緒刻本　上海古籍出版社二〇〇二年

歲寒居詞話　詞話叢編　中華書局一九八六年

詞壇叢話　詞話叢編　中華書局一九八六年

白雨齋詞話　人民文學出版社一九五九年

蕙風詞話　人民文學出版社一九六〇年

欽定詞譜　影印清康熙內府刻本　中國書店一九八三年

樂府新編陽春白雪　中華再造善本影印元刻本　北京圖書館出版社二〇〇六年

宣和遺事　叢書集成初編排印士禮居叢書本　中華書局一九八五年

引用書目

六四九

全宋詞　唐圭璋編　中華書局一九六五年

詩詞曲語辭匯釋　張相著　中華書局一九七七年

全金元詞　唐圭璋編　中華書局一九七九年

永樂大典戲文三種校注　錢南揚校注　中華書局一九七九年

先秦漢魏晉南北朝詩　逯欽立輯校　中華書局一九八三年

全宋詩　北京大學古文獻研究所編　北京大學出版社一九九一至一九九八年

茗柯文編	［清］張惠言著　黃立新校點
瓶水齋詩集	［清］舒位著　曹光甫點校
龔自珍全集	［清］龔自珍著　王佩諍校點
龔自珍詩集編年校注	［清］龔自珍著　劉逸生、周錫䪖校注
水雲樓詩詞箋注	［清］蔣春霖著　劉勇剛箋注
人境廬詩草箋注	［清］黃遵憲著　錢仲聯箋注
嶺雲海日樓詩鈔	［清］丘逢甲著　丘鑄昌標點

顧亭林詩集彙注	[清]顧炎武著　王蘧常輯注　吳丕績標校
安雅堂全集	[清]宋琬著　馬祖熙標校
龔鼎孳詞校注	[清]龔鼎孳著　孫克強、鄧妙慈校注
吳嘉紀詩箋校	[清]吳嘉紀著　楊積慶箋校
陳維崧集	[清]陳維崧著　陳振鵬標點　李學穎校補
屈大均詩詞編年校箋	[清]屈大均著　陳永正等校箋
屈大均詞箋注	[清]屈大均著　陳永正箋注
秋笳集	[清]吳兆騫撰　麻守中校點
漁洋精華錄集釋	[清]王士禛著　李毓芙、牟通、李茂肅整理
聊齋志異會校會注會評本	[清]蒲松齡著　張友鶴輯校
敬業堂詩集	[清]查慎行著　周劭標點
納蘭詞箋注	[清]納蘭性德著　張草紉箋注
方苞集	[清]方苞著　劉季高校點
樊榭山房集	[清]厲鶚著　[清]董兆熊注　陳九思標校
劉大櫆集	[清]劉大櫆著　吳孟復標點
儒林外史彙校彙評(增訂版)	[清]吳敬梓著　李漢秋輯校
小倉山房詩文集	[清]袁枚著　周本淳標校
忠雅堂集校箋	[清]蔣士銓著　邵海清校　李夢生箋
甌北集	[清]趙翼著　李學穎、曹光甫校點
惜抱軒詩文集	[清]姚鼐著　劉季高標校
兩當軒集	[清]黃景仁著　李國章校點
惲敬集	[清]惲敬著　萬陸、謝珊珊、林振岳標校　林振岳集評

沈璟集	[明]沈璟著　徐朔方輯校
湯顯祖詩文集	[明]湯顯祖著　徐朔方箋校
湯顯祖戲曲集	[明]湯顯祖著　錢南揚校點
白蘇齋類集	[明]袁宗道著　錢伯城校點
袁宏道集箋校	[明]袁宏道著　錢伯城箋校
珂雪齋集	[明]袁中道著　錢伯城點校
喻世明言會校本	[明]馮夢龍編著　李金泉點校
警世通言會校本	[明]馮夢龍編著　李金泉點校
醒世恒言會校本	[明]馮夢龍編著　李金泉點校
隱秀軒集	[明]鍾惺著　李先耕、崔重慶標校
譚元春集	[明]譚元春著　陳杏珍標校
張岱詩文集(增訂本)	[明]張岱著　夏咸淳輯校
陳子龍詩集	[明]陳子龍著 施蟄存、馬祖熙標校
夏完淳集箋校(修訂本)	[明]夏完淳著　白堅箋校
牧齋初學集	[清]錢謙益著　[清]錢曾箋注 錢仲聯標校
牧齋有學集	[清]錢謙益著　[清]錢曾箋注 錢仲聯標校
牧齋雜著	[清]錢謙益著　[清]錢曾箋注 錢仲聯標校
牧齋初學集詩注彙校	[清]錢謙益著　[清]錢曾箋注 卿朝暉輯校
李玉戲曲集	[清]李玉著 陳古虞、陳多、馬聖貴點校
吴梅村全集	[清]吴偉業著　李學穎集評標校
歸莊集	[清]歸莊著

朱淑真集校注	[宋]朱淑真著　[宋]鄭元佐注
	任德魁校注
劍南詩稿校注	[宋]陸游著　錢仲聯校注
放翁詞編年箋注(增訂本)	[宋]陸游著　夏承燾、吳熊和箋注
	陶然訂補
渭南文集箋校	[宋]陸游著　朱迎平箋校
范石湖集	[宋]范成大撰　富壽蓀標校
范成大集校箋	[宋]范成大撰　吳企明校箋
于湖居士文集	[宋]張孝祥著　徐鵬校點
稼軒詞編年箋注(定本)	[宋]辛棄疾撰　鄧廣銘箋注
辛棄疾詞校箋	[宋]辛棄疾著　吳企明校箋
姜白石詞編年箋校	[宋]姜夔著　夏承燾箋校
後村詞箋注	[宋]劉克莊著　錢仲聯箋注
劉辰翁詞校注	[宋]劉辰翁著　吳企明校注
瀛奎律髓彙評	[元]方回選評　李慶甲集評校點
雁門集	[元]薩都拉著
	殷孟倫、朱廣祁校點
揭傒斯全集	[元]揭傒斯著　李夢生標校
高青丘集	[明]高啓著　[清]金檀注
	徐澄宇、沈北宗校點
唐寅集	[明]唐寅著　周道振、張月尊輯校
文徵明集(增訂本)	[明]文徵明著　周道振輯校
震川先生集	[明]歸有光著　周本淳校點
海浮山堂詞稿	[明]馮惟敏著
	凌景埏、謝伯陽標校
滄溟先生集	[明]李攀龍著　包敬第標校
梁辰魚集	[明]梁辰魚著　吳書蔭編集校點

歐陽修詞校注	[宋]歐陽修著　胡可先、徐邁校注
蘇舜欽集	[宋]蘇舜欽著　沈文倬校點
嘉祐集箋注	[宋]蘇洵著　曾棗莊、金成禮箋注
王荊文公詩箋注（修訂版）	[宋]王安石著　[宋]李壁箋注 高克勤點校
王令集	[宋]王令著　沈文倬校點
蘇軾詩集合注	[宋]蘇軾著　[清]馮應榴注 黃任軻、朱懷春校點
東坡樂府箋	[宋]蘇軾著　[清]朱孝臧編年 龍榆生校箋
東坡詞傅幹注校證	[宋]蘇軾著　[宋]傅幹注 劉尚榮校證
欒城集	[宋]蘇轍著　曾棗莊、馬德富校點
山谷詩集注	[宋]黃庭堅著　[宋]任淵、史容、 史季溫注　黃寶華點校
山谷詩注續補	[宋]黃庭堅著　陳永正、何澤棠注
山谷詞校注	[宋]黃庭堅著　馬興榮、祝振玉校注
淮海集箋注（修訂本）	[宋]秦觀撰　徐培均箋注
淮海居士長短句箋注	[宋]秦觀著　徐培均箋注
賀鑄詞集校注	[宋]賀鑄著　鍾振振校注
清真集箋注	[宋]周邦彥著　羅忼烈箋注
石門文字禪校注	[宋]釋惠洪撰　周裕鍇校注
石林詞箋注	[宋]葉夢得著　蔣哲倫箋注
樵歌校注	[宋]朱敦儒著　鄧子勉校注
李清照集箋注（修訂本）	[宋]李清照著　徐培均箋注
呂本中詩集箋注	[宋]呂本中著　祝尚書箋注
陳與義集校箋（附年譜）	[宋]陳與義著　白敦仁校箋
蘆川詞箋注（修訂本）	[宋]張元幹著　曹濟平箋注

韓昌黎文集校注	[唐]韓愈著　馬其昶校注
	馬茂元整理
劉禹錫集箋證	[唐]劉禹錫著　瞿蛻園箋證
白居易集箋校	[唐]白居易著　朱金城箋校
柳宗元詩箋釋	[唐]柳宗元著　王國安箋釋
柳河東集	[唐]柳宗元著　[宋]廖瑩中輯注
元稹集校注	[唐]元稹著　周相錄校注
長江集新校	[唐]賈島著　李嘉言新校
張祜詩集校注	[唐]張祜著　尹占華校注
三家評注李長吉歌詩	[唐]李賀著　[清]王琦等評注
	蔣凡校點
樊川文集	[唐]杜牧著　陳允吉校點
樊川詩集注	[唐]杜牧著　[清]馮集梧注
溫飛卿詩集箋注	[唐]溫庭筠著　[清]曾益等箋注
玉谿生詩集箋注	[唐]李商隱著　[清]馮浩箋注
	蔣凡校點
樊南文集	[唐]李商隱著　[清]馮浩詳注
	錢振倫、錢振常箋注
皮子文藪	[唐]皮日休著　蕭滌非、鄭慶篤整理
鄭谷詩集箋注	[唐]鄭谷著
	嚴壽澂、黃明、趙昌平箋注
韋莊集箋注	[五代]韋莊著　聶安福箋注
李璟李煜詞校注	[南唐]李璟、李煜著　詹安泰校注
張先集編年校注	[宋]張先著　吳熊和、沈松勤校注
二晏詞箋注	[宋]晏殊、晏幾道著　張草紉箋注
樂章集校箋	[宋]柳永著　陶然、姚逸超校箋
梅堯臣集編年校注	[宋]梅堯臣著　朱東潤編年校注
歐陽修詩文集校箋	[宋]歐陽修著　洪本健校箋

蕭繹集校注	［南朝梁］蕭繹著　陳志平、熊清元校注
玉臺新咏彙校	吳冠文、談蓓芳、章培恒彙校
王績集會校	［唐］王績著　韓理洲校點
王梵志詩校注（增訂本）	［唐］王梵志著　項楚校注
盧照鄰集箋注	［唐］盧照鄰著　祝尚書箋注
駱臨海集箋注	［唐］駱賓王著　［清］陳熙晉箋注
王子安集注	［唐］王勃著　［清］蔣清翊注
陳子昂集（修訂本）	［唐］陳子昂撰　徐鵬校點
孟浩然詩集箋注（增訂本）	［唐］孟浩然著　佟培基箋注
王右丞集箋注	［唐］王維著　［清］趙殿成箋注
李白集校注	［唐］李白著　瞿蜕園、朱金城校注
高適集校注（修訂本）	［唐］高適著　孫欽善校注
杜詩趙次公先後解輯校	［唐］杜甫著　［宋］趙次公注　林繼中輯校
新刊校定集注杜詩	［唐］杜甫著　［宋］郭知達輯注　聶巧平點校
新定杜工部草堂詩箋斠證	［唐］杜甫著　［宋］魯訔編　［宋］蔡夢弼會箋　曾祥波新定斠證
杜詩鏡銓	［唐］杜甫著　［清］楊倫箋注
錢注杜詩	［唐］杜甫著　［清］錢謙益箋注
杜甫集校注	［唐］杜甫著　謝思煒校注
岑參集校注	［唐］岑參著　陳鐵民、侯忠義校注
戴叔倫詩集校注	［唐］戴叔倫著　蔣寅校注
韋應物集校注（增訂本）	［唐］韋應物著　陶敏、王友勝校注
權德輿詩文集	［唐］權德輿撰　郭廣偉校點
王建詩集校注	［唐］王建著　尹占華校注
韓昌黎詩繫年集釋	［唐］韓愈著　錢仲聯集釋

《中國古典文學叢書》已出書目

詩經今注	高亨注
楚辭集注	[宋]朱熹撰　黄靈庚點校
楚辭今注	湯炳正、李大明、李誠、熊良智注
司馬相如集校注	[漢]司馬相如著　金國永校注
揚雄集校注	[漢]揚雄著　張震澤校注
張衡詩文集校注	[漢]張衡著　張震澤校注
阮籍集	[魏]阮籍著　李志鈞等校點
陸機集校箋	[晉]陸機著　楊明校箋
陶淵明集校箋（修訂本）	[晉]陶潛著　龔斌校箋
世説新語箋疏（修訂本）	[南朝宋]劉義慶撰　余嘉錫箋疏　周祖謨等整理
世説新語校釋（增訂本）	[南朝宋]劉義慶撰　[南朝梁]劉孝標注　龔斌校釋
鮑參軍集注	[南朝宋]鮑照著　錢仲聯增補集説校
謝宣城集校注	[南朝齊]謝朓著　曹融南校注集説
江文通集校注	[南朝梁]江淹著　丁福林、楊勝朋校注
文心雕龍義證	[南朝梁]劉勰著　詹鍈義證
詩品集注（增訂本）	[梁]鍾嶸著　曹旭集注
文選	[梁]蕭統編　[唐]李善注

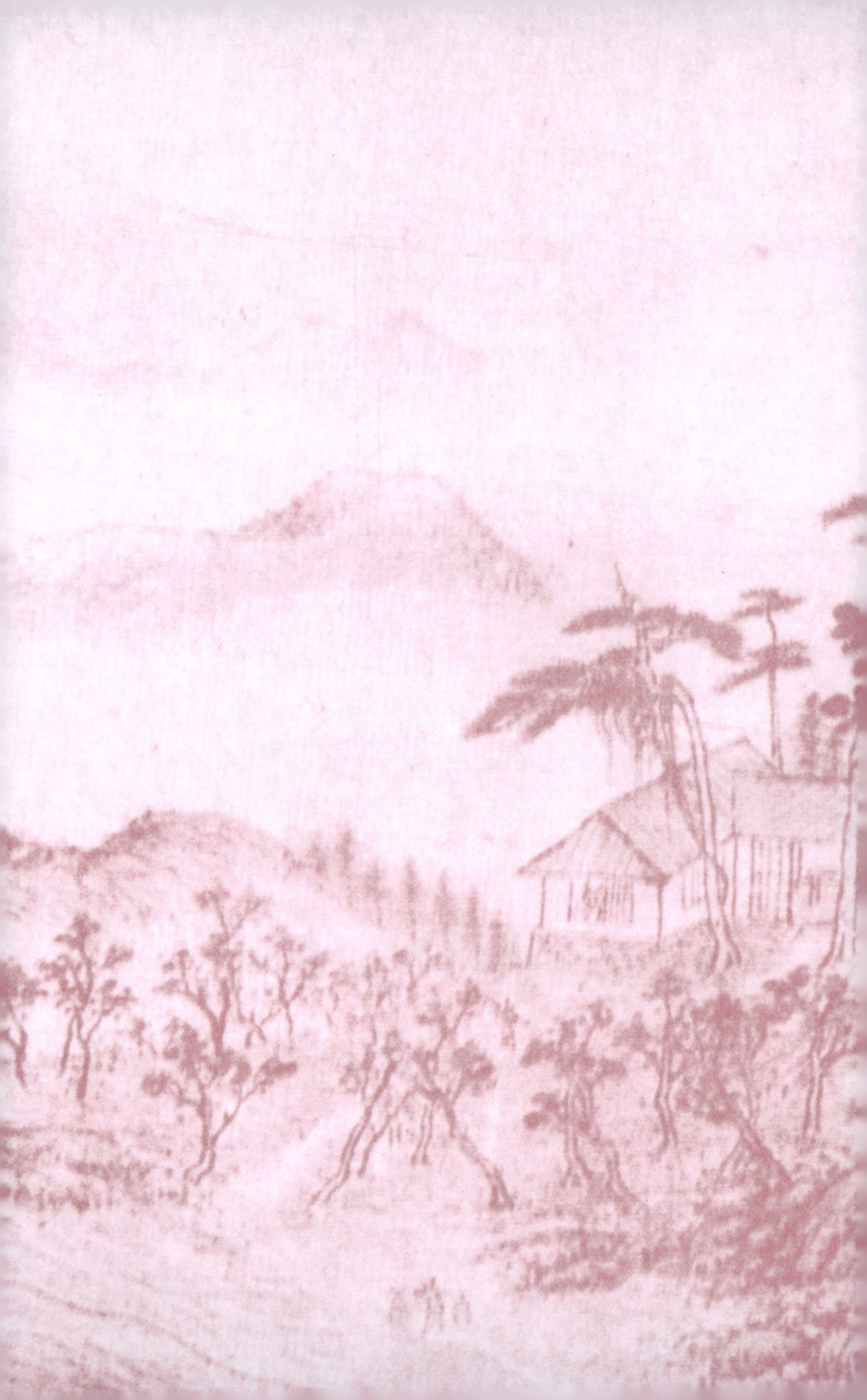

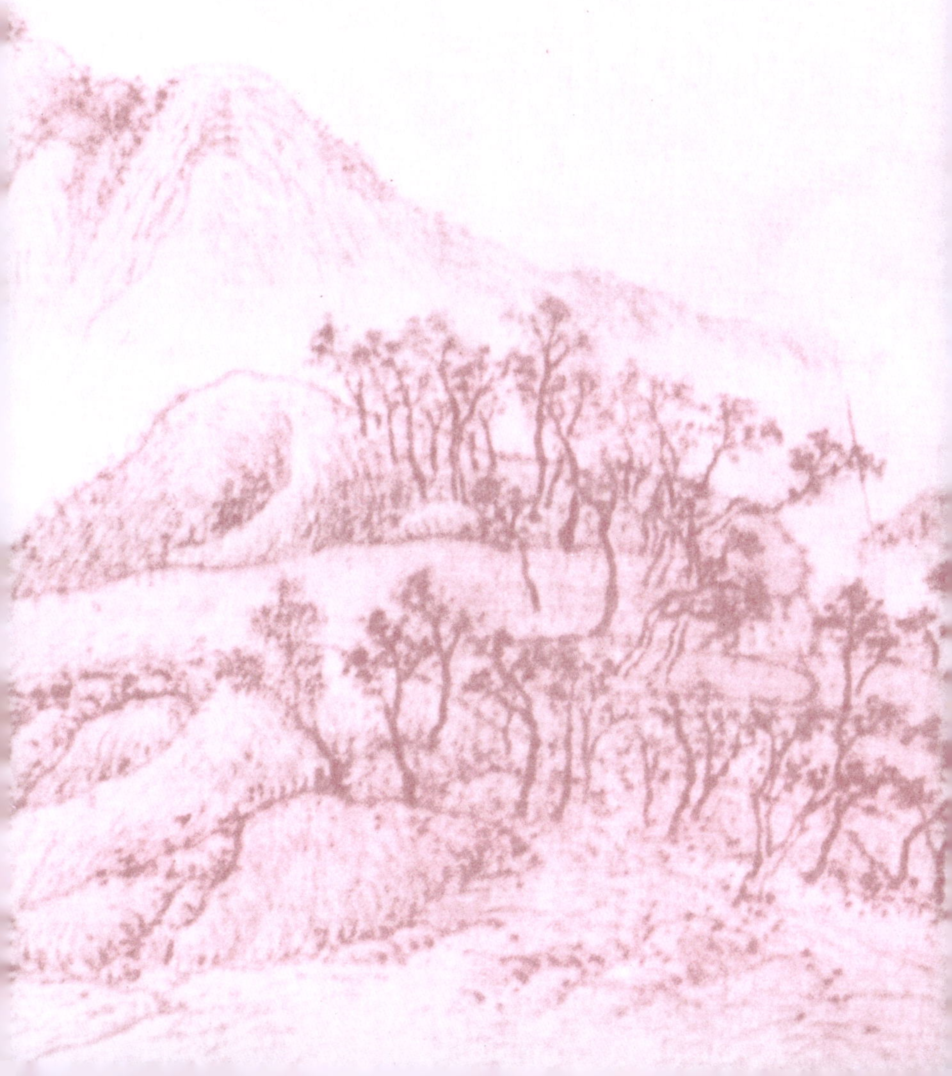